我们拥有的一切

[美]凯瑞·朗斯戴尔 著
周燕琼 译

上海文艺出版社

献给亨利，感谢他不远千里来找我。
爱你。

第一部
加利福尼亚,洛丝盖多斯
福特希尔,宝石城

第一章

七月

婚礼当天,我的未婚夫詹姆斯并未出现。教堂里等来的竟是他的灵柩。

多年来,我一直梦想着,他会站在教堂的圣坛前,脸上洋溢着只属于我的微笑——那抹总能拨动我心弦的微笑,静静地等我。而我,则沿着步道去往他的方向——与我的挚友、初恋和今生的最爱牵手;可现实真是残酷,如今,我正出席他的葬礼。

我挨着父母坐下,抬眼望去,教堂里满是亲朋,这些人原本该是我婚礼的宾客。现在却在这里对詹姆斯的英年早逝表示哀悼。是的,詹姆斯他,才刚满 29 岁。

他走了，永远无法再见。

一行眼泪划过脸颊，我用手中早已被捏碎的纸巾轻轻拭去。

"拿着，艾米。"母亲递给我一张干净的纸。

我把它与之前的揉在了一起，哽咽着说："谢……谢谢。"

"是她吗？"背后有窃窃私语。我下意识地紧张起来。

"是的，那就是詹姆斯的未婚妻。"另一个人轻声回答。

"真可怜，她看上去是那么年轻，他们订婚多久了？"

"这我可不知道，不过，听说他们自小就认识了！"

对话的另一方发出惊讶的叹息声，"啊，那是青梅竹马呢，真是不幸。"

"听说他们花了数周的时间来寻找尸体，你想象得出吗？还没确定？"

我低头呜咽，下嘴唇不住地颤抖。

"嗨，说话请注意一些。"父亲压低声音，十分严肃地对我身后的两位女士说道。他站了起来，拖着步子走过我和母亲，腿撞到了我们膝盖，然后在我的另一侧坐下，和母亲将我护在中间。父亲伸出手揽住我，为我阻隔开那些流言蜚语和好奇的目光，仿佛是一处可靠的避风港。

风琴发出刺耳的巨响，葬礼仪式开始。人们纷纷站起。我也慢慢起身，但整个身体都感觉到疼痛与衰败。我只能紧紧抓住身前的椅背，才不至于重又跌回自己的座椅里。人群的目光转向教堂的后方，那里，护柩者正将詹姆斯的灵柩扛到肩上，缓缓行进到牧师身后。詹姆斯的遗体因为腐坏太过严重而没有全被放入敞开的灵柩中。我不禁想到，那些护柩人抬着的不仅仅是詹姆斯的遗物，更是我们两人的希望与梦想，是我们曾经描画过的未来。詹姆斯原本想在退出家族企业后在市区开一家画廊；我的梦想则是在父母退休后有一家属于自己的餐厅。还有，那我们曾经梦想过的，站在我和詹姆斯中间的小男孩，将会伸出小小的手牵着我俩。

所有的一切都将于今天被埋葬。

又一声啜泣撕裂我的肺叶，然后回荡在教堂壁龛间，声响远胜于风琴那极具讽刺意味的颤音。

"我做不到。"我哭着喘息低语。

我已经失去了詹姆斯。所有的人向我投来同情的目光，这让站在第二排走廊里的我犹如芒刺在背。这座传教士风格的教堂里，如今摆满了兰花花束，甜腻的气味裹着焚香，再加上汗水，混合成一种陈腐的味道，令人感到窒息。这些花束本是因婚礼而订购的，但詹姆斯的母亲克莱尔·多纳托，将它们送入了葬礼的现场。同样的教堂，同样的鲜花，只有仪式天差地别。

我的胃里一阵翻涌，只能捂住嘴努力向走廊那端的父亲走去。母亲上前来勾住我的手，紧紧地握住，然后用手臂搀扶住我，让我的头在她的肩上安歇。"好了，好了。"她安慰我道。我的眼泪已经决堤，肆无忌惮地划过脸庞。

抬柩人将灵柩放置在金属的底座上，然后退回座位。詹姆斯的哥哥汤姆斯，缓步移向站在前排的克莱尔，悄声站在她身旁。克莱尔身穿黑色套装，银色的头发就像此时她的站姿一样，僵硬地紧紧盘起。詹姆斯的表哥——菲尔也步入前排，站在她的另一侧。他回头看了我一眼，点头示意。我咽了下口水，也点头回应，然后走入长椅。

克莱尔转过身，"艾米。"

我努力将注意力转向她，讷讷地回应："克莱尔。"

自从詹姆斯的死讯传来，我们彼此就没有说过只言片语。很明显，我的出现，无时无刻不提醒她痛失爱子这件事，没错，就是她最年幼的儿子。为照顾我们彼此的情绪，我选择与她保持一些距离。

葬礼在一连串仪式与颂歌中进行着。我几乎遗漏了一半的演讲，也没听清楚那些诵读。仪式结束后，在有人拦下我之前，我悄悄走向侧门。因为，我已经听了太多的安慰之词，仿佛度过了比一生还要久的时光。

宾客慢慢移至庭院。我一边目送灵柩的离开，一边想要穿过通道，一心只盼无人发现。眼睛扫过前方，一瞬间被汤姆斯的眼神锁住。他穿过拱形的走廊，行至我面前，双臂环住我，给了我一个坚实的拥抱。略显粗糙的套装面料擦过我的脸颊。他看上去很像詹姆斯：黑色的头发与眼睛，麦色的皮肤，简直是一个更成熟更年长版的詹姆斯。但是，他并不是他。

"真高兴你能来。"他的气息拂过我的发梢。

"不是'来'吧，我是一直都在这。"

"我懂。"他带着我穿过聚拢在周围的人群，来到走廊另一头，一处藤蔓上爬满喇叭花的地方。薰衣草盛放的香气在七月下午的微风中飞舞。在黎明前，岸边的雾气笼住洛斯卡波，却被慢慢升起的太阳燃烧殆尽。天气有些太过温暖了。

汤姆斯转向一边，但仍紧握住我的手臂，说道："你怎

么样了?"

我摇了摇头,努力用舌头抵住上颚,抑住将要漏出嘴巴的呜咽,从他的臂弯中挣脱出来,"我必须走了。"

"我也是。来吧,我捎你一程,带你到墓园,然后去会客厅。"

我又摇了摇头。想着,他之前是开车跟克莱尔和菲尔一起去的教堂,现在怎么能带我去!

汤姆斯深深地叹气,说道:"你真的不来吗?!"

"只去墓园吧。"我的手指与裙子上的飘带纠缠在一块。之前,我是和父母一起来的,也计划着与他们一同离开。"会客厅有你母亲在,她要接待亲戚和朋友。"

"但他们也是詹姆斯和你的朋友。"

"我知道,但是……"

"我能理解。"他伸手进西装的口袋,摸出一张折好的纸。"因为我不能确定是否能再见到你……"

"我不会去别的地方,因为詹姆斯已经,已经……"我哽咽着,视线黏在脚上那双黑色楔形的鞋上,在那天,我原本该穿着白色缎面的鱼嘴高跟鞋的。轻声说:"你可以打电话给我,或者来看看我。"

"我马上要出远门。"

我抬起头,"哦,是吗?"

"拿去,这是给你的。"

我打开他递来的那张纸,顿时呼吸一滞。那是一张汤姆斯的私人支票,而且面额巨大。"什么?"我手指轻颤,脑中反映出支票上的金额,竟然是227000美元。

"詹姆斯在你们结婚的当下就去更改了遗嘱,但他……"汤姆斯的手揉了揉下巴,然后垂到身侧。"我也是受益人,但我还没收到他银行账户里的款项。除了他在多纳托公司的股份外,这是所有你本应收到的钱款。至于那些股份,他还没能写入遗嘱。"

"我不能收你的钱。"我递回支票。

他的手滑入口袋,没有接支票。"不,你能收。你们本来是今天举行婚礼的,所以这就是你的了。"

我又看一眼支票,心想,这真是一笔巨款!

"你父母马上要退休了,对吧?你可以给他们,或是给你自己买个餐厅。詹姆斯曾提到过,那是你想做的事。"

"我还没决定。"

"那么,去旅行吧,环游世界。你是,嗯,26岁吧?前头还有大把的青春。去做一些能令你开心的事吧。"他轻轻一笑,视线穿过我的肩头,投在庭院的另一头。"我得走了。保重,好吗?"然后,他轻吻了我的脸颊。

我感受到他嘴唇的轻触,但他的话语却丝毫没映入我的脑海。庭院里的喧闹声更甚,我的思绪也越飘越远。"做你喜欢做的事!"我根本不知道他指的是什么。那种事对我而言再也不会有了。

我抬头想与汤姆斯道别,却发现他早已离开。转过身,我看见他站在走廊的另一头,与他的母亲和表兄弟在一起。菲尔好似感觉到了我的注视,直起头迎上我的视线,还故意地抬了抬眉毛。我咽下口水。他倾身与克莱尔耳语了几句后,朝我走了过来。

此时的空气,如同锅中的热油般,飞溅着危险的气息。我仿佛听到了詹姆斯的声音,一句很早之前他说过的话:

我们离开这吧!

我卷起支票,紧握在手中,转身离开,朝着停车场快步走去。这仿佛预示着我告别自己的过去,朝向未知的将来走去,可我确实也不知道该如何离开,因为,我没有车。

我停在路边,思考着是否该回去找我的父母。就在这时候,一位有着金色短发的老妇人,走近我,问道:"是蒂尔尼夫人吗?"

我摇头否认了自己的身份,因为实在忍受不了再多听一句安慰之词。

"拜托,这很重要。"

由于她的奇怪语气,我犹疑起来:"我认识你吗?"

"我是朋友。"

"是詹姆斯的朋友吗?"

"是你的,我是莱西。"她向我递出手。

我盯着她停在半空中的手,然后抬眼看她:"对不起,我们之前见过吗?"

"我是为了詹姆斯而来的。"她放下手臂,偷偷瞥了一眼她自己的肩膀。"关于他的意外,我有些消息要告诉你。"

眼角又蕴出了眼泪。我深深地吸了一口气,肺部由于这几周来一直的哭泣,发出了咯咯的轻响。詹姆斯曾经告诉我,这次只是为期四天的短途出差。目的地是墨西哥,与客户一起垂钓,晚餐后商讨合约,然后回家。出航垂钓船只的船长说,他刚看到詹姆斯放下吊线,回头去检查了一下引擎,詹姆斯就不见了。就是那样的,消失了。

那是两个月之前的事了。

詹姆斯失踪数周后,被推定死亡。那之后,按照汤姆斯的说法,詹姆斯的尸体被冲上海岸。甚至还没听说他的尸体已被找到之前,警局已经结案了。

"你来得太晚了,他已经……"

"活着。詹姆斯还活着!"

我紧紧盯住她的脸,惊惧异常,心想:她以为她是谁!我指着灵车说:"你看看!"

她真的顺着我指的方向望去。我看见司机重重地关上后车厢的门,随后走到车身一侧,开门坐上他的驾驶位,关上车门,开出停车场,去往墓地。

我带着异常扭曲的心态,紧紧看着她。可她呢,眼睛还盯住灵车上黑色的轿箱不放,用一种平静、充满魔力的语调说道,"我想知道,灵柩里到底装的是什么。"

"停一停!"正当我迂回奔向停车场的时候,莱西的声音响起,"请,停一下!"

"走开!"

眼泪浸满了我的眼眶。唾液黏住了舌头,我胃里难过得想要呕吐。此时,莱西并没有走开。我瞧了一眼街对面。因为我的家就在不到一英里的远处。也许,我该先回家吧。

胆汁反上来,天哪,我真的要吐了。

"请听我解释。"莱西急着辩解。

"不,现在不行。"我捂住嘴,躲到了一辆大型货车后。一股热潮贯穿我的身体,腋窝和胸部下方都已经汗湿,内心在不停地挣扎,动荡不堪,但是,胃里仍不争气地抽搐,有东西要汹涌而出。

之前强忍着的,不断从嘴里吐出,洒在脚边被太阳烘

晒过的地面上。詹姆斯的杳无音讯,我等待他仍能生还的孤寂的夜晚,那通恐怖至极的汤姆斯报信的电话,都证明了詹姆斯已经离我而去。

然后是克莱尔,是她坚持要在我们婚礼的当日举行葬礼。因为教堂早就预订好,宾客和亲朋也已经空出时间确定出席。试问怎么能要求宾客取消或者重新安排他们的计划呢?

身体又是一阵颤抖。持续的呕吐使我的心脏抽痛起来,胃里已经没有什么可以再吐出来了。我开始哭泣,脏腑如同扭曲了一般,喘息不断,撕裂我的身体。泪珠重重落在沥青路上,溅入闷热的空气之中。

在脑海里,我意识到这已经是我的极限。除非我能在家里乱砸一通,或者紧紧抱住詹姆斯的枕头,但现在,在停车场里,三十码外有着拥挤的人群,以及一个突然出现的陌生人,我什么都不能做。

我倚在货车旁,随后跌坐在车子的保险杠上。莱西给我递了一瓶水,说道:"没人喝过。"

"谢谢。"我的手在不停颤抖,以至于竟然拧不开瓶盖。她从我手里抽回那瓶水,拧开,递给我。我一口气喝了三分之一。

莱西又从背包里抽出几张面纸,"拿着。"她合上背包,看着我擦了擦嘴唇,擤了鼻子,问:"好些了吗?"

"不。"我站起来,一心只想回家去。

莱西的手又伸进背包里,搜索了一番后,拿出一张名片,"我得和你谈谈。"

"我对你兜售的东西毫无兴趣。"

她的脸颊突然火烧似的红起来。"我不卖东西。有些事……"她顿住话，巡视了一眼我们身后空旷的停车场，回头跟我说。

我眨着眼睛，为她蓝紫色眼睛里透出的认真，震惊不已。直觉告诉我，她知道些什么。

"我真的不卖东西，很抱歉我的说话方式或者说的话吓着你了，但这些都是事实。请你一定要尽快来找我。"她抓起我空着的手，把名片塞了进去。继而退后并消失在货车周围。

脚步声！人行道上响起高跟鞋急促的嗒嗒声。"你在这啊。"纳迪亚喘个不停，"我们在到处找你。你的父母也是。"她棕色的发卷落在肩头，高高的发髻有些散开，这大约是急着找我所致。

克里斯汀也跑过来，停在她身旁，胸腔还在剧烈震荡。她透明的长袜因为跑步卷至小腿附近。

她们本来是我的伴娘。

"你在这干什么呢？"克里斯汀问道，嗓音因为紧张奔跑而显得颤抖、高亢。

"我在……"我把话咽了回去，并不想解释我藏在车后，为的是躲避一个紧追不舍的陌生人，然后吐在了自己鞋子上。

"你刚才在干吗？"她追问道。纳迪亚用手肘捅了一下她，示意地看向我脚下的地面。克里斯汀看到人行道上那如同倒翻颜料罐一般的飞溅物，皱着脸，叹气着说："哦，艾米。"

我的脸烧了起来，只能低着头不看她们。然后注意到

了手里的名片。

> 莱西·桑达士
> 心理咨询师，顾问与分析师
> 擅长：谋杀、失踪或神秘事件追踪
> 能助你查明事情的真相。

我的心脏一阵轻颤，猛地抬起头搜寻莱西去的方向。

"你在看什么？"纳迪亚问道。

我给她看了名片。她眼珠子一转，说道："嘘，看来今天是有个怪人找上你了。"

"谁？"克里斯汀又问了一句。"名片上写的是谁？"

"是个无足轻重的人，艾米不会在意的。"

纳迪亚说得没错，我说服自己：莱西是个怪人。她的神经质今天吓到我了。也许，她只是在报纸的讣告栏里看到有关葬礼的消息。

克里斯汀抱住我手臂，说道："来吧，亲爱的，我们带你去墓地，找到你的父母，然后告诉他们你是和我们一起来的。尼克在车那里等我们呢。"

尼克，克里斯汀的丈夫，也是詹姆斯最好的朋友。哦，我的詹姆斯。

克里斯汀拖着我往前走，我说："之前，我想走回家的。"

她看一眼我四英寸高的高跟鞋，舒展了眉头，"好吧，除非你走的回去的话。"

葬礼后，尼克送我到家。克里斯汀和纳迪亚随我进屋。

我停在玄关至前室的走廊里,四下张望。原本,这里有一把焦糖色皮质单椅和灰褐色针织套沙发;一台平板电视机,嵌核桃木的组合橱柜,自从上次我看完电视后,电视柜的门就一直半敞着。前门旁餐边柜的墙壁上,装饰着几幅詹姆斯自己装裱的画作。

所有的一切都毫无变化,除了那个本应住在这里的男主人。

我甩手把钥匙扔在餐边柜上。

纳迪亚穿过餐厅,朝厨房走去,木质高跟鞋的踢踏声在整栋房子里回响起来。"你需要喝点什么吗?"

"茶吧,谢谢。"我脱下鞋,舒展了一下脚趾。

纳迪亚打开搅拌机,取了一些冰格里的冰块,放入水罐里。因为罐子里温热的水,冰块立即发出碎裂的响声。

"来点其他味道的怎么样?"

我耸耸肩,说道:"当然,随你。"

克里斯汀刚走过咖啡桌旁,闻言,抬起眼,皱了眉头。她选了离壁炉最近的皮座椅,坐下,深深地陷进去,双脚紧缩向身体。当我的脚慢慢移向主人卧房时,我能感觉到她的眼神正盯着我。

我径直走到和詹姆斯共用的大橱前,打开了橱门。我的衣服正挨着他的套装整齐地挂着。颜色只有灰色、黑色和深蓝色。大多的衣服材质都较硬挺,有的则是细条纹棉布的。呵呵,他一直把它们叫做"力量套装"呢,这些,和平时他在家穿的牛仔和休闲格子衬衫风格完全不一样。

看着他的衣橱,这两类衣服完全是属于两种人。有时候连我也觉得我是和完全不同的两个男人生活在一起。在

多纳托公司工作的那个他穿着正式,彬彬有礼;另一个他则是一位充满自由意志的艺术家,常常撸起袖管,前臂上溅满颜料。

我深爱着这样的两个他。

我的鼻子轻轻地贴上他最爱的那件蓝色衬衫,深深吸了口气。他最爱的古龙水,檀香和浓郁的琥珀调,混合着他用来清洗绘画工具的松节油。上一次他作画时,正是穿着这件衬衣,在我的眼里,随着画笔的挥动,褪色棉质衬衣下,他的肩部肌肉也起伏不定。

"想要谈谈吗?"克里斯汀站在我身后,柔声问道。

我摇头,解开腰带上的蝴蝶结,脱下裙子。它滑落到脚边。我伸手探进橱柜,随手取出高中时代就得到的詹姆斯的衬衣和运动裤,套到身上。用力地拽着衬衣的瞬间,一股暖流包裹住了我。衬衣的面料被我拉得紧贴在背后,就仿佛詹姆斯正在拥抱着我。

我永远也不会忘了你,艾米。

我的心又碎裂开来,抽泣着仿佛要窒息一般。

在我的身后,硬木地板发出咯吱的响声,一旁的床也好似悲鸣不断。我关上橱柜的门,转身面向克里斯汀。她躺在床上,手肘靠着床头支撑起身体,拉住一个枕头放在腿上。哦,那是詹姆斯的枕头。

我的肩膀垂了下去,说道:"我失去他了。"

"我明白。"她轻轻地拍了拍身旁的空位,示意我过去。于是,我爬上床,将头枕在她的肩上。她的脖子则轻轻压在我的头顶。想来，自我们五岁起，我们就这样坐着，互相依偎，诉说着闺阁的秘密。在过去的两个月中，我们以这样的姿势坐在一起，很多次了。克里斯汀比我大两岁，在年幼的时光里，对于没有兄弟姐妹的我来说，她一直扮演着姐姐的角色。她的手揽住我的肩膀，"会好的，我保证。"

眼泪重又溢出。克里斯汀摸索着在床头柜上抽了纸巾给我。我狠狠地擦了几下眼睛，擤了擤鼻涕。她的手指轻轻拂开我太阳穴上黏湿的卷发，顺手抓了一张纸巾，拭去她眼角的泪滴。一声略带呜咽的轻笑从她嘴边溢出，随即她又笑了起来。"我们已经是一团糟了，不是吗？"

我们俩很快就去厨房与纳迪亚汇合。一起喝着玛格丽塔酒，一边分享与詹姆斯一同成长的故事。几个小时过去，鸡尾酒也数杯下肚，纳迪亚倒入沙发，立即呼呼大睡起来。克里斯汀也早已在我的床上昏昏欲睡。整个屋子里，我好像被黑暗笼罩着，隔绝了一切，唯一的亮光来自克里斯汀之前点着的蜡烛。我抬起纳迪亚的脚，也躺到沙发上，并把她的腿放在我的大腿上。现在已经是十点了，原本这时候，我已经被詹姆斯牵着，由着他带我穿过婚礼的舞池，在轻柔的，只属于我们的乐曲《我们俩人》中，曼妙起舞。

此时，纳迪亚咕哝了几句，从沙发上起身。拖着脚步走向客房，她身上的盖毯被扯到身后。

我占据了她腾出的空位，思绪飘飘荡荡。我想到了詹姆斯和他为什么要去墨西哥。为什么他不等等，或者让汤姆斯去接待客户？他是多纳托公司的董事长，公司关于设备海外进出口运营应该是由他负责的。詹姆斯只是财务总监，他的职责在于处理账簿等财务事宜，而不是合同谈判。

詹姆斯一直强调自己是接待这位特殊顾客的不二人选。在我刚寄送结婚请帖的几日后,他就出发了。

眼皮越来越重,我昏昏睡去,意识却还在纠缠。我梦到了那个出现在停车场的妇人:周身黑色,眼里却射出耀目的光彩。她的手缓缓举高,向前倾斜,嘴唇翕动。她说话如同吟诵咒语一般,回响在周身的空气里,也触动了她脚边的尸体。那尸体动了起来。我突然发现那个尸体不是别人,正是我的詹姆斯。是莱西让他死而复生了。

第二章

"你在这做什么?"

父亲醇厚的中音灌入我的耳朵。我猛地转身,盯着他看。他也紧紧盯着我,布满老年斑的手悬在宽阔的胸膛旁。房门隔断了"爱尔兰老山羊"酒吧的厨房和我所在的起居室,在他身后摇晃了几下,门上铰链因为晃动发出咯吱咯吱的声响。

这是周一,詹姆斯的葬礼已过了两天。自从我在父母的酒吧里工作开始,每天都是清晨五点起床。但詹姆斯失踪之后,清晨起床后,我就拖拖拉拉地走进浴室,洗完澡,从我前一天夜里都忘记加满的咖啡机里,倒上一杯咖啡,慢吞吞地走向我那辆鲜橙色的新款甲壳虫,开车去"爱尔兰老山羊"——一家早在我出生前,父母就买下的高端酒吧会所。我在这个酒吧的厨房里长大，擦过地板，整理过货架。通常，我会去厨房帮母亲。我母亲是酒吧的大厨。厨房里还有一位助理厨师：戴尔。正是他训练我成为点心师的。我的特长之一就是会做各种面包。我在旧金山的厨艺学院毕业后，便步了他的后尘，当上了母亲的助理厨师，而戴尔，则成了马萨诸塞州剑桥一家最古老餐厅的执行主厨。他后来告诉我，这是他一生等待的机遇。

从那以后，我渐渐地关注起"老山羊"的内部环境：不锈钢的商用烤炉与烤架、小型的冰箱与一旁的冷冻库，触手可得的杯盘……父亲的询问声顿时让我清醒过来。

头顶上日光灯发出嗡嗡的声响，好像一群蜜蜂正在盘旋。身旁的收音机被调轻了音量，正播放当地的早新闻。我听不清电台主持人的话语，但他的语调和节奏显得平缓、醇厚。一切都那么熟悉。这就是普通的清晨，但似乎又不那么普通。

父亲满是疑虑地看着我，因为我的沉默而小心翼翼。我站在烘焙台旁，周围满是烤好的面包，整个台面上都覆着白色的面粉。

"几点了？"我沙哑地问道。

父亲向厨房走近了一些，回答说："九点了。"

此时距我离开家已过去了三个小时。

画面闪现在我的脑海里：停车，解除餐厅的警报装置，前去厨房取一些材料，开始制作原料。是这样吗？也许这些记忆是来自成百上千个这样子的清晨的习惯？

我从面团里抽出双手，由于吸力作用发出了黏稠的声响。面团黏在我的手指上，还卡在指缝里。我赶紧搓揉双手，

但完全弄不掉那些面粉。

通常。我十分珍视这种能够独处的清晨,而且每天都渴望着能亲手制作这天所需的面团。这是从我记事起,母亲在我家的厨房里教我烘焙开始,便形成的生活节奏与消遣方式。如此重复工作使我的思绪得以放松,可以让我思考一天的工作,规划未来,回忆过去。但是,今天不行。面团黏在我的手上,就如同脚底踩到了口香糖,挥之不去。这也许是个警示。它告诉我,那些我耗费时日规划的未来只是徒劳一场。未来,已经不复存在。

我更用力地搓着手,想用指甲刮去黏着的面团。

父亲来到我身边,手里拿着一块蘸湿的洗碗巾,开始清理我的手。他的动作如此轻柔,满怀关切。他十分小心,避免刮擦我的皮肤,同时在我之前愤恨地揉搓双手留下的痕迹上,轻轻拭过。但他的温柔激怒了我。我并不是一个不小心就会碎掉的娃娃。我从他的手里抽出双手,更猛地拽回毛巾,粗暴地擦着皮肤。

"回家去吧,艾米。"

"回家做什么?"我把毛巾扔在烘焙台上。

父亲没再言语。他看着我继续揉着面团,然后把几个面包放在大型的金属托盘上,置于烤架上,随即把这些面包团和长棍推到一边,以备之后的烘烤。

母亲手提着两个购物纸袋,慢步走进厨房。她卷曲花白的头发帅气地别在耳后,露出纯银的耳环,将她的耳垂拉扯往下。她投了一眼看向父亲,随后微笑着望向我,说道:"我在外面看到你的车。你在这做什么呢?"

"烤面包。就像我每天早上都要做的事一样,一周要做五天的事。"

我喏喏地回答。

"我早就说让她回家去。"父亲说着。

"你父亲说得对,你需要休息。"

"我需要工作!"说着,随即抓起一把木勺。"你需要我的帮忙,我们需要今天午餐和晚餐用的面包。"

他们交换了眼神。

"怎么了?"我不禁问道。

"我给玛吉打电话了。"她朝我微笑,露出了上牙。父亲只有在紧急情况下,比如我生病了或者是我们要举办大型私人宴会的时候,才会搬出玛吉。玛吉是街口面包房的老板,给本区很多餐厅供货。

我深深呼吸,感受着新鲜出炉的面包在空气中释放的温暖潮湿的气息。不过那些面包不是我做的。我的视线投注到母亲带回来的纸袋上。上面确实印着"玛吉烘焙手工面包"的字样。

"我的顾客更喜欢我的面包。"我发牢骚地说着,"你不能替换掉我,或者它们!"

"我并没有替换……你。"父亲口吃了。

我愤怒起来,用木勺拍打在大腿上。我并不想大声叫嚷的。

母亲冲到我手边。"并不是那样。我们安排玛吉接班是因为我们觉得你需要休息。"

"但我真的不需要休息。"母亲紧闭着双唇,我却咆哮出声,"要这样多久?"

他们的表情为之一变,母亲更是抓紧我手臂,说道:"你

需要多久,我们就休息多久。"

"这里将要有些改变了——"

"现在不会,休。"母亲打断父亲的话。

"什么改变?"我望着父亲,询问着。他挠了下脖子,眼神紧盯着地面。"你们有什么没告诉我的?"

"亲爱的,没有什么。真没有。"母亲说道。

"告诉她,凯西。她总有一天会知道的。"

母亲的眼睛锁住父亲,然后开口道:"你父亲和我就要退休了。"

我紧握着勺子,问:"你们将要退休了,还是已经退休了?"狂暴的情绪一触即发。"天哪!我刚火化了詹姆斯,我还不能买下'老山羊',你们知道,我一个人没法经营它。"

"你不需这么做,因为,我们已经把它卖了。"父亲这么说道。

哐当,勺子掉落在柜台上。"你们怎么了?"

母亲呻吟起来,投给我一个抱歉的表情。

"营业必须在90天内结束。"父亲又加了一句。

母亲无奈扶额,"休,别说了。"

"我说了什么?"

"你说了什么!我们说好要慢慢告诉她的。"

我的视线游走在他们两人之间,希望其中的任何一人告诉我,这只是一个玩笑!他们眼神回到我的身上,脸庞上浮现歉意和关切的神情。

"为什么不和我商量?"我问道。

母亲叹了口气。"你也知道,之前有几次我们都是强撑着运营这家店。有个买主提议要买下餐馆。他对这有很大的规划。"

"我对这也有很大的规划,该死,为什么不……"我太阳穴的脉搏在不停跳动,"为什么不让我买下它?"

"难道让你来承担我们的债务?"母亲摇了摇头,"我们不能这样做的。"

"结果能坏到哪儿去呢?我肯定能处理好的。"我的思绪变成一团乱麻。虽然我积蓄不多,唯一的、与詹姆斯的联名账户是用来支付房屋贷款和公用事业费。他被宣布死亡后,再也没有资金进入这个账户了。他个人银行账户的现金给了汤姆斯,而他在詹姆斯的葬礼上把这些钱尽数还给了我,而且给的是一张很难兑现的支票。我觉得这并不是我该用的钱。

或许,我该把房子置换掉?要不就卖掉,然后搬来暂时和父母同住。

"'老山羊'是没救了。"父亲忏悔般的说辞使我的思绪一滞。他沉下头,深深呼吸。我想他大约是觉得失望,可他抬起脸来,我却意识那是羞愧与悔恨。"你省下钱购买面粉来烘焙面包。我和你母亲可不想眼见你破产。"

"破产?"我大叫道。

母亲点了点头,眼里似乎荡起水雾。"我们抵押了这栋房子,随后又做了一次抵押,但还是入不敷出。我们还欠一些供应商的款项未结清。他们都较为慷慨,也没收我们利息,但我们必须还清这些钱。新来的买主答应负担我们的债务,当然,房子的抵押贷款还是得我们自己来。"

"我真没想到有那么糟。"

父亲一把搂住母亲,说:"自从街对面的购物中心改造

后,加上有两家连锁餐厅也开业了。我们只能眼睁睁看着他们抢走我们的顾客。"

"我有办法挽回顾客的。我想扩充晚餐菜单的种类,提亮就餐区域,然后在周三、周六的晚上安排现场演出……"

"这些办法我都想过了,但还是没办法靠这些盈利,我们得还清贷款啊。"

身上的围裙被我揉成一团。显而易见的是,这位买家是个投资商,他想要提升这栋房子的品位,从而大赚一笔。可是,应该还是有办法能保住"老山羊"的!我已经失去了詹姆斯。不能连这也失去。太多的记忆留存在这了,在这的一砖一瓦里,那些迷迭香烤制的土豆的香气,以及威士忌腌制的牛肉……"我应该一早就知道,那样我就能想办法帮忙的。"

"我们本想对你说,但是……"父亲攥紧拳头,"好了,詹姆斯的死,当时我们也觉得不是解释的好时机。没有父母愿意给孩子添负担的。你……嗯……已经很好了。"

情绪果然失控。

双手从围裙上放下,我将原本揉皱的布料抚平。没来由的急躁,找不到方向和目标,仿如迷失。"我现在该做些什么?'老山羊'是我生活的一切。"对于未知的恐惧使我的声音也仿佛染上的严霜。

母亲抓住我的双手,说道:"想想这也许是个新的机遇,你可以尝试些别的?"

"比如?"我抽回手,一把扯着围裙。他们的话随之沉入我的心底。

母亲偷偷瞥了一眼父亲。"我和你的父亲都认为,现在是个从未有过的绝好契机,你可以借此理清思绪,找到想做的事。"

我瞪大眼睛。"你说的'从未有过'是什么意思!是因为'老山羊'被卖掉了,还是因为詹姆斯离开我了?"

父亲清了清嗓子,说:"两者都有吧。"

我呆住了。

"你和詹姆斯自你几岁?嗯八岁?就在一起了。你们俩曾是密不可分的。"

"你的意思是我太依赖詹姆斯了?"

"不,也不完全是这个意思。"父亲没有正面回答。

而母亲,则简单说了一句:"是的。"

我双眼盯着我的父母。

"听着,艾米,我们都对失去詹姆斯的事感到非常痛心。你父亲和我就像是失去了一个儿子一样难过。但现在,在你成年的岁月里,这一次只有你一个人。你的阅历和教育背景足够让你确定自己想要做什么。如果你还是想经营餐馆,那就自己开一家吧。"

在我还没处理好有关"老山羊"的事情之前,我怎么能胡乱地去想自己是否要开个新的餐厅?我扯出围裙里的棉絮,把它们放在柜台上。棉絮忽悠着飘到空中,变大,最后掉落到地板上,成为一个薄片的灰尘。我抓起钱包和钥匙。

母亲冲出来拦住我,"你要去哪儿?"

"出去,回家。"我猛地摇头,说,"或者别的地方。"我的内心一片迷惘,已经无法思考。胸口俨然有一块巨石,呼吸也越发困难。于是,我迈开步,离开了厨房。

母亲跟着我来到停车场。我笨拙地摸出钥匙,它们却不争气地掉在地上。我的下巴紧抵住胸口。急剧的呼吸,颤抖的肩膀,胸腔因为呜咽而绷紧,亟待释放。

母亲的手抚上我的背脊,将我拉进她的怀里。我将脸深埋在她颈间的发丝中,痛哭失声。我的手指在她的背后挣扎,最后攀上她后背。她轻柔地摇动身体,手指抚上我的头,反复用平静的语气说道:"放下吧,就这样放下吧。"

"我不知道该怎么做。"

"终归会找到方法的。"她说着。

"我不知道该做些什么。"

"你会找到的。"

"只有我一个人了。"

她后退了一步,抬起我的脸,用拇指擦拭着我的泪水。"你不是一个人。我们永远和你在一起。亲爱的。给我们打电话,我们就会赶来,也许是关于新工作给你些建议,也许只是借个肩膀供你哭泣。"

我感谢她的好意,但这并不是我想听到的,至少目前不是。

我八岁就认识了詹姆斯。他从纽约搬来洛斯盖多斯,成了尼克的新邻居,距离我和我父母——凯瑟琳和休·迪尔尼工作的农场,大约有两个街区。在一个酷夏的周六上午,尼克和克里斯汀带着詹姆斯来到我家,把他介绍给我认识。我能清晰地回忆起当时的细节,比那个年纪里能记起的所有回忆，都要清晰。那时，他压下卷曲的刘海，向我微笑，不小心暴露了与我见面时的紧张情绪，因为当时他急着想结交新的朋友。他的头发比起学校里的那些男孩的要长的一些，我忍不住盯着他那顶纽约喷气机队的棒球帽，以及从帽檐里漏出浓密的棕色卷发，垂落在他的耳旁。他用手整理头发，以此来缓解尴尬的气氛。

正如我们街区大多数周日的清晨一般，空气里弥漫着浓厚的割草机扬起的青草的香气。一旁的洒水器嗡嗡作响，成了背景乐中的噪音。父亲每每移动割草机，就发出一阵轻微的杂音呜呜声。我喜欢夏日的星期天，我总会架起卖柠檬汁的小摊，以赚些零用钱。攒下的钱够我去城里买一袋魔法记忆粉。售货员告诉我，只要在临睡前，撒一点魔法粉在脑袋上，就不会忘记我把鞋子放在哪，或者什么时候该做家务了。听了他的话，我下定决心，一定要有一袋魔法粉。

但是，这个特别的周日真的不同于往日，这不是仅仅因为尼克和克里斯汀带来了新朋友。因为，罗比和他的表哥弗兰基看到我架起了售货摊。罗比喜欢欺负弱小，但和他的表哥在一起，就意味着拉扯头发，互相叫骂，毁坏玩具，然后就是愤怒和泪水。

他们已经从我这骗了一杯柠檬汁去，嘲笑似地朝我挥舞着本来应该付给我的硬币。但我更想要他们离开，就在这时，尼克和克里斯汀到了。

"嗨，艾米。"克里斯汀叫我。她用手指着站在尼克一旁的男孩说："这是詹姆斯。"

我给罗比倒了一些柠檬汁，随后微笑着向詹姆斯说道：

"你好。"

他向我挥挥手,一笑,露出了漂亮的牙齿。

"看看谁在那儿,"罗比推了我一下,接着说,"讨厌的小尼基和胆小鬼。那是你们新的女朋友?"他的下巴指着詹姆斯。

詹姆斯听后僵直了身体。尼克向着罗比跨出一步,摆出进攻的架势。"住嘴,笨蛋。"

"呃!"弗兰基这时候嚷起来。水杯从他的手里滑落。他两手交叉抓住自己的脖子,"她给我下毒了,我快死了!"

我觉得十分不好意思,向着詹姆斯投去恐慌的眼神。他随后愤怒地吼向弗兰基,"别添乱了。"

"让我试试。"罗比喝了口柠檬汁,随后杯子就从他手上飞了出去。"哦,不,她下毒了。"他斜斜地倒在桌子上,塑料杯洒了一地。"她要杀了我们啊,弗兰基。"

"不,我没有!"我猛地推了一把罗比。他一动不动。"下去。"

"走开!"克里斯汀拖曳着罗比的手臂。

"再见,残酷的世界。"罗比一边转身拖住克里斯汀,一边说道。就在她几乎要被拖离行人道时候,她哭了起来。她强撑着站起,可是弗兰基又在背后推了一把。

尼克一拳挥去,距弗兰基鼻子两英寸的位置停下,说:"滚开!"弗兰基圆睁双眼,继而飞快地穿过街道,一头钻进了罗比打开的车库里。

罗比的重量压垮了桌子。他抓着我的T恤,推倒我的时候扭了一下,正巧压在我身上。我的肋骨和背部感到一阵疼痛。詹姆斯猛拽了罗比的一把,对方上前来一顿乱拳挥舞。詹姆斯嘴上被砸了一拳,裂开道口子,他咕哝着,用左拳打中了罗比的右眼。后者顿时大哭起来,跑回家去。

我慢慢站起来,詹姆斯扶着我并帮我掸去裙子上的灰尘。他眼睛上下打量着我。

"超棒的左勾拳。"父亲在我身后说道,"这会让罗尼和他那卑鄙的表哥躲在他们自己的街区,待上一阵子。"

我看着步行街上狼藉一片,突然觉得有些泄气。克里斯汀擦着鼻子,抽噎起来。她拖着腿,应该是膝盖受伤了,鲜血顺着胫骨直往下流,但她还是对我说,"真抱歉,你的柠檬汁售卖摊毁了。"

我的下巴轻颤,说道:"好了,现在我再也不能拿到魔法的记忆粉了。"詹姆斯听后表情滑稽地看了我一眼。

此时,父亲提议说:"克里斯汀,进屋来,蒂尔尼夫人能帮你包扎伤口。"

"我想回家。"她呜咽着,又用手摸了一下受伤的部位。

"我会照顾她的。"尼克挽起克里斯汀的手,然后对詹姆斯说:"我们下次再见吧。"

他们走远后,父亲便望向詹姆斯,问道:"小子,你叫什么?"

"先生,我叫詹姆斯。"他在衬衫上擦了下手,然后递出来,"詹姆斯·多纳托。"

父亲也伸出手去,"很高兴认识你,詹姆斯。进屋来吧,我们得把你弄干净。"

詹姆斯飞快地瞥了我一眼,说道:"好的,先生。"

"艾米,带詹姆斯去厨房,我让你母亲拿一些创可贴来。"

母亲随后拿来了绷带和药膏，詹姆斯的嘴唇也已经止血了，但嘴部还有点肿，于是，他只得坐在厨房的柜台旁，手里捧着一袋冰块，敷贴在脸上。

我仿佛有一堆问题想要问他。我想知道他的一切。当然，他和我也将同校。当然，他也爱踢足球。哦，他从来没有打过别的孩子。是的，他的手现在很痛。

当我问到他年龄时，他两次举起五指，然后又加了一个手指，哦，是十一岁。

"你有姐妹吗？"

他摇了摇头。

"那兄弟呢？"

他先是竖起两根手指，然后又猛地摇头，把两根手指改成了一根。

我笑起来，"罗比出手很重吧，重得让你都记不清到底有几个兄弟了。"

他皱眉表示不同意，又说："我只有一个兄弟，而且罗比的拳头就像小婴儿的一样。"

我笑得更甚，不得不用双手捂住嘴巴，才不至于让咯咯的笑声溢出，深恐他误会我在嘲笑他，而不是在笑被他狠揍的罗比的表现。说真的，我从没看过罗比跑回家能跑得这么快。

詹姆斯四下张望，母亲为晚会准备的苹果派正在烤箱里；父亲在外间播放的经典乐曲也缓缓飘进里间。詹姆斯调整了一下座位，随后说："我很喜欢这。"

"我也想去你家看看。"我也真的非常喜欢他，想让他成为我的朋友。他笑容很亲切，也很勇敢。他打罗尼的那一下，是我一直不敢作为，但却想了很久的。因为，罗比比我大多了。

"你家更好。"他避开我的眼睛，问道："魔法记忆粉是什么，这听起来好棒。"

我想起之前和詹姆斯抱怨魔法粉的情景，顿时涨红了脸。那时，我们靠柜台上，我低着头，告诉他有关魔法粉的事。我们的手臂挨得很近，他的被晒得黝黑，这令我很羡慕。我耸了耸肩，想要忘掉这事。"算了，反正我的柠檬汁摊也已经毁了，凑不到我想要的钱的。"

詹姆斯伸手够到柜台另一边的糖罐，拉过来放在他面前，然后从里面捻了一些粉末，将他的手放在我的手上方。

我抬头看他："你这是做什么？"

"闭上眼睛。"

"为什么？"

"相信我，闭上眼睛。"

我如他所言，闭上眼睛，听到上方有摩擦的声音。我的头发上发出沙沙的响声，头皮有些发痒。鼻子也是，就好像雨滴落在脸颊上，却没有沾湿皮肤。我眨了眨眼睛，抬头看去。是糖粉晶体落在我的脸上。

"这是干什么？"他的动作完成后，搓着手，我见状问道。

"詹姆斯的魔法记忆粉。"他没有淤青的另一处嘴角向上弯着。"现在你永远都不会忘记我们的见面了。"

我睁大了眼睛，而他的脸却烧了起来。他碰到了嘴角豌豆大小的淤青，痛得皱起眉头。

"我永远也不会忘记你。"我举手发誓。

之后的很多年里，詹姆斯也这么跟我发过誓。当时只有我们两人。再也容不下其他的人。我们深爱着对方。我们一同长大，也起誓要一块变老。

我们共同规划的生活，这是我唯一最想要的东西。

第三章

我从餐厅回到家的时候,看见纳迪亚和克里斯汀正坐在屋里。克里斯汀冲向我,"我们用了你的备用钥匙。你母亲打电话来说,你可能需要陪伴。"她停下,喘了口气。"她告诉我们有关'老山羊'的事了,我很难过。"

我点点头,紧闭双唇,随手把钥匙和钱包扔在餐边柜上。

她小心翼翼地观察着我,"你还好吗?"

我耸了下肩膀。离开"老山羊"后,我漫无目的地在城里乱逛,又想到了詹姆斯。我没有驾车回家,而是去了墓地,去看一眼他的墓碑。他被安葬在家族墓园里,墓地就紧挨着他早年死于肺癌的父亲,埃德加·多纳托的。一块厚实的花岗岩上刻着他的名字:詹姆斯·查尔斯·多纳托。名字下方是出生与死亡日期。汤姆斯和卡莱尔不清楚詹姆斯确切的死亡日期，法医说是在他离开后的2至5日内，于是他们最终选定5月20日为死亡日期。真是个好日子。

　　足足一个小时，我躺在青草地上，脸颊贴在墓碑上，回忆起詹姆斯离去前的种种岁月。他坚持要去墨西哥，强调必须是他自己，而不是汤姆斯。我不想他去。因为距离婚期太近了。我们还有很多事情要准备和计划。但他保证一定不会花太长时间，他的信誓旦旦和亲吻让我放手看他离去。他回来之后就会退出多纳托公司，开始从事他最爱的艺术工作。他说绘画是他热衷所在，于是我心软了。现在想来，当初我真应该像他一样坚持，一定要坚持让他留在家里。这样他就不会死。我们就能完成婚礼，前往圣巴特度蜜月。

　　思绪飘回詹姆斯失踪后的那几日。我拜访了克莱尔，希望能够陪伴那位因为失去詹姆斯而和我一样悲痛的母亲。但我本应想到，我的期许有些过高。克莱尔对于我们已经寄出的结婚请柬丝毫不感兴趣，更多的是害怕最坏的打算一语成谶。她让我通知宾客婚礼已经取消。

　　在多纳托家正式的会客室，我坐在她对面的沙发里，脸色苍白。我并没有放弃詹姆斯和我们的未来。沙发丝质的纹理在皮肤下显得异常冰冷，透过裙子，微微地刺痛着我。屋里摩登的家居是通过多纳托公司进出口生意运来的。所有的家居都棱角分明，这和克莱尔脸上的骨骼形状一般无二，没有一丝柔弱之处。

　　"我不能通知宾客，至少现在不能。"我不能承受告诉宾客们，我的婚礼延期或者取消了。这会使詹姆斯的离去更具真实感。

克莱尔僵着脸,说:"可是,你必须……"

走廊传来的声音吸引了我的注意。菲尔快步走进来,眼光锁定我,就像是猎人用枪来锁定猎物。他默默地坐在他阿姨身边,一手拦住她的肩膀,神情极为放松,没有一丝失去表弟的悲伤。

克莱尔拍了下菲尔的大腿,当后者亲吻她的脸颊时,她的手则轻轻摩挲着他的腿。我的胃一阵翻滚。

"艾米。"菲尔沉下头,对我说话。

我在沙发上如坐针毡。自去年夏天起,我就没见过他,更没想到今天他会来访。

克莱尔继续来回抚摸着菲尔的大腿,"我真不知道没有菲尔我该怎么办。对我们家来说,今年过得太糟糕了。我很感谢他能搬进来,陪着我。菲尔陪我度过了艰难的日子。"

我神情古怪地盯住克莱尔。心想,菲尔住在这?随后把手藏进了沙发垫子下。双脚战栗起来,我只得用力压住,并拢,膝盖因此撞在一起。战栗随之蔓延到身体,像水波一样,逐渐移向手臂。

克莱尔皱起眉头,问我:"你还好吗?"

我突地站起来,说道:"对不起,我得走了。"

她也站了起来,"一定要走的话,请等一下,我有件东西要给你。"说完,她走出房间,留下我和菲尔在一起。

他没有因为我站着而感到不妥,反而上下打量我。

"真是很久没见了,艾米,你想我了吗?"

他的嗓音仿若耳语,但在我耳里,却犹如咆哮一般字字句句都听得清晰。我盯着他背后的墙。

"呃,好吧,我想你了。你看上去还不错。想到……"

他身下的沙发发出沙沙的声响,我心里默念:别站起来,千万别站起来。

"对于詹姆斯的事,我感到很抱歉。"

他的话听上去充满悔恨。我的眼立即锁住他。

伴随着窃笑声,他又道:"很可惜,没能赶上他的葬礼。"

他跷起腿,双臂打开倚靠在沙发椅背上。他夹克外套里硬挺的白色牛津衬衣显露出来。我感觉自己整个袒露在他的目光里,倍感压力。但庆幸的是,他的眼光并不会灼烧到我的皮肤。

"你应该理解,现在克莱尔正诸事缠身,还要管你们婚礼这种琐事。她担心宾客,因为詹姆斯的事她已经太过伤心了。"

"这对所有人来说,都很难。"

他舔了下嘴唇说道:"好了,我想也是这样,我很抱歉。"

身心如坠冰窟,我居高临下的看他。

"关于詹姆斯……"他想要解释。

心中的怒意瞬间迸出。"抱歉有什么用,你能做些什么。"

克莱尔的高跟鞋声在走廊里响起。她走进屋子,拿着一个厚厚的文件夹,示意我收下。

"这是什么?"

她的手抓着文件夹,微微晃动,"电话和地址。"

我不解道:"给谁的?"

"詹姆斯的婚礼宾客的。你已经有他们的地址了,现在可以打电话或者发邮件给他们。告诉他们婚礼发生了什么事。这比寄信要快多了。"

这是认真的吗?我想同他们争论,但又突然意识到,在这争论的时间越长,越浪费我的时间。我怀疑菲尔想和克莱尔待在这,而不是和我。

"我会打电话给他们的。"我看了一眼文件夹然后道别。

菲尔站起来,说道:"我送你到门口。"

"不用了。"我打断他的话。

克莱尔睁大了眼睛。菲尔本来就是她的最爱,她对他的喜欢甚至超过了自己的儿子们。而且她对礼仪锱铢必较。

"不,谢谢。"我用自己能做到的最为客气的语调回答他。

然后没等他们反对,就走出了门口。

克里斯汀摩挲着我的双手,把我从回忆里拉到现实中。我眨眼看她。"来,坐下,我给你拿杯喝的。"

我随她走进厨房,继而跌坐进椅子里。

"我们带了午餐和日用品来。"纳迪亚解释说。随后,她将谷物放在厨房的柜台上,其余物品都放在前室里。克里斯汀则倒了一杯柠檬汁,递给我。

我贪婪地一饮而尽,但在擦完嘴的一瞬间,痛哭失声。

克里斯汀和纳迪亚呆住了,站在那一动不动。很快地,克里斯汀先反应过来。她放下手中的水壶,坐到对面,手里拿着纸巾,这样可以擦去我的眼泪和鼻涕。"这对你来说太困难了,艾米。求你告诉我们,让我们知道该怎么帮你。是什么让你想起詹姆斯了吗?你为什么那么伤心?"

"所有一切。"我心想着：詹姆斯、餐厅。我的事业，这个清晨我又失去一样东西。

纳迪亚从橱柜里拿出盘子，开始制作沙拉，"你需要吃点东西，你看上去太苍白了。"

"谢谢。"我一边擦鼻涕一边说道，拿着纸巾冲她微笑。

她也笑起来，"这样看上去好一些了。"

克里斯汀抚摸着我的手臂，又重复了一遍刚才的话："请你告诉我们。"

我攥着纸巾呜咽，之后点头。是的，我应该告诉她们，但不是所有的一切。我眨着眼睛，努力去掉眼中的湿意，眼周的皮肤有些生痛，我向她们坦白了另一件事，"我只是感到愧疚，仅此而已。"

纳迪亚把做好的沙拉放到桌上，问："怎么会？"

"只是想到了詹姆斯，我应该尽一切可能留他在家的。"我用叉子推开沙拉碗，"我们这时候本应在度蜜月。"

克里斯汀努了努嘴唇，还是继续抚摸着我的手臂。"你有个特别坏的习惯，就是把什么事都藏在心里。你不应该这么做，也不应该自责。你知道的，詹姆斯也很固执。无论你坚持与否，他都会去墨西哥的，所以，没有必要为此感到自责啊。"

"她为什么不可以自责？"纳迪亚反驳道，"一丁点儿的自责也没问题。"

克里斯汀立即回嘴："你有什么资格这么说。"

纳迪亚则一边耸肩，一边往嘴里塞满芝麻菜，咽下后说道："悲伤有阶段性的。让她往前走一步，才能继续生活。"

"她几乎好一点了。"克里斯汀回击道，"再说詹姆

斯下葬才两天呢。"

我摇了摇头,"亲爱的,我还在这呢,你们可以直接和我说话。"

"从技术上讲,他已经去世将近两个月了。"纳迪亚指出。

克里斯汀气喘吁吁,"天呢,你真不可理喻。"她站起来,把盘子放到水槽里,还在不停地嘟囔。

纳迪亚的眼睛转而落在天花板上,随后给了我一个理解的表情。"我父亲离开的时候我也是这样的。这样的自责。"她父亲在她13岁的时候就和她母亲离异了。

"那天,你还记得吗?我藏起了化妆品,他发现后把我拖到房间关起来。等我出来吃晚饭的时候,他已经走了。那时候我想,大概是我不听话他才会离开的吧。母亲之后告诉我他有外遇的事,我才想起,原本他惩罚我都会让我到屋外去,那天他和母亲正在大吵大闹。"

"以前怎么没告诉我这件事呢?"

"和你的理由一样。我感到自责,所以把这些事都藏在心里了。而且在我高中毕业前,我也不知道父亲外遇的事。为此,我整整自责了5年。"她伸手握住我的手,轻轻捏了一下。"感到自责很正常,但不要像我一样持续那么久。你要学会释放压力,因为,你对过去无能为力。"

哎,说得容易,做的难。

"那我现在要做些什么呢?"我问道。

她支起手肘,反问:"关于詹姆斯?"

"不,关于工作。我得去找一份工作。"我得继续做菜,继续烘焙,继续创作。这点也正是詹姆斯和我相像的地方。

他用绘画来减压,或者思考事件,我则用烘焙。我的双手忍不住要从橱柜里拿出烘焙材料。

我想再做一次面包面团,当然不能和今天早上做的一样糟了。我的思绪飘散开来的时候,不知不觉面粉里的水又加多了。面团又变得黏糊糊的。太黏了。

"你可以找到工作。噢,"她停顿了下,为了突出语气效果,又道:"你可以旅行啊。"

"这也是汤姆斯建议的。"因为要度蜜月的关系,我申请了护照,但我从没有离开詹姆斯一个人远行过。他是冲动的,对于既定的旅行计划他也可能突然改变主意,将它变成街边的散步。"你永远都不知道下一刻会有什么惊喜。"他曾这么告诉我。

纳迪亚微笑起来,"我喜欢他的想法。"

我则摇头,"不要旅行,至少现在不要。"

"那么,开一家餐馆?"

"是我父亲让你这么说的吗?"

她笑道:"不是,但我觉得这个是个好主意。"

"詹姆斯也是这么想的。他想让我开一家咖啡馆。他还告诉我,我做的咖啡味道还不错。"

"所以,这值得考虑,不是吗?"

没有詹姆斯在我身边,让我独自开一家餐厅,真是个远大的抱负。我转头看向一旁的克里斯汀:"你怎么想?"

她举起双手,说:"嘿,我可是艾米阵营的,什么事能让你开心,我就同意。"

詹姆斯和"老山羊"才能让我高兴。

纳迪亚把她的餐盘放到水槽里。克里斯汀打开冰箱看了一眼,随后开了橱柜。我看着她们,突然意识到今天是周一。"你们俩不用上班吗?"

"有人替我了,所以我今天能一整天陪着你。"克里斯汀在一所小学做教师,至今有一年左右的时间。在新学年开始之前她会有暑假,但现在暑假还有几周的时间。她和尼克去年结了婚。两人开始新的家庭生活,我们曾说好要一起看着孩子们长大。

但现在这个梦想破灭了。

纳迪亚把餐盘都放进洗碗机,然后擦干双手。"我到二号为止,还是有空的。"

克里斯汀眼睛扫了下橱柜柜门,说:"你说你一整天都有空?"

"我在来的路上接到电话,城里有片可以做零售区域的空地出租。承租人接受了我的报价,希望能尽快和我见面。"

"是那个圣克鲁兹北大街的空地?"我问道。"在舞蹈工作室和酒吧中间的那片?"这是我唯一知道到地方,也正是因为詹姆斯我才知道这个地点的。

"就是那里,那将成为一个艺术画廊。"

我有些犹豫地问:"你在开玩笑么?"

纳迪亚给了我一个奇怪的表情,"嗯,不,有什么不对吗?"

"你选定要开艺术画廊的地方,正是詹姆斯和我准备要租下开画廊的。"

她的身体蜷缩了一下,说道:"我很抱歉。"

我摇头示意她:"这不是你的错啊。"

克里斯汀又探头进冰箱,"纳迪亚,你把酒放哪里了?"

"不是有一瓶和生活用品放在一起了?"克里斯汀听后摇头表示没有。纳迪亚耸肩表示:"也许没放在纸袋里吧。"

"车库的冰箱里正有几瓶放着冷冻呢。"我声音略显沉重,因为思绪正围绕着城里那块要建画廊的地。那块地的租约确实很难确定,没承想,梦想就这么悄悄溜走了。

克里斯汀小心翼翼地看我,随后走去车库,轻掩上门。不一会,她手提一瓶夏顿埃酒快步回来,说:"你什么时候清理车库的?"

"看上去像我清理过了吗?"我伸手在空气中挥了挥,心想,那里应该有成堆未读的邮件仍在柜台上,地上也有不少报纸。角落里也许到处都是灰尘。

"随你吧。"她拆开酒瓶的包装纸,倒了三杯。"总之,车库看上去很好啊。"

我们一边喝酒一边讨论着纳迪亚的设计项目。正在此时,她手机里的约会提醒铃响起。她扫了一下屏幕,说:"我得走了,我明天再给你打电话吧。"她亲吻了我的脸颊,抓紧她的单肩包。谁知,椅背的把手竟然勾住了她的包,瞬间,包里的东西倾翻在地:唇膏、钢笔、薄荷糖、白纸,铺满了一地。

她咕哝着骂了一句,我则弯腰帮她捡起。"好了,我来吧。"她推开我的手,捡起地上的东西。"必须得走了。"说着,她就冲出了房门。

我刚冲她挥手道别,目光投向立体声屏幕上的播放清单,脑子里想的是克里斯汀能待到什么时候。她又倒了杯酒。真好,她暂时还不会走。

我们边跳舞边聊天,一起看网络电视里的女性主义的电影。晚上10点左右,门铃响了。尼克来着接他的妻子。

"我明天再给你打电话。"克里斯汀站起来离开沙发,说道。

我送她到门口,她重重地拥抱我,"晚安、晚安,亲爱的。"

尼克的手臂挽着她的,揽紧她。他们两人真的很般配。我眼看着他用手指梳理他妻子小束的金色头发,并亲吻她的额头,嘴唇还轻轻滑过眼睛。他们是如此亲密。我的心为之一颤,我已经失去了同詹姆斯这样的机会。

"今晚你一个人可以吗?"尼克问我。

我还有别的选择吗?

"我没事。"

"如有需要,马上给我们打电话。"

"谢谢。"待他们跟我道别后,尼克开车离去。我关上门并上了锁,随后滑倒在地上,背依着大门,眼睛干涸地闭紧。我感觉到酒劲上涌。

各种声音和气味渗入我早已混乱的大脑。钟的滴答滴答声、空调的吱吱声、香芬蜡烛中柠檬草及椰子的香味。

我感觉眼睛快要闭上了。但我必须先吹灭蜡烛。

我感觉十分放松。突然,厨房座椅下的一张纸吸引了我的注意。这张纸一折为二,远看像一顶小帐篷。我走过去捡起那张纸,而后看到了其中的内容。

那个在詹姆斯葬礼上出现的灵媒。我几乎要把她忘了。肯定是因为纳迪亚刚才手包里的东西掉落,这张纸也一并掉了出来。我盯着卡片看,上面写道:

詹姆斯还活着。

莱西的留言瞬间击中了我。

真是无稽之谈。我把卡片扔在了柜台上。然后走过房间,吹灭了蜡烛,锁上门,关上灯。我重新检查了一下车库。确认克里斯汀离开的时候只留了一盏顶灯。我将它关上。

在我的大众甲壳虫车后面有一个很大的空间。那里本来有八个箱子,其中装满了詹姆斯用气泡纸包裹的帆布画。但是现在不见了。

我走过汽车,眼神紧紧地盯着空出的墙角。只有一个箱子留了下来。那别的去了哪里?它们消失多久了?这几个月来,我的生活是一团糟,所以不能确定箱子到底什么时候丢失了。也许是詹姆斯想要留出更多的车库空间,所以将画作全部搬到了公司的仓库?

汤姆斯可能知道这些画在哪里。我应该给他打电话。明天吧,我这么想着,打了一个哈欠,回到屋里,一头扎进了床铺。

 第四章

10 月

时光飞逝。一天,紧接着一天。无尽的夜晚,我都与纳迪亚以及克里斯汀一起晚餐。当然,还包括克里斯汀的丈夫。无尽的夜晚,我独自在沙发上看电影。如果实在没有什么可以看的,我就烤面包。

我也会偶尔开车去"老山羊",之后在我的厨房里工作。它不久就会关张,现在仿佛是在苟延残喘。我也必须找到生活中的另一个重点。这样想着,于是,我不再去了。

邮件堆积如山。报纸也一样。水槽里的盘子越来越多。房子里的任何桌面上都有可能放着酒杯。餐桌上满是吃过的蛋糕和饼干。只有我想的时候,才会用洗衣机和烘干机,

就比如我必须要更换内衣的时候。

无论白天黑夜,我总是努力将它们填满,直到自己崩溃。等醒过来的时候,我的身心都异常疲惫,唯有靠浓咖啡来提神。我用从国外买来的咖啡豆和浓糖浆来制作提神的咖啡。每天,我会煮更多的咖啡。整个屋子一片狼藉。我的生活也像是一场灾难。我彻底被击垮了。

直到有一天我清醒过来。

只是因为一个割草机的声音。我从前窗里向外张望,看到尼克来来回回地穿过草坪。而克里斯汀打开了门一把抓起我,说道:"你醒着吗?"

我想我还是个人吧,还是醒着的,随即指着窗外说:"他应该停下这么做。"

克里斯汀关上了门,说:"他想帮忙。我也觉得他确实帮到了,不是吗?"

我抓起一个空的纸巾盒,问道:"那能怎么样呢?"

"他也很想詹姆斯。"

"我们都一样。"我开始收拾起屋子里的玻璃器具。"草坪看上去非常好。但是已经十一周没有割过草了。他不能终其一生都在我的草坪帮我上割草。"

"那个刚刚返回人类生存地的女人也是这么说的。"克里斯汀跟着我进了厨房。"我会去告诉他尼克已经雇用了一名园丁。"

"很好。"

她的手扇了扇。一股肉桂和枫树浆豆混合的味道充斥在空气中。"你做了咖啡蛋糕?"她这么问道。我示意她看一看厨房桌子上的烘焙盘,以及各种瓶瓶罐罐。她圆睁

着双眼,"看来你非常忙。你是想把这些全部吃完吗?"

我一脸无辜地回答说:"这是给邻居准备的。"

我的邻居和她的丈夫非常感谢我送给他们的蛋糕,而且他们的三个孩子也都非常喜欢。我给他们礼物的时候,他们也无奈地请求我不要再赠与他们别的东西。因为我为他们家已经花了太多的钱。如今,我的银行账户空空如也,已经没有足够的钱去支付这些费用。而且我也没有说服自己去兑现汤姆斯的那张支票,因此,用信用卡支付一般的日用品已经捉襟见肘。我甚至想过要停止对母亲所在志愿者服务的圣安东尼汤品餐厅的菜品捐赠。

克里斯汀自己切了一片蛋糕,说:"哦!哇哦,这是你母亲的配方。"她嘟哝着,"而且更好吃。"

"我加了一些酸奶油。改变了一下口味的质感。使它的口感更柔软,更轻盈一些。"

她吃完了一块。又切了一块放到盘子里,"那么,告诉我,你为什么疯狂做菜?"

"你是了解我的,我必须保持忙碌啊。这才能不让我的脑子去想……别的事情。"

她的嘴角漾起轻柔的微笑,"看来詹姆斯不是这房子里唯一的艺术家。"

我的嘴角抽搐着,回应道:"是的,我们确实都是艺术家。"

我把餐盘拿到水槽里,随后清洗干净。克里斯汀则吃完了咖啡蛋糕,径直走到我那几个月没有处理的邮件旁边。有一封信露出一角,她抽出的时候,信封都掉下,铺满整个地面。"哇!这是什么?"

我看着她手里拿着的东西：汤姆斯的支票，和其他信件一起被遗忘在那里。"那是汤姆斯寄来的。"

"什么？为什么？"

"他是詹姆斯保险的受益人，但他指出既然我和詹姆斯已经快结婚了，那么这笔钱就应该属于我。"

"那人真是太好了，天哪！"克里斯汀兴奋地用手指弹了弹那张支票。"他简直是你的救星啊，有了这笔巨款，你可以开家餐厅了。"

"是的，我可以这么做，如果我想的话。"

她继续盯着那张支票看，紧接着惊讶地说道："上面的日期正好是你的婚礼……哦，对不起，这个支票开具的日期正好是詹姆斯的葬礼。"

我擦干手，从她手里接过支票，"汤姆斯把它给我的时候，正好是莱西尾随我的时候。"

"谁是莱西，是那个跟你在停车场对话的女士吗？"

我点了点头："她是个灵媒。"

紧接着，克里斯汀的嘴里迸发出一声大笑，"什么？"

"类似心理咨询师吗？"

"也可以说就是一个算卦的。"

"我认为更像一个灵魂管理者。"

"怪不得纳迪亚把她的名片从你的手里拿走了。如果我是别人，她要是像这样接近我的话，我也一定会这样做的。她告诉你什么了？"

"詹姆斯还活着。"

克里斯汀惊讶得合不拢嘴。前厅的钟此时敲响起来，又响了一声。她深吸了一口气，说："那太奇怪了，你相信她，

是不是?"

我摩挲着手指上的订婚戒指,"我一直问自己,如果这样的无稽之谈成真了呢?"

她圆睁着双眼:"艾米……"

"不,我还不相信。"

她听后才大大地松了一口气,说道:"太好了,你让我有些担心。"她瞥了一眼手腕上的表,"我得走了,30分钟后就要开始上课了。哦,我差点忘了,"她慌乱地翻着钱包,说道:"这是给你的。"

哦,又是一张名片:

格蕾丝·帕特森博士。临床心理学家。悲伤情绪,辅导师。

"我很高兴,你已经重新回到地面了,但我觉得你还有一些东西藏在心里。如果心里忧愁太多,那就去找心理医生吧,一个真正的咨询师。"她轻轻地点了点名片,又指着名片后的手写字体,"我已经约好了,今天11点。你可以更改日期或时间。或者直接取消,这都由你决定。"

"谢谢。"我说道,并没决定我是否要去。我把名片扔在厨房台面上,它正巧和莱西的名片叠在一起。

"工作完成后,我会给你打电话。"克里斯汀亲吻我的脸颊,随即离开。

等我清理完家里,洗澡,穿上牛仔裤、汗衫和平底鞋的时候已经是10:58了。一切都变得非常干净,包括我在内,但我有可能会错过克里斯汀替我做的预约。我想着是不是要故意晚出去一些时间。

在格蕾丝·帕特森名片旁,莱西的名片从中往下折翻。中间的部分正巧进入了我的视线。我已经一遍又一遍地读过这张名片了。突如其来的怒气袭来,我的内心被暴怒刺痛着。

为什么她要在詹姆斯的葬礼上跟踪我,然后告诉我詹姆斯还活着的谎言。那太残忍了,我想到了汤姆斯的支票,随后又想到,是不是她知道钱的事情?也许她是要利用我。当我紧紧盯着这张名片的时候,有两个字越来越大、愈加显眼。它们吸引了我的注意。失踪人士,这几个字恰巧印在名片上"能帮助你找到一切你想找到的东西"的上方。

既然她胆敢接近我,就最好真的知道答案。我抓着名片,拿起钥匙,不免又自嘲起来:我怎么会想到要和她见面的呢?

莱西名片上的地址正好是居民区的一幢房子。这片居民区位于洛斯盖多斯和坎贝尔的边界。我在那个牧场前停下车。她家草坪的前方有一块很明显的标志,上面写道:

莱西

心理咨询顾问、

塔罗牌、手相算命。

欢迎光临

这块标志也许会让人们对莱西的印象各异。她可能是一个灵魂管理者,又可能只是一个会算命的骗子。天哪,我是一个傻瓜吧,纳迪亚提醒了我不要这么天真的。透过走道的窗户,我看见莱西正从厨房里看着我。我感觉肩膀上的皮肤忽然有些许刺痛,但又不禁想要直视着挡风玻璃外莱西的眼光。

"快进来吧,艾米。"

我哄骗着自己走出汽车的同时,感觉到她的眼睛,正看向我。或者她是在对我的脑子说话。

我摇了摇头,摆脱这样的感觉,随后走出汽车,关上门。

"你好,艾米。"莱西站在走廊里跟我说话。

我的脸抽搐了一下,目不转睛地盯着他。我甚至没有看见她走出房子。

"你想进里面来吗?"她笑容和缓地望着我。

"我……"我的嘴张着,但说不出一个字。她则充满期待地望着我。我咕哝地说了一句抱歉,伸手去搜寻身后的车门把手。我有一种奇怪的感觉,总觉得她知道詹姆斯的事,甚至有些我不知道的事。这让我感到害怕。我转身坐到了驾驶座位上,然后插入钥匙。

莱西轻叩副驾驶的窗户。我迅疾系好安全带,她又问:"你现在去哪里?"

"我很抱歉,来这里是一个错误。"说完,我启动了引擎,她从我的车旁跳开。我提了加速挡,马力十足。汽车向前飞奔而去,带我逃离开。

我选择了一些小路,而不是高速公路,花了很长时间才回到家。一路上我不停谴责自己的愚蠢。"天哪,我真是一个白痴。"但是，当我到家时，莱西正站在我家门廊处。

我迟疑地看了看草坪上的栅栏。她抬起脚，说道："不用担心，我不会待太久。"说完，她慢慢走向我，拿着我的钱包，说："我在街上发现的。"

我空洞地看着那个橄榄绿色的古驰钱包，那是詹姆斯两年前送给我的生日礼物。现在正不合时宜地握在她的手中。

她朝我微笑。这让她的脸变得更为柔和，看上去更年轻了，不像我猜测的是四十几岁的样子。我接过钱包，查看后发现所有东西都在里面。她告诉我："我只是看了一眼你的驾照和上面的地址。还有，照片拍得不错。"

我把钱包放进了手提袋，问："你的灵力难道没有告诉你我住在哪里吗？"

因为我挖苦的语气，她后退了一步说："对不起。灵力不是这么用的。我敢说你真正驾车到我家的原因并不是为了证实我是一个骗子吧。你是为了查找詹姆斯事情的真相而来的？你在怀疑他的失踪。你心中还有疑惑。"

我的皮肤一阵战栗，不得不转过头去。

"我惹恼你了吗？"

"我想你应该离开。"我对她的出现感到十分不适。她犹豫了一会儿，张嘴想说些什么，但始终没说出口。于是，她只是点了点头，转身走向她的汽车。我看着她驾车离开，惊讶地发现，我竟然在想，再一次见到她会怎样？

第五章

　　胃一阵痉挛,我仿佛听到了詹姆斯正在远处发动引擎,汽车响起的轰隆声,和他咯咯的笑声。微风拂过我的衣服。他的声音仿佛在挠我的耳朵,那声音好像在说。"让我们一起去'乔之家'咖啡馆吧。"

　　"乔之家"是我和詹姆斯星期天早上经常会去的地方。但自从詹姆斯离开后,我就再也没有去过。我怀念他在夜里的笑声,以及他那温柔的嗓音。我一直在想是否能够再听到他说:我爱你。我不愿意做任何事情,尤其是那些会提醒我詹姆斯已经离去的事情,比如打包他的遗物,取消他的杂志征订,或者像现在这样一个人坐在"乔之家"那只属于我们俩的餐桌旁。但这是半年来的头一次,我非常想去那里,点一碗他家招牌的土豆汤和柑橘沙拉。这个咖啡店的食物都非常美味，可说实话"乔之家"的咖啡并不怎么样。詹姆斯经常开玩笑说我们应该自己带上饮料，可以支付给"乔之家"杯子的费用或者是开瓶费。"乔之家"的黑咖啡和我自己做的相差甚远。

与其回到一个空荡荡的屋子吃着腐坏的食物，我情愿再走六个街区到"乔之家"，听着我的鞋子在人行道上的回声，好似詹姆斯就在我身边。这条路我走过太多次了，但从未想过有朝一日不能和他再次并行，那时我们的双手紧紧相握，而现在，我弯曲手指，手掌冰冷而空虚。

我来到"乔之家"，想要转动把手推门进去，于是径直走到玻璃门前。"哦。"我双手掩面，眼眶湿润。鼻子抽动起来。当我抚摸到那光滑的表面时，我不禁一边跺脚一边咒骂着。

我掐了一下自己的鼻梁，而后转动把手。但是，周五这里是关门的吗？

我将前额抵在玻璃门上，偷偷地向内张望。咖啡馆内漆黑一片，什么都没有。里面的陈设也不翼而飞。没有小松饼，没有肉、沙拉或者酒瓶。在远处的窗上贴着一个告示：

出租

在很长的一段时间内，我的大脑一片空白。"乔之家"咖啡馆也关闭了。永远消失。我回忆起周末和詹姆斯一起步行到这吃早餐的情形：煮咖啡的熟悉的气味，新鲜烘焙的松饼，还有土豆蔬菜煎饼，这些都是我今天早上来这里的原因。这曾经是属于我们的地方，是属于我的所在。

我将思绪抽回,继而对自己影子说:"我可以拥有这个地方。"

就在此时此刻,我突然明白我应该做些什么,也确信必须去做。是的,开一家属于自己的餐馆,就在"乔之家"的旧址上。我想这也是詹姆斯愿意看到的。我要为詹姆斯做一次新的尝试。

就像灌了一口咖啡因一样,兴奋感立刻涌遍全身。在还没有改变主意之前,我立刻拍下租售代理商的姓名和电话,把它们记在我的联系人名录里。

心中的希望正在冒泡。我环顾四周,突然注意到,咖啡馆馆底部的路基要高于路面。纳迪亚也许已经开始她的艺术画廊的设计。而这里还需要重新修整一下。我转身离开"乔之家",然后给纳迪亚打了电话。

"想做就去做吧,你只需要告诉我你的想法。"纳迪亚鼓励我说。

"画廊今天不对外营业,我没有办法进去。"

"当然,你可以去。温迪的壁挂艺术展正在隆重举行。"

"我不太肯定,"我真希望纳迪亚能在我身边,这样我就可以把我对"乔之家"的愿景告诉她。我的胃部又是一阵翻滚。

她似乎有些不耐烦说道:"告诉她是我让你去的,她不会介意你四处看看。"

"那好吧,我就偷偷地看一眼。"我在街角停驻。一辆汽车飞驰而过,我立刻跳开。

"我现在要准备一个电话会议。今晚下班后我会到你家去。我想听听你对颜色的选择和格局的要求。"

"好的。"

"那么今晚见。"她挂断了电话。

我走进纳迪亚设计的画廊。她几乎颠覆了整个墙面。所有的东西都焕然一新。大型的落地窗,并排的高耸的玻璃门,在木框架的顶棚下盘桓的顶灯。店门口有两棵盆栽忍冬,枝叶延展伸向天空。玻璃门上的店使用的字体非常优雅。

温迪·V·琪　画廊
培养当地摄影师走向国际的地方。

对的,是摄影师,不是画家。

纳迪亚用不同的方式来设计画廊,和我想得不一样。她为温迪创造了一个美妙的环境,使其能展示她非凡的摄影天赋。

在橱窗的壁架上,展示的是一幅令人窒息的摄影作品:薰衣草橙色的天空正亲吻着其下的水面。这个画面充满魔力,作者简单地将其命名为:伯利兹的日出。我感觉到自己被画面深深吸引。好像正坐在沙地里,凝望着海天一线的潮汐处微微泛起的亮光。一股潮湿的微风吹拂到我的皮肤上。我想去那里。

摄影作品名称旁边的作者署名是伊恩·科林斯。我正在想象着伯利兹城的日出光线是如何的迷人,便不免觉得

伊恩确实是一位令人意想不到的出色的艺术家。

画廊的双层玻璃门向外开着。内部的整个地面被替换成了厚厚的金色纹理的木地板。浅色的地板能够使人们的眼睛离开脚下,转而注意到艺术品。刷成白色的墙体,能更好地凸显艺术作品。整个画廊被分为三个展览区,用砖墙隔离开。我能看到整个画廊的背墙,但是隔离墙把休息空间也分成几个区域,这对于公开的展览策划来说,能够增加更为私密的空间范围。我相信詹姆斯会非常喜欢纳迪亚的设计。

我来回走的时候,鞋子发出滴答滴答的响声。身后的隔墙那儿有声音传来。那声音是榔头敲击的声音,然后是一声巨响,伴随着咕哝声和咒骂声。

"够了,伊恩。让我给承包商打电话,他能做到这些。"

"别打电话,他收钱,而我是免费的。"

"按照现在的状况,你需要花更多的钱来做急救护理了。布鲁斯会帮助处理这件事情的。"

"这是最后一锤了。"接着又是好多下敲击声。"好了,就这样。"拿着锤子的男人显然有一口糟糕的法国口音。一阵傻笑眼看就要溢出唇边,我连忙捂住嘴。

"谢谢你,伊恩,但是不要忘了你白天的工作。"

"我还没有白天的工作。"名叫伊恩的男子出现在隔墙旁。当他看到我的时候,猛刹住脚步。他的眼睛和我相遇了。我被他那琥珀色的深邃眼神吸引住了。他的前额搭着几缕浅色的头发,令人意外的是,我竟然有冲动想伸出手指,穿过这样的发丝。

我的脸烧了起来,这样的想法是怎么产生的?

他下巴的线条硬朗而分明,嘴边挂着微笑,说道:"你好。"

我傻傻地看着他。他的表情转而变成了露齿的微笑。天哪。

"伊恩?"女人的声音响起。伴随着轻快的脚步声,说话之人进入我的视线。"哦,我没想到竟然有一位访客,我能帮你什么吗?"

我转头看向她。她身材纤细、面容姣好,穿着一身黑色,充满光泽的头发披在肩膀上。唇边扬起一丝微笑。

我伸出手,说道:"你好,我是艾米·蒂尔尼,纳迪亚的朋友。"

她回握我的手,"温迪·伊,这是伊恩·格林斯。"她点头示意,"是和我一起工作的摄影师。"

"我看到了窗内的照片,太美了。"

"谢谢。"他这么说,随即抓住了我的手。"非常荣幸能见到你,艾米。"

"我很抱歉打搅你们了。"我对温迪这么说,"我只是想来看看纳迪亚的设计作品。"

"完全没有打扰,随时欢迎你。如果有兴趣的话,请来参加我们下周召开的开业典礼。"

伊恩此时也提议道:"你应该过来看看。"

我的眼神在他两人之间徘徊,说道:"可是我对摄影一无所知。"

"你只要懂得如何使自己放松享受就可以了。"他这么说道。"届时纳迪亚也会来的。"

"那我给你一份请帖吧。"温迪走向画廊一角的桌子旁。

我没敢看向伊恩,但我觉得他正盯着我看。

温迪踱步而回,给我递上一封打开的信,其中有一张白色的请帖,"下周三晚上8点。"

"谢谢!"我把请帖放入自己的单肩包里。

伊恩揉着胃,叫嚷起来:"我快饿死了,去吃饭吧,温迪。"

"你先去吧,我得完成这里的工作才去。"她挥手示意他先离开。

"那我给你带一些回来。"

"好的,谢谢。"她从他手上接过锤子后便消失在隔墙之后。

伊恩望向我,问道:"一起吃午饭怎么样?"

我下意识地后退了一步。他傻傻的笑,说着:"如果在一分钟之内有两个女人拒绝了我,我真要怀疑自己是否魅力尽失了。难道是我忘了喷香水了吗?"

我不禁笑起来,"谢谢你的提议,但是今天不行。"

"我是一个不错的陪伴者,陪我吃点东西吧。"

我的胃发挥了自主意识,不断提醒着我步行到城里来的原因。它抱怨地发出声响。

伊恩挑了挑眉毛,示意往外走。"街角有一家不错的披萨店,我们可以在户外吃些东西。"

肚子又咕咕叫起来。"那么就披萨吧?"我随着他走出前厅,拇指抚过玻璃窗内的照片,问道:"你一直出去旅行吗?"

"每隔4到6个月我会外出做短暂的旅行。隔几年就有一次长途旅行。不久之后,我计划了一次摄影探险。"他一边向外走,一边对我这么说。

"到陌生的地方去,那肯定很棒。"

"这正是它的魅力所在。"他看着我,"你是不是也经常旅行?"

我摇摇头,说:"只是经常散步而已,我根本没有出过国。"

"如果你能出去旅行的话,你想去哪里?"

我不假思索地说出映入我脑海的第一个想法,"你照片里的海滩。"

"那确实是个不错的景点,值得一去。"

"我也想去,但是那太贵了。"

他眨了眨眼睛,"钱有时候真的是一个问题。"

我们在街角停下,等着交通信号灯。"从来没看见你在这里工作过。你在别的地方也办展览吗?"穿过街道的时候,我这么问他。

"网上也算吗?我只在温迪的'拉古那海滩画廊'里办过展览。她更热衷于推荐当地的艺术家。"

"那你住在南加利福尼亚?"

"我曾住在那里。小时候在爱达荷长大,然后搬到南加州。我到罗丝盖托斯也只有几年的光景。也花了很长的时间说服温迪在这里开一个画廊。因为最近我一直在路上。"

"一直在寻找下一个美妙景色的路上?"他点头,我继续问:"你拍过人像吗?"

他举起两根手指,然后交叉在一起,说道:"我可没有杀过任何人,我保证。"

我的脸红了起来,"不,我的意思是拍照片。你曾经给人拍过照片吗?比如说人像。"

他的表情黯淡下来,轻声说:"风景是最适合我的。"

我侧过身让一位推着手推车的女士通过。"那么你是做什么的呢?"伊恩问道。

"我可以算是一名厨师吧,或者可以说是餐厅经理,这取决于那天需要我干什么?在最近的几周里,我几乎两样事情都没有沾边。你曾经去过'老北爱尔兰山羊餐厅'吗?"

他摇了摇头,"但我听说过。"

"那曾经是我父母的店。"

"曾经?"

我的肩膀拉下来,"是的,他们把它卖了。大概就在下周,'老山羊'就会有新主人了。"

"我想你可能需要一个新的工作。"他冒险地提问。

"事实上就是这样。"

等我们到达餐馆的时候,伊恩帮我开了门。服务员把我们安排在面向街道的边桌旁。他递给我们菜单,而后拿走了酒水单,给伊恩倒了一杯水,给了我一杯冰茶。

当他离开的时候,伊恩在桌子上支起手肘,手托下巴问道:"事情是怎样的呢?"

我哽咽了。

他点头示意我查看一下脸,说:"你的鼻子,发生什么事了?"我伸出一只手在手提袋里试图找镜子的时候,他的手伸过来轻抚我的鼻子。

伊恩轻轻笑出声,他碰到我的手腕,"也不是什么东西,只是一点红色肿块。"

"谢谢!"

他的脸变得更为柔和,笑起来,"痛吗?"

"有一点,我想别去管它。"但是伊恩一直盯着我,这时候我真想找个地洞钻进去。

"就在这儿,我看一下。"他轻轻地拨开我的手,温柔地轻触我伤口上的皮肤组织和软骨。一丝轻颤贯穿全身,他立刻收手,"要轻一点吗?"

我点头。

"你的鼻子出血了吗?"

"没有啊。"我快速地眨着眼,回应道。他的抚触非常轻柔。毫无章法,但确实有效。

"这几天淤青的颜色就会变浅,但还是会痛。"

"你是一个摄影师,又是一名医生。你好像有很多的天赋。"

"我也希望如此。但没有那么幸运。我只是一名摄影师,满身都是肿块和淤青的摄影师。"

"这就是你寻找最佳摄影地点的秘诀吗?"

"差不多就是这样吧。"他岔开话题。"等画廊开幕,你再来时就会变得美丽如初。"

"那我现在是变丑了吗?"我禁不住要讽刺他一番。他向我微笑,最后,我的全身莫名兴奋的颤抖。

我们的饮料上桌了,服务员帮我们摆盘,然后给了我们每人一个披萨。

"你知道'乔之家'咖啡馆吗?"我又问他。

"街角的那一家吗?那家关门了是吧?"

"我也不是很清楚,我今天去那儿,但是门锁着。"

伊恩停下了动作,水杯刚递到他的嘴边。他抿着嘴,

好像试图不要笑出声一样。"如果你那么想喝咖啡的话,我能帮你做一杯。"

我脸上绽放出笑颜:"应该没有比我自己做的咖啡更好喝的东西了。"

"甚至'乔之家'的咖啡也比不过你的吗?"

"真的不如我的。"我说道,然后回想起他们家咖啡的回味偏苦。

"这听上去像是一个挑战。这些天对我们来说,你和我。"他说话的时候指着我们两人,"要不要看看谁能创作出最佳的作品?"

"你也会煮咖啡?"我的脸上扬起笑容。我与他握手,达成协议,随后说:"那么比比吧。"

"如果你煮咖啡能像你说的那么好的话,你就应该在'乔之家'的旧址上再开一家咖啡店。"他脸上的笑容让我的内心漂浮不定。"那些连锁咖啡厅提供的咖啡简直不值一提。哦,对不起,我的法国口音。"

"你的法语说得真差。"我想起了刚才他说的那句"啊,好了",回应道。

"告诉你吧,"他靠近了一些,"当你开始出售你的咖啡时,我就不再说法语了。"

我将腿上的餐巾纸折起来,轻按在脸上,以掩住笑容。"这就是我一个小时之前就已经决定好的计划。"

我们的披萨来了,伊恩也给温迪点了一个。午餐的时间过得飞快,等服务员把账单递来的时候,我准备打开我的钱包。

但是伊恩从后裤兜里掏出了他的,说道:"我来付。"

"这又不是一次约会。"

他眼角皱了起来,笑着看我说:"如果你这么说的话,我只能说你是一个潜在的客户。因为你下周三会过来,不是吗?"

"是的,但是……"

"你可能会想买下我的一幅画,所以要为下周准备点钱了。"

我径直看向他,问道:"你就那么肯定我会买一幅吗?"

"每个人都有梦想。"他将信用卡放在桌子上,把我的钱包合上。可是,我钱包的金属扣好像被什么卡住了。我用力把那张卡住的纸拉了出来,脸也随之涨红。那是一张卡萨·德尔·索尔的名片,那是墨西哥瓦哈卡州的一个旅游胜地。没有员工的姓名,也没有抬头。只有旅游地的地址电话,还有网址。肯定是莱西,把它放在了我的钱包里。

"你还好吗?"

我抬头看伊恩,然后说:"是的,我还好。"

"是我说什么冒犯你了吗?如果你一定要付餐费的话……"

我摇了摇头,说:"不不,我很好。"

伊恩低头看我把玩着钱包,眼神变得黯淡,我感觉到他的退缩。我想解释我的情感波动并不是他的错,但那之后我又要解释,为什么我会有这样的情绪波动。告诉他一个灵媒把一张神秘的商业名片放进我的钱包,是多么奇怪的一件事情。再说,她还认为我的未婚夫并没有真正的死去。

伊恩付账后,我们回到了画廊,在门口停了下来。此时,门正关着,我紧握自己的双手,说道:"谢谢你的午餐。"

　　他的表情有些小心翼翼，但仍朝我微笑着，握了我的手说："欢迎你的光临。"

　　"能认识你非常荣幸。"我转身离开，但他却突然叫出了我的名字。

　　"下周三再见好吗？"他在我身后温暖地笑道。

　　我转过身，随即点头，说："好的，那下周三见。"

第六章

纳迪亚打电话来说她今晚不过来了,并声称自己正在接一个新的项目,要与客户吃晚饭并在其飞离城市之前商量一下具体的计划。"温迪跟我说她邀请了你下周三去画廊。你会去吗?"

"可能会吧。"我想到了伊恩。我非常想见到他更多的摄影作品。

"你可以和我一起去。我们两个作伴。"

"只要别太晚就行。"

她笑出声,说道:"那就这么说定了,另外,你觉得伊恩怎么样?"

"挺好的。"我正在组织着要想怎么说或者是说当她提问之前,我就是想好要这么说的。

她笑问:"他是不是很有魅力?"

"你的设计才魅力非凡。"

"那你喜欢他吗?"

"我喜欢你为画廊设计的作品。"

"艾米!"她嚷出我的名字。

"好吧,好吧,我喜欢他,他看上去非常可亲。"

"那约他出去吧。"

"什么?"我从来没有约过别人。除了詹姆斯,我从来没有和任何人约会过。他和我总是一对。"我做不到,这太快了。"

"离詹姆斯的死已经过去五个月了。你的生活还要继续。"

"我还没有准备好。"她轻轻地叹了口气,说"那好吧,我不会逼你。等你准备好的那天再说吧。人的精神是很容易恢复的,就像人的身体有惊人的欲望一样。"她虽是笑着说的,但我听后却睁大了眼睛。她继续又道:"下周我们会去购物。给你准备一些时下流行的衣着。"

"当然了。"我只能无奈地接受她的安排。

"我得去准备了,那么我们再聊。"纳迪亚和我道别后挂了电话。

几个小时后,我发现我正盯着莱西塞在我钱包里的名片。我坐在起居室里的电脑台前。之前电脑本来是为詹姆斯艺术工作室准备的。他的很多东西现在还布满整个房间。画架上还有他未完成的画。我打开了电脑的屏幕,搜索了名片上的网址,卡萨·德尔·索尔。我看到了庄园形势的拱梁上贴满了花砖。鲜花铺满一地。这个酒店位于墨西哥

瓦哈卡州宝石海岸的爱思康德港。

我轻轻地摸了一下名片的一角。这说不过去。詹姆斯从来没有去过爱思康德港。在我的手机里曾经设定好詹姆斯要去的地方,而这个酒店离那相去甚远。他本意坐飞机去坎昆,在科祖梅尔垂钓一天,然后在普拉亚·德尔·卡门吃顿晚饭。汤姆斯,也是去坎昆接回了詹姆斯的尸体。或者这只是他告诉我的。

打电话给他们,艾米。

我的脑海里有一个声音这么告诉我。

詹姆斯?

*别退缩。*我这样告诉我自己,他肯定不会在那里。

一个月前汤姆斯还前来拜访过我,顺道看看我过得是否如意,之后在我家吃的晚餐。

我给他打了电话。

"嗨,艾米。"他声音轻快地接起了电话。我听到了电话线里传来的沙沙声,背景声中有一种沉重的声响。听上去,他好像正在往外走,或者正在一扇打开的窗户前。

"你现在在哪里?"

沙沙声没有了。他清了清喉咙说:"我在海外。"

我想他是不是在欧洲,因为现在那里已经是黄昏,他有可能非常累了。"抱歉,我是不是把你吵醒了,我晚些再打过来。"

"不,我很好,"他咕哝着。我想象着他正摩挲着前额,问我:"怎么了?"

"你是不是……"我的声音停顿了下来。毫无疑问的,如果我问他是不是没在坎昆接詹姆斯的遗体,而是在别的地方,比如说是墨西哥的瓦哈卡州,这简直不符合逻辑。或者我问他是不是接到的遗体真的是詹姆斯或者是别的同名同姓的人。我正在思考着下一个问题应该怎么问?

至今为止我除了一张名片没有任何别的证据。唯有一个灵媒告诉我詹姆斯没有死的消息。

"你还在线上吗?"汤姆斯打破了我的沉思。

"是的,我还在,对不起打搅你了。"我闭上眼睛,深深地呼吸。

"我也很想念他。"过了一会儿,他这么说道。

"我知道,谢谢。现在挂线吧,晚安。汤姆斯。"

"那么,保重,艾米。"

我把电话放在他给的支票旁边,移不开目光,想着是不是要去城里把租约签下。

就这么做吧。艾米。

我这么对自己说。继而拨通给父亲的电话。已经是深夜了。他的声音有些游离。"嗨,爸爸,嗯……"我举起了支票,对着电话里说,"我打来是想说,嗯……我找到了自己想做什么了?所以你不必担心我。一切都会好起来的。哦不,现在我就很好。"

"就这么多了,我爱你,还有妈妈,再见。"

我快速地翻着支票,胃就像我的动作一样翻滚着。这就好像我当初从厨艺学校毕业时正在计划给上百名顾客准备五道煮菜的时候。想到要在自己的咖啡厅里为一名客人准备咖啡,还有接待客人的时候就觉得有些气馁。但突然

之间,我释怀了。

艾米的咖啡厅。

詹姆斯很早就想好了名字。他甚至在走之前已经设计好了标志。如果他坚持要追寻自己的理想,开一家画廊的话,他也希望我能这么做。离开老山羊,开一家属于我自己的餐厅,煮我喜欢煮的菜。而不是普通餐馆的那种。我可不想在我的余生一直做一些北爱尔兰酒吧的食物。

我下意识地转着手指上的白金订婚戒指,其上,钻石发出耀眼的光。纳迪亚告诉过我的,我正进入悲伤的另外一个阶段。我要抬头往前走。

我打开支票,给租借代理公司打了电话,留下口信。等我挂上电话时,真实感涌上心头。下周就是我的生日了,27岁的生日!我将要在如此重要的时刻,成为一名自豪的、天真的雇主,因为我没有计划,没有员工,甚至没有商品。

周一早上10点,布兰达·维客利在"乔之家"咖啡馆见了我。她又瘦又高。上身是一件丝质的白色衬衣,并把它塞到了电光蓝的短裙里,脚蹬一双合适的高跟鞋。她那白色的发丝里掺杂着一些,银色的发,卷曲在她的耳旁。

开门后,她清了清喉咙,向我做介绍。此时,门上的报警器开始倒数预警。"我关上它,然后你可以四处看看。"她穿过走廊里,经过卧室,冲向了后门。

关张后,"乔之家"没有拿走任何东西。胶木的桌子塞满了整个房间。塑料凳子堆叠在墙边。油漆洒落在地板上,弄得到处都是,好像一处严重的交通事故现场。空气中有陈腐的味道。一种烧过的咖啡豆的和培根油的气味充斥着我的胸腔,激起回忆。

我的注意力集中到墙角的餐桌上。有多少个周末我和詹姆斯就坐在那个窗边。我们两个喝着咖啡,配菜是鸡蛋卷和塔巴斯科酱汁,就那样看着街边的行人。

慢慢地走了一圈,我检查了起居室。虽然世界试图改变"乔之家",但"乔之家"从未改变。后屋的墙上挂着有50年之久的黑白老照片。收银台旁边放着塑料的菜单。上面写的食物和我20年之前开始在这里吃的时候提供的一样。

"你觉得怎么样?"布兰达问我。

"我很喜欢'乔之家',我怀念这个地方。"

"我也是。但是那些流行的餐厅都陆续开了起来,有太多的竞争。我也很赞赏他们的经营模式和想法,所以也不能抱怨什么。"

我走到服务台后。

"这些器具都需要更新了。"她指着厨房里的上菜口油迹斑斑的表面,说道。"事实上整个地方都必须要重新修整一番。"说着,她的手指从昏暗的台面上抽离开,然后问我,"你说你想在这做什么?"

"开咖啡馆。"我转动着收银台上的钥匙,此间钥匙被卡住了。"或者是一家精品咖啡馆,还有美食家餐厅。"

她冷漠的微笑:"又是一家咖啡馆。如果你问我,我得告诉你,这风险性太高。"她打开手上的皮质装订笔记本。

"卖家想签订一个长期的租约,15年或者是20年。"

"这真是很长的一段时间,"我检查了一下橱柜,然后问:"卖家是谁?"

"约瑟夫·卢梭。"

"这是'乔之家'的所有人?"我本来应该听说过。我应该直接给他打电话,再安排交易。

"你认识他本人吗?"

"我的父母是'爱尔兰老山羊'的所有者。通过一些会议或者是活动,他们应该认识'乔之家'咖啡店很久了。请问还有谁想要租这间房子吗?"

"我还有两位有意向的客户。这个地方很快就会被卖出。在周三之前,乔就会作出决定。"

还有三天的时间。我有些着急,但我并不想错过这间房子。那怎么办呢?我想要在城里开一家属于自己的咖啡馆。街角的店址是非常理想的。但更重要的是,在这里,我感觉仿佛还能与詹姆斯存有一些联系。

我又转动了手指上的戒指,问:"那这里的月租是多少钱?"

布兰达潦草地写下了一个数字。比我的预期要高出很多。其实应该直接打电话给乔的。我应该更周密的计划,而不是急于下决定。但我真不想错过这个店址。我朝着布兰丹微笑说:"好的,我要了。"

"太好了。"她打开了文件夹,递给我几张表格。"等我一边完成着作业申请和信用报告之后,我们可以讨论了一下租期期限和其余的事。"布兰达走到餐馆的一角,随即坐下,不耐烦地按掉她的手机。

我完成那些表格后,她向我道谢。"我会递交你的信用报告,如果你的信用记录核准无误的话,我就会去办后续的手续。"他握住我的手,说道:"祝你一切顺利。"

我们走出餐馆后布兰达锁上了门,向我道别。我回到家觉得头昏眼花。在接下来的几天里,我搜集信息、制订计划,申请营业执照,同时将自己的财政状况理顺。五个月来,我终有一天能够向前看。

周三早晨,纳迪亚准时叫醒了我。我拖着脚走到门边。为了起草商业计划和市场营销计划,我睡得很晚。

"天哪,你没去购物。"她指着我身上皱巴巴的衬衣和运动短裤,不禁皱起了脸。

"早上好。"我打着哈欠,关上了门,"现在是几点了?"

"是时候要打扮一下你自己了。在我的午餐会议之前,我们还有两个小时去准备今天晚上的开幕宴会。"

"我可以穿一些旧衣服。"我转身前去卧室里面翻找衣服。

她跟我走进卧室,问:"比如说,哪件?"

我耸耸肩膀。

她猛然拽了一下橱柜的门,表情惊住。她看到了橱柜里詹姆斯的区域时,无奈地叹气。是的,他的衣服还在那里,一尘不染。纳迪亚关上了橱门,说:"赶快装扮起来吧,你需要一些新的东西。我们现在就去桑塔纳罗。"

"我得先冲个澡。"

"没时间了。喷上点香水吧。"她焦急地在我脖子周围喷了一圈香水后说,"梳理下你的头发吧。"

25分钟后,我穿着牛仔裤体恤和背心。乱糟糟的头发被梳成了一个马尾辫。我站在纳迪亚的身旁,她正在扫荡衣架,把每一条适合我尺寸的衣服都拿出来快速地看一眼,然后挑了三件放到我手里,随即把我推进了试衣间。

"我还不明白为什么今晚要那么隆重。"我一边脱下我的运动鞋一边说。

"拜托,伊恩在那里。"

"我没兴趣。"

"嗯,好吧。"

"纳迪亚!"我用警告的语气嚷她。我脱掉裤子和衬衣,然后是文胸和底裤,注视着全身镜里的自己。

"那么就忘掉伊恩吧,只为你自己。现在可以开始你的社交生活了,你必须要去约会。"

"我不是在约会。"我冷冰冰地说。然后把第一条裙子挂在了衣架上。

"随便你说什么吧,但是尽量快一点,时间快来不及了。"

我拉上裙子的拉链。无袖的丝质古蓝色上衣配上一条特制的及膝裙。我在镜子前转了个身。伊恩会不会觉得我太过刻意了?裙子十分优雅,但是对于一个艺术展览来说太过暴露了。对伊恩来说更是有些夸张。

詹姆斯或许会非常喜欢这条裙子。我拉开后背的拉链,然后故意把裙子弄脏,看上去它好像掉在了地板上。

为什么我还在想他们两人会有什么看法呢?

最后一条裙子是一条黑色的 A 型全身裙。胸口大小正合适,袖子也到我的手肘。我黑色的高跟鞋和它正好相配。今晚来说穿这一身是非常合适的。

我的电话响了。我从沉思里醒了过来,然后从单肩包中翻出电话:"你好。"

"是艾米吗?我是布兰达·维克利。非常抱歉,给你打电话晚了。"

"没关系。"我的心跳加速,但努力让自己的声音保持平静。

"我提交了你的申请。你银行的资金充裕,但是你的信用好像出了一些问题。你最近的抵押还款已经延迟了,很不幸的是,你的信用等级下降了。"

我的心一沉,随后说:"请让我解释一下。"

"我非常希望你的所有审核都能通过,尤其你还是'乔之家'的一个朋友。抱歉,我不能把你的申请提交给他。我现在还有三个符合资质的申请者。"

我跌坐在试衣间的沙发上,问:"我还能做什么来弥补吗?"

"或者你有委托人吗,信用等级更好的委托人。"

虽然我很想自己完成这件事,但此时我立刻想到了自己的父母。之后我突然想起他们也有一样的信用问题。他们连购买器具都捉襟见肘。"我不能确定,我需要一些时间。"

"我想我现在缺的就是时间。今天下午租赁合同就会授予另一个合格的申请者。所以明早是最晚的期限了。希望你能找到一个满意的店址,祝周末愉快。"布兰达挂了电话。我沉重地叹了一口气,眼睛盯着天花板。

纳迪亚重重地敲着门,然后问我:"你在里面吗?你准备好了吗?"

"让我待一会好吗?"我脱下裙子,然后换上自己的T恤。

"你挑了哪一件?"

我从门上把那件A字形的裙子递给她。

"好的。"她叫起来,"我也喜欢这件。"

我发誓,等她走出试衣间的时候,我还听到她说,伊恩也会喜欢这件的。

第七章

晚上8点纳迪亚开车来接我前往画廊的开幕典礼。她身穿一身紧身裙,漂亮极了,裙子的颜色有点像干燥的薰衣草色。她褐色的头发梳到一边,披在肩膀上。她画着烟熏色的眼妆,干净的唇蜜突出了她漂亮的双唇。

她手指转动了一下,示意我转身看看。A字裙的裙摆在我的脚边飘荡。我梳理了一下我的卷发,让那些不羁的发丝高高的束在头上,并挑下少许发丝来修饰我的脸型。自从詹姆斯的葬礼之后,我从来没有这样打扮过自己。

纳迪亚咕哝着说:"我说得没错吧,现在你感觉是不是很好很好,你看起来非常迷人。"

我转动着手指上的戒指,说:"会有些紧张。"

她推开我的手,抚摸我的头发,说道:"我今天只有一个要求。"

"是什么？"

"尽情享受。"

我叹了一口气，说："好吧，我试试。"

她长长地呼气，双眼盯着天花板。"这样有助于能保持微笑。"她走到我的身后，然后上上下下地打量我，最后作出结论评语。"你看上去真美。"

我的嘴角微微上扬。

她又补充道："这样就更漂亮了。"

我们的车停在了离画廊两个街区远的地方。晚上的空气有些冷冽，我调整了一下肩膀上的围巾。从屋子里透出微黄的灯光以及柔软的爵士的音符。"布雷兹的日出"这幅画还在前橱窗里，售价又创新高：2750美元。

我张大了嘴。

纳迪亚好笑地看着我："怎么了？"

我指了指窗户上价格标签。"他肯定很棒。"

"他确实很棒，等你看到他别的作品就知道了。"她为我们推开门，随后问我："进来吗？"

画廊里挤满了宾客。服务生小心翼翼地在伊恩的粉丝间穿梭着，手上托着香槟盘和小点心。

我注意到伊恩正在主展厅的角落里。他的手滑进他黑色西装裤的侧口袋里，正在给身旁的女士行礼。他的眉毛油光铿亮。我注意到他每次点头向身边的女士行礼的时候，总要轻轻地举起手，然后擦一下他的额头。我的胃部开始翻滚了，因为自己这样的反应，我皱了皱眉头。

纳尼亚用手肘戳我，对我说："别忘了要微笑。"

我换上了一副笑脸。

温迪从房间的另一头漫步过来，笑道："纳迪亚，我正等着你呢。"

"你好，温迪。"她凑过头去接受了温迪的亲吻，随即拍了拍我的肩膀，问温迪："你还记得我的朋友艾米吗？"

温迪与我握手，道："很高兴你能来。请喝一杯香槟，尽情享受今天的夜晚。"她向经过的一名服务生示意，随后注意力转到纳迪亚身上，"我的一个好朋友觉得你为画廊做的设计非常棒。他是一位地产经纪人，想现在就见见你。"

"你介意我离开一会儿吗？"纳迪亚这么问我。

"一点都不，去吧。"

温迪把我带到画廊的左侧，说："从这里开始好好地感受一下整个展览的效果。我很好的组织了所有的作品。这样当你走过房间的时候，就会看到日出日落。他的摄影作品令人印象深刻。如果你想买什么的话，也请告诉我。"说完，她勾起纳迪亚的手，走到第一排隔离墙的背后。

我脱下了围巾，将它折成方形，挂在手臂上，漫步在画廊里。每一幅关于日出和日落的作品都充满异域风格。伊恩完美地诠释了光线。那些在身侧反射出来的颜色湖面，水波上的颜色，以及森林里高高的树透出的光线都充满了魔力，富有超现实的质感。

我在一幅照片前驻足。那是一幅在中东沙丘中灼热的空气中升起的炙热的太阳。从墙上的解说来看，这张照片摄于迪拜。三只鹿头一动不动地站在山丘的顶端。他们的影子投射在沙丘上，形成了动感的橘色和金色的暗影。

"你觉得怎么样?"

一缕微笑爬上我的嘴唇。

"你对于捕捉阳光真的可以说是极具天赋。"我的眼神投向伊恩。

他也注视着我。"你能来这里,我真的很高兴。"

"我也是。"

他的前额皱起:"我可以问你一个私人的问题吗?"

我调整了一下挂在手臂上的围巾,说道:"可以。"

他把我手臂上的围巾褪到一边,露出我的手,随后转动我手上的戒指。戒指的正面转向了他,他看到了是一枚订婚戒指,问我:"为什么你没有告诉我你结婚了?"

"那是因为……"我犹豫着,轻轻地舔了一下嘴唇,说:"我没有结婚。"

他把围巾调回原来的位置,"那么,订婚了?"

我摇了摇头。

"对于你的事,我感到很抱歉。"他平和地说道。

我从他的手里抽回了自己的手,转向照片。这样的话,他就看不见我眼眶里的眼泪。我不需要他的同情。但是当我专注地看他的作品时,我觉得他的眼光正在审视着我。我问他:"这张照片你是什么时候拍的?"

他静静地笑了,说:"两年之前。"

我瞥了他一眼,问道:"有什么好笑的?"

他点了点头,隐藏起一丝微笑。

"我打赌你的每一幅作品背后都有一个故事。"

他摸着下巴回答:"是的,没错。"

我等着他的解释。然而,他嘴边只是荡起神秘的微笑,

看着我。"这些天我肯定会把这个故事告诉你。"

他眨了眨眼,说:"我希望你也这么想。"

他瞥了一眼拥挤的画廊,声响越来越大。免费的香槟酒杯觥筹交错,喧闹声不绝于耳,我看见温迪正拿着一个平板电脑,手指飞快地在上面按动,我想她有可能是在确认订单。伊恩靠近我的耳边,"你想带哪一幅作品回家?"

你。

一个念头突然进入我的脑海。我想象着伊恩在亲吻我的样子,脸发烫起来。他冲我努了努眉毛。我快速地眨着眼睛,清理了一下喉咙,"你知道我喜欢哪一幅的。"

他的嘴角挂起一丝不易察觉的微笑,道:"伯利兹的日出,是吧?"

"但是很抱歉,我没有那么多钱。"

"生日快乐,艾米。"纳迪亚在我的后面突然叫起来。我的注意力被她吸引过去。

伊恩后退了一步,留出更多的空间。纳迪亚递给我一杯香槟酒。我咕哝着从她手里接过了酒杯。她给伊恩也递了一杯。

"今天是你的生日?"他问。

"事实上是明天。"我瞪了一眼纳迪亚。"我真希望你已经忘了。"

她从路过的服务生手里又拿几杯酒,说道:"敬我们过生日的姑娘。"

"够了。"

她发牢骚起来,说:"让我尽兴吧。"

"祝生日快乐。"伊恩也向我敬酒。

"谢谢!"

当他一饮而尽香槟时,我发现他正透过香槟的水波的边缘盯着我看。

正在此时,温迪走了过来。"抱歉,打扰你们了。但我需要借走主人公一会儿。"

伊恩将酒杯放在手边的高脚桌上。温迪拉住他往外走的时候,他说了一句:"不要一声不吭的就走了。"

纳迪亚目送他们离去,随后对我说:"他看上去真棒,更重要的是他的眼光一直停留在你的身上,我的意思是说,他在注意着你。现在我反而看上去像城市里的三轮汽车一样。"

"你的自行车只有两个轮子。"

"就像我说的一样,"纳迪亚用下巴指向房间对面的一角。我瞥见伊恩正被一群狂热粉丝包围着,但是他的眼神注视着我。那是一种充满暗示的微笑,直到他的眼光移开了,他的注意力转移到身边的一个男人身上。

在这个夜晚的末尾,纳迪亚注意到我非常喜欢布雷兹的日出这幅作品。她呐呐地说:"太美了。布鲁克先生和我准备出去吃点东西,你也来加入我们吧。"

"那我是不是又像你车子上备用轮一样了,这不合适。"她笑了,说:"这和那不一样。"

"嗯,我还是自己步行回家吧。"

"别傻了。"我开车送你回家。

突然的,伊恩的声音在我的身后响起:"我和你一起走回家。"

纳迪亚喜笑颜开,说:"那再好不过了。"

伊恩转过头问我:"你介意吗?"

"没什么不方便的。"

他点头,用力地扯了一下自己的领圈,说:"我需要一些新鲜空气。"

"好啦,事情都解决了,那我走了。"纳迪亚拥抱我,随后与伊恩握手道别,说:"展览非常棒。"

待纳迪亚离开后,伊恩对我说:"你等我一会儿,我得让温迪知道,我要走了。"

当他走开的时候,我最后看了一眼那幅我最喜欢的作品。有人把橱窗里的这幅作品翻了一个面,面朝画廊放好。价格标签又改了。上面用光滑的黑色字体写着,已售。

伊恩走了回来,说:"你看上去很失望。为什么郁郁寡欢的?"

我指了指价格标签,"我非常高兴它已经售出,但是,如果我告诉你,我一点都没有不开心,那就是在对你说谎。"

他看了一眼标签,然后淡淡地说:"哦?真有意思。"他的手掌抚上我的腰,随后带我走出了画廊。"哪条路?"

"从这走过去八个街区就到了。"我手指向左边,随后打开手臂上的围巾。

"对明天这样的好日子有什么打算呢?"他一边走一边问我。

我摇了摇头说:"在家待着吧,也许和朋友吃顿晚饭。"

"我29岁生日时在沼泽里和鳄鱼一起度过的。"

我笑起来,"我现在可不想这么做。"

他刮了一下下巴,说道:"就像我们看到的,我在那里拍了很多有趣迷人的照片。30岁的生日时,我花了一整天在秘鲁的安第斯山上和麋鹿在一起。"

"让我猜一下你那天是和你一桶冰坐了一整晚吗?"

他想了说:"当然没有那么近,我的屁股之后的一周都一直痛。"

我们走过那一条街,进入另一个街区。"还有什么生日要告诉我呢?或者说这样有趣的生日在30岁之后就没有了?"

"目前为止就这些了。"他把我带到了一个昏暗的角落。

"你在做什么?"

"庆祝你的生日。"他打开街角一间店的店门,示意我进去。原来这里是"小马塞",一家法国餐馆。他竖起两根手指对酒保说:"两杯咖啡,加甜点。"

服务生把我们带到了一张小桌子旁边,靠近一个蕾丝边的落地窗。伊恩为我拉开了椅子,服务生将菜单给我们,离开之前伊恩在他耳边小声说了些什么。

我看着铺着白色桌布的桌子和头顶上方悬挂着的水晶灯。"因为一些原因,我没有想到你会在这个地方吃饭。"

"我从来没有来过这儿。"他坐进自己的椅子里,四下张望着,随后回过头看我,脸上露出了顽皮的表情。"这不是我的第一个选择,但是它正好开着,"他看了看手表,"现在快11点了。"

服务生很快就走了过来,给我们递上咖啡。

"闻上去很棒。"我的眼睛低垂着,深深地呼吸着那

温暖的香气。

伊恩抿了一小口咖啡,耸了耸肩,说:"那就好。"

"难道还没有及上你的水准?还等什么。"我举起手,说道:"你不可能做得更好了。"随后摇摇头,说:"哦,我不知道。但是这些只是纸上谈兵。"

他的眼睛亮了起来,"我们的赌约仍旧有效。"他提醒我说。

"事实上……"我把手放在桌面上,"我可能做得更好。"

他皱了一下眉头。

"开咖啡馆的念头是……"我停顿,加强语气说道:"经过深思熟虑的。"

"很棒。"他露齿微笑,又问:"那你准备租下'乔之家'吗?"

"也许吧,"我闭紧双唇,自从布兰达的电话后,我就考虑着是否让汤姆斯来帮助我签这个协议,或者如果汤姆斯拒绝的话,我还能找纳迪亚和克里斯汀。但是我想如果"乔之家"拒绝了我的话,那么其他的租赁者也会如此。

"我真希望你能在这件事情上交到好运,艾米。等你准备好了,让我们决出我们谁是最佳的咖啡制作者的时候,请让我知道。"

我心想,他是不是真的觉得他咖啡做得比我好?我回想起本周早些时候和他共进午餐时的对话。

我同意地说道:"当然可以。"

服务员给我们端上来一份红色的丝绒蛋糕。蛋糕的中间插着一支燃烧的蜡烛。

"这是做什么?"我问道。

"你的生日现在可以许愿了。"

我微笑着然后闭上眼睛,想象着拥有一家属于自己的咖啡店,门口的招牌上印着我的标志。然后睁开眼。真当我吹灭蜡烛的时候,詹姆斯突然闯进我的脑海,伴随着灵媒曾经说过的话,他还活着。

我顿时咳嗽起来。

伊恩从蛋糕上把蜡烛拔掉,说:"哦,你的年龄暴露了。"

不一会儿,伊恩陪着我走回家。走到门廊的时候,我再次感谢了他今天准备的纸杯蛋糕。

门廊的灯在他脸上照出神秘的阴影,他脸上的棱角分明,一天的劳累使他的下巴上长出一些胡茬。"今晚我也很开心,"他的脸上挂上一抹笑容,"而且我想我也会非常想你。"他缩紧下巴,好像被人抓到过错一样。

"真的吗?为什么?"

"过两天我就要出发去参加摄影探险。"

我攥紧了钥匙,轻声问道:"你要去多久?"

"十天。"

我的嘴角有些抽搐,随后说:"这真是很长的一段时间。"

他取笑说:"是的,就像一辈子那么久。"他一步步靠近我,"希望我回来的时候能够见到你。"

"我也是。"他的手指抚上我的脸颊。"也许当我回来的时候,'乔之家'的咖啡屋已经变成了艾米的。"

他的手轻触我的脸颊,我说:"也许吧。"

伊恩的眼神落在我的嘴唇上,停留了一会儿。我喘气

起来,他则轻声笑着说:"晚安,艾米。"

"晚安,伊恩。"我看着他穿过街道,在转角走向城里。我摸了一下自己的嘴唇,心想刚刚伊恩本来是想吻我的吧。

第八章

从第一个星期天的早晨开始,我和詹姆斯就开始偷偷摸摸,形影不离。我用冰块给他敷受伤的嘴唇,然后清理了罗尼和弗兰基因为打翻我的柠檬汁摊而造成的一团糟后,剩下的一整天詹姆斯都和我在一起。那以后每个周末都是一样。我们成为最好的朋友,一起分享梦想,一起玩飞镖。

"等我们大学毕业后就结婚,然后我们要有三个孩子。"有一次他这么告诉我。那天我们正和克里斯汀、尼克在詹姆斯房子后面的空地上玩飞镖。他还告诉我他要成为一个有名的艺术家,而我只需要待在家里烘焙面包就行了。我在家里烤烤面包,直到我的屁股变得越来越宽,宽到都挤不进门廊。

"你说什么呢?"我抓着他质问。

他摔倒在地上，捧腹大笑。

"你也会像我一样胖的。"我说道。"如果我们结婚了，我就给你做很多很多好吃的。"我站在他身前盯着他看，脸烧了起来。我在他的前额用指甲抓了一把，飞快地逃跑，躲在树后咯咯地笑起来。可是无论我怎么想，我都没有办法想象出詹姆斯变胖的样子。

我最爱雨季星期天的下午。詹姆斯踢完足球回来，疲惫地倒在沙发里。他看漫画，而我正在读书。我们的头枕在沙发的两端。直到母亲烘烤面包的香气把我们引到厨房。那时候我们肚子咕咕直叫。

到詹姆斯12岁生日时，我和他相识已经超过一年了，他邀请我去他家做客。自从他开始高中生活之后，家里就从来再也没有邀请过女生。这真是一条愚蠢的规定。詹姆斯总是翻着白眼抱怨，但是还得遵守。詹姆斯亲眼见到了哥哥曾为此被打得多惨。汤姆斯曾经邀请一位女同桌去家里帮他复习功课。他们的父亲埃德加·多纳托。提早回到家后发现了这事儿，毫不犹豫地解下皮带痛揍了汤姆斯，然后命令那个女孩赶快回家。在他们家，父亲认为女孩和兴趣都是容易分散精力的。而学业和体育则可以帮助他们在世界上创造出优秀的成绩提供助力。他们的父母很早就规划好了两个儿子的一切。

我正在为詹姆斯的生日选择最好的礼物。他想要那个东西很久了，但不好开口问父母要。我小心翼翼地把礼物包装起来。当我敲响他们前门的时候，包装纸被弄皱了。今天是他的生日。只有男孩子才会被邀请过来，但我只想给他送份礼物。我想他快一点见到这个礼物。

以前没见过的一个男孩来应门。他比詹姆斯高、比汤姆斯要年长一些。但他们的肤色和眼睛的颜色都差不多,深色的头发和眼睛,偏黄色的皮肤,同时也继承了意大利的血统。我想那就是菲尔——他的表兄。詹姆斯曾经告诉我他最近邀请了菲尔的父亲——詹姆斯的叔叔,还有之前外出公干的多纳托夫人的兄弟。他告诉我昨天他叔叔一直飞去海外。

菲尔来到城里之后,詹姆斯就非常不开心。那些天他一直待在我家里,一直等到街上的灯亮起才依依不舍地回家。现在,菲尔冲着我微笑,看上去非常友善。

"你是詹姆斯的朋友,艾米,是吗?"

我点头,"他在家吗?"

"詹姆斯。有人找。"他朝着屋子里面大叫,然后转身对着我,说道:"很抱歉,你不能进去参加宴会。詹姆斯的父亲一直坚守着'不能邀请女生'这条规则。但詹姆斯本人是非常希望能够邀请你的。"

我瞪大了眼睛问道:"是多纳托先生吗?"

他想起来,然后说:"不,我是菲尔。"

"你好。"我把鞋子上的两个小球拨弄到脚后跟处,非常急切的想见詹姆斯。走廊里传来了沉重的脚步声。詹姆斯出现在我的面前。

"你好,艾米。"还没说完,菲尔就抱住他的头,用手指敲了一下他的脑门,道:"生日快乐,小家伙。"菲尔用对小朋友说话那种嗓音对詹姆斯说道。那种声音就像科米蛙的叫声。我咯咯地笑起来。

詹姆斯挣脱菲尔的拥抱,推开他,说:"你才是小家伙呢?你才是。"

菲尔好像是受了伤一样圆睁着眼睛。我感到奇怪的是为什么他可以跟詹姆斯说贬低他的话,但是反过来真有事跟他说,就会让他受伤呢。此时詹姆斯拿起了我手中的礼物。

我咧开嘴笑着,展示给他看我包装的礼物,"这是给你的。"我说道。

"好棒哦,告诉他们我会马上就回来。"詹姆斯对菲尔说,随即转眼不见了。

我跟着他跑,没忘了转回头对菲尔说:"很高兴认识你。"

"你也是。"菲尔咕哝着对我说,随即关上了门。

"快点,"詹姆斯叫道,"我只有35分钟,聚会马上就要开始了。"

他冲进后花园,跳过了齐腰高的门槛。这个地方是他的私密乐园。

"你表哥看上去人不错。"等他帮助我翻过墙去的时候,我这么说道。

"他才不是呢,"詹姆斯强调。还没等我问他是不是菲尔对他不友好,我们已经一头冲进了森林。他是不是欺负过詹姆斯呢?这也是为什么詹姆斯推他推得那么重的原因。

"等等我,"我叫他,紧跟在他身后跑着,手里的礼物持续发出沙沙的响声,就好像在和橡树森林打招呼一样。

他放慢了脚步,慢慢地走到我身旁。"我帮你拿吧。"他伸手接过礼物盒。

我挣脱他的手,说:"不,这是你的礼物。"

"那你给我准备的什么?"他斜靠在根短木桩上,问:

"是足球吗?"

"足球你已经有一个了。"

他静静地撞着身后的木桩:"史蒂夫·扬的球衣吗?"

"你真差劲。"我推开他往前走。

"让我看看吧。"

"不,你得再等等。"我们在森林里有一个据点,用一圈原木围起来,我们经常在这里和克里斯汀、尼克玩冒险游戏。詹姆斯跳到我跟前,从我的手里抢去了礼物。

"把它还回来。"

他把盒子高举过他的头。

"你现在还不能打开它!"

"如果我想这么做,你能怎么办呢?这是我的礼物。"

他的手指开始拆开包装纸。

"好吧,那你就拆吧。"我抱着双手假装毫不在意。

"真的吗?"他怀疑地看向我。他是在考验我呢。

但其实我也等不及了。自从我在艺术商店里挑选到这件物品后,迫不及待地想看到他收到礼物时的反应。我慢慢靠近他。在我脚下,干燥的树叶发出清脆的轻响。"是的,打开吧。"

他撕开包装纸,看到一个木制的盒子,问:"这是什么?"

"打开它。"

他跪在草地上,把盒子放在地面上,打开上面铜质的锁。盖子被打开了,他惊讶的圆睁着眼睛,张开嘴巴,快速地抚摸了一下盒子里的画刷,然后翻转颜料管,拿起褐色的颜料,问:"你给我买了绘画套组?"

我用力拉了拉自己的汗衫袖子。心想:也许我应该像爸爸建议的那样买49人队的队服。

"你说你父母不给你买颜料。但这不代表我不能给你买。当然,如果你没有颜料的话,又怎么成为一个著名的艺术家呢?"

他咧着嘴对我笑,然后说:"哇,太棒了,谢谢你。"我胸腔起伏,脸上绽开了满足的微笑。之前的紧张不翼而飞。看来我的礼物没有选错。

他把盒子里的东西都倒出来,认真地在地面上一一做起检查来。盒子里面有画刷颜料管,还有调色刀。他把盒子转个角度变成了一个画架,其中还有配套的帆布画纸,可以搁在画架上使用。

"你想做什么?"当他在调色盘上装上蓝色的颜料时,我这么问他。

"给你画一幅画。"

"现在吗?"

他没有回答。他的注意力正在别的地方,我也看见在树上有一只蓝冠鸦正保护着自己的巢穴,以免路过的松鼠把巢弄翻。他把这一切画了下来。他用还不成熟的笔触早已经展示出了足够的承诺,当我看着他画画的时候。我像他一样沉迷于画中,在那个时刻除了詹姆斯的画作之外,什么事情都不重要了。突然之间一个声响从远方传来,打搅了我们的世界。我抬起头看谁过来了。

"你的母亲叫你回去。"

詹姆斯一动不动。画笔在帆布上挥洒,他不停作画。颜料也粘到他的脸上,我们已经忘记了时间。

他将湿的画布放在一边,我们赶紧整理了一下在草地

上面的绘画工具,把它们都塞进箱子,他很快盖上盖子并上锁。

"张开手,"他这么告诉我,我依言做了,他小心翼翼地把帆布架在我的手臂上,"看好了,画还没干呢。"

我调整了一下在帆布下面的手掌,然后让表面更平整一些。

"这是送给你的。"他亲吻我的脸颊,嘴唇徘徊在我的皮肤上。

我的呼吸一度停滞,惊讶于这样的接触给我带来前所未有的快乐。小腹处窜起某种不安。他笑着跟我说:"我们走吧。"我和他一起回到了他家房前。我们的速度非常快,以至于不会毁掉他的第一幅作品。多纳托夫人站在门廊处等着我们。她的眼睛聚焦在詹姆斯脸上,然后转移到我身上。各种颜料沾满了詹姆斯的前臂和T恤。他的膝盖上也满是脏物。她瞧了一眼詹姆斯手上的木质盒子,问:"你手里拿着什么?"

詹姆斯快速地瞥了我一眼,试着要把盒子藏在他的脚后。但又不得不承认地说:"颜料。"

多纳托夫人抿着嘴唇重复詹姆斯的话:"颜料!又脏又小儿科的玩意。它会分散你的注意力,浪费时间。"她一把扯过詹姆斯的衬衫,发现他的领子上面有一个拇指大小的蓝色污点。"我眼睁睁地看着你正在浪费时间,我想你应该了解你的生活,你的未来,你没有空间留给这样可笑的活动。"然后他转过头来看着我。"我猜是你送他颜料的?"

我点了点头。感到十分害怕。

"亲爱的,你很贴心,但是他不能接受你的礼物。詹姆斯。把它还给这孩子，不然的话，我就要命令你把它丢进垃圾箱里。"

"但是……"

"你想和我吵起来吗？"

他的眼睛只能盯着自己的脚趾，说："不，妈妈。"

我从詹姆斯脚边抓紧了绘画工具箱。不想让他的母亲把它丢掉。多纳托夫人慢慢地走到门边，说："快进来，清理干净，换上衣服。他们都到齐了，赶紧。"当她看到詹姆斯杵在那，丝毫不动时，又开始咆哮起来，投给我一个抱歉的表情，对詹姆斯说："你的客人将在五分钟后就到了。"

詹姆斯机械地跑回了房子。我因为詹姆斯的失望而感到心脏紧缩。他真的很想要这些绘画工具。

"回家吧，艾米。你可以明天再见詹姆斯。"

"好的，多纳托夫人。"我闷闷不乐地回答道。眼里闪现出泪花，在它们还没滑落之前，我立刻挥手擦干。

我小心翼翼地走向侧门，一手拿着绘画工具，一只手要保持平稳地拿着詹姆斯唯一的或者是仅有的作品。他还没有得到任何机会，热情就被浇灭了。我想着要打开门闩，但是因为手中东西太多，箱子倒在了地上。盖子被撞开了，里面东西倾倒在地上。

我跪在地上开始收拾那些画笔和颜料。此时，一双乐福鞋出现在我的手边。菲尔蹲下身，将调色刀放进了箱子。

"我妈妈这样，我感到非常抱歉。"

"你的母亲？"我抬头问他。

他的下巴抵住胸腔，"我说的是克莱尔，她就像我的

母亲一样,因为除了她,我没别人了。"

"你没有父亲吗?"

他点头,"我从来没有见过他,他每天都工作到很晚。没关系啦,你没有注意到克莱尔想让詹姆斯和汤姆斯在我父亲公司工作吗?詹姆斯画画并不在她的计划之中。"

我看着散落在地上的绘画工具,心想我好像浪费钱了。我应该买一顶帽子。"那么我该拿这些东西怎么办呢?"

菲尔像搞研究似的审视着詹姆斯画中追逐的小鸟和松鼠。"他画得确实不错,你可以把它保存在你家里。到时候他可以去你家画画。克莱尔和埃德加不会知道的。"说完他紧紧闭上嘴,好像嘴上有一条拉链一样。"如果你不想说,我肯定不会告诉别人。"

我非常喜欢这个主意。我们握了握手,随后完成了所有的清洁工作。菲尔把盒子递给我。就这样我两手端着盒子。他把画作放在箱子的上方。这样一来它就不会掉下来了。

我慢慢地站起来,说:"谢谢。"

"明白为什么詹姆斯喜欢你了,你真甜。"

我低下头,脸红了起来。

他帮我打开门,说道:"也许我明天可以再见到你。"

我喜欢菲尔。他并没有像詹姆斯描述的那样粗鲁。"可能吧。"我同意地说道。

但第二天我并没有看到菲尔,几天后几年后一直没有见到他。詹姆斯一直会到我的家里。知道我把他的绘画工具放在我的房间里,他来得比以前更勤快了。等他的绘画技术逐渐进步的时候,他需要更多的绘画材料。我的父母亲给他在厨房旁的晒台上腾出一块空地。这几年里,当我帮助母亲制作新的菜肴时,他就坐在那里画画。他的天赋凸显。我们的友谊更加牢固。

第九章

第二天我穿着紧身的牛仔裤,上身配的是一件宽松上衣,腰束皮带,脚上蹬着一双高跟鞋去参加我的生日庆祝聚会,克里斯汀和纳迪亚要带我去中餐馆。他们刚来到门前,纳迪亚就一把抱住了我,说:"我昨晚真不该离开你。"

"地产商布鲁克先生难道没有通过'审查'吗?"

"他简直是混账。"

她的脸皱在了一起,告诉我说:"他竟然挑逗我。"

我大笑出声,"那么这样不好吗?"

"难道他的吻技很差?"克里斯汀又问道。她走进主卧室,站在餐桌旁。

纳迪亚转了转眼珠,"哦,不,他很好,太好了,不过他已经结婚了。"

克里斯汀笑得合不拢嘴:"哦。"

"他带了结婚戒指吗?"我开始抚摸我的订婚戒指。

纳迪亚说:"不,没有。"

克里斯汀正在研究她手里拿着的一张纸,然后问道:"那你怎么发现的?"

"今天早上我和温迪一起吃早饭,"纳迪亚咕哝着,"我不住地向他夸赞布鲁克,然后她就告诉了我事实。"她疲倦地跌坐进椅子里,双脚搁在脚凳上。"他在罗马竞技场旁边的圣约瑟有一块商业用地,他想让我给他设计一个方案。"

"那是在挑逗之前还是之后?"克里斯汀问道,放下手上的纸,又拿起另外一张写有铅笔字迹的纸条。

"在那之前我想我应该先挑逗他。"她挥手说。"我的意思是关于这个提案。"

"他并不值得信赖。嗯?那他的名字叫什么?"我好奇的追问。

"马克·安福森,身形高大,金发,令人着迷。"纳迪亚敲击椅子扶手,又说道:"这听上去像是陈词滥调,但确实如此,他成熟稳重,30岁左右。当我告诉温迪的时候,她感到非常惊讶。她想着有可能他与他的夫人吵架了。"

我哼了一声,问:"那你怎么想?"

"我并不想表现出粗鲁的一面或者是更改项目。嗯,你是不是想要开一个餐馆?"克里斯汀挥着手里的报纸。餐桌上铺满了各种研究报告、商业表格以及我做过的一些问卷调查。

我走到她的身边,说道:"是的,我想这么做。"但是心里想着如果我能找到一个承租人就好了。但在我找中间商之前,我必须要把所有的资金整理清楚。这是我实现梦想的唯一机会。克里斯汀叫起来:"哦,天呢,你是认真的吗?你这些纸条上面写的内容我非常欣赏。那想法真是太棒了。"

纳迪亚站了起来,穿过房屋。她从许多的笔记中挑了一张菜单。我正考虑将一些菜单融合起来,将不同口味的菜都呈现给食客。我的咖啡单就像是餐厅里面的酒品单一样。我删减了一些选项,或者会做一些季节性的菜单。纳迪亚轻轻地拍着纸面说:"你真的能做好吗?就凭这些乱涂乱画?"

"是的,我想我能。"

她上下打量着研究我,问:"比起红薯来,好像羊排更好一些?"我从她的手里拿出了那张菜单,把它放在桌子上摊平。"如果我的父母将老山羊卖给我的话,我就不需要那么多新的餐盘了。我不能期望在一间北爱尔兰的餐厅里面对新事物进行创新和融合。"

"好了,现在你非常健谈了。"克里斯汀拍了拍我的肩膀。"非常高兴,你能想到这一步,你往前进了。"

纳迪亚扫了一眼房子,随即盯着挂在壁炉架旁边的詹姆斯和我的肖像画。"告诉我们如何才能帮到你。我们能帮助你收拾詹姆斯的遗物。有一些很好的建议,就是你把他的衣物都捐掉。我能找到一个非常好的捐赠点。我也能帮助。我还能推荐一个很好的承租人。"

我拍了拍那张纸,展平了它的四角,"谢谢你们的帮助,但是我首先需要一个地方来开这家餐厅。"

她的脸上露出喜色,又说:"这一点我也能帮忙。而且我是免费为你工作。"

我本来就想着要寻求她的帮助,关于设计空间,特别是如果汤姆斯不能帮助我的时候,我想让她成为我的承租人。但是我没想到她那么热情。她的提议对我是莫大的帮助。我说道:"谢谢你的帮助,但不要担心詹姆斯的遗物。我自己能解决好的。"再过一段时间吧,等到莱西以及她在我钱包里的一张商业名片不再困扰我的思绪时。

"好吧,"克里斯汀插嘴说,"看来今晚上有比你的生日更值得庆祝的事情,那现在谁想开始这个庆祝聚会?"

晚饭后,我们去了城里圣约翰旁边的蓝天漫步者酒吧。

电子音乐充斥在耳边,空气都振动着。人们撼动着舞池的地板,用各种各样的形态纠缠在一起。

纳迪亚带我们来到了她已经预定好的桌子旁。然后叫了一瓶气泡酒以及一轮热带水果香槟酒。当看到气泡酒上来的时候,她就觉得给我们和克里斯汀再点一轮香槟酒是非常正确的事情。

喝完第一瓶酒后,克里斯汀抓起我的手腕,说道:"来吧,生日快乐,亲爱的,和我一起跳舞吧。"她拉着我来到舞池中央。燥热的身体紧贴着我们。克里斯汀用臀部撞击着我,然后大声笑着。

她在我耳边大喊道:"你看上去很快乐。"

"是的,我很快乐。"我大声叫出来。我的生活得重新步入正轨,我也得振作起来,这让我感觉很好。

几首歌播放完后,我的双手在我的眼前挥舞。汗水滴落到我的胸口。我大声地和着音乐叫道。我们返回坐在自己的位置上,服务员又送来一瓶新鲜的气泡酒。克里斯汀和我又很快地开始了。我的头开始迷迷糊糊的。我搓了一下自己的脸。试图摆脱令人晕眩的感觉。

"那天晚上你觉得伊恩的展览怎么样?"

我看向纳迪亚,说道:"他的照片真的是不可思议。"

"伊恩也是不可思议的。"

我的脸上露出一丝傻笑。

"我知道!"纳迪亚伸出手指指着我的方向。

我的情绪有些伤感,然后说:"他要去摄影探险了。"

"那么,当他回来之后,你还会见他吗?"克里斯汀追问道。

我有一些挣扎,说:"也许吧。"我的眉毛纠结在一块儿,嘴巴也紧紧地抿住。伊恩曾经想吻我,但他也没有问我的电话号码。我又跌坐回椅子上。"我不知道怎么和他联系。"

纳迪亚又给我倒了一杯酒,"温迪有他的电话号码,我问她要来给你。"

突然一阵黑暗,使我在座位上挺直了身体。"伊恩很有趣,我和他在一起很开心。"由于兴奋和酒精的关系,我咧开嘴笑起来,纳迪亚也随之大笑。

她眨了眨眼睛说:"那么我就去问号码。"

我的眼光落在了酒杯上,看见了里面漂浮着的冰块。它们就像一块块小岛一样漂浮着,这让我想起了詹姆斯在水面上漂浮的尸体。他们是带回了詹姆斯的尸体,但是从来没有让我再见一面。在葬礼上他只是给了我一张巨额的支票。然后是那些消失的画作。我的眼睛专注于那些正在融化的冰块上。有些事情并不正常。

我的大脑开始抽搐,克里斯汀和纳迪亚正在讨论尼克的一个案子。尼克是一个商法律师,克里斯汀坚信他一定能把这案子解决掉。尼克真的一刻不得闲,他们本可以计划已经推迟了八个月还未进行的旅行。我打着哈欠,眼神随意地瞟着舞池里的那些人。我的眼睛模糊起来,地板也好像向左侧倾斜着,或者是我正在倒下去。

成双成对的人在疯狂的乐曲中扭动着。在那些摇摆的臀部和躯体当中,一个金发的女子正在中央站立着,紫色的眼睛看着我,那是莱西。

我眨眼的瞬间它就消失了。我猛地冲出座位,只瞥见金色的头发和绿色的衬衣。她不见了。我撞到了自己的影子,并打翻了克里斯汀的水杯。黄色的液体和冰块摊在地板上。她跳了起来,然后让开路。我咕哝了一声,"对不起。"然后在椅子中穿行前进。"你要去哪里?"纳迪亚叫道。

"我去洗手间。"我必须在莱西消失前找到她。

我推开舞池的人群。踮着脚在拥挤的人群中搜索,身后传来不断的咒骂声。我看到盥洗室的门打开着,莱西跑了进去。

我关上门,它在我的身后发出砰的重响。扬声器里仍然播放着混响的音乐。在盥洗室的镜子前有两个女人,化着浓浓的妆,头发有些凌乱,裸露在外的皮肤上都是文身,有个正在补妆,另一个正在洗头。她们盯着我看了一眼,然后离开了。

我站在水槽和单间的卫生间中央。卫生间里应该是空无一人的,但是总有些奇怪的念头冲进脑子:还会有别的人。但是莱西不在这。我又把她跟丢了。我环视了一下盥洗室,冲进了卫生单间。等我上完厕所出来洗手的时候看见了镜子里面莱西的倒影。全身一阵战栗。

她直勾勾地看着我。我没有办法转过头或者看向别处,她嘴唇翕动,就好像在我的脑边耳语道:"詹姆斯还活着。"

我猛地摇头。

他还活着。

"那证明给我看。"

他没有死,如果他死了你会知道的,你能感觉得到。你是不是现在还能感觉到他?

是的。他的声音一直在我的脑海里。他的抚摸在微风里。他的笑声融进了地面上散落的树叶里。但那并不能证明什么。

镜子中的莱西面无表情,也不眨眼。我必须抓住柜台的一边以保持平衡。我的掌心一片潮湿,上嘴唇上似乎还有些水珠。我看了一眼盥洗室的门口,希望有人在这个时候走进来。希望有人告诉我这只不过是疯狂的幻想,莱西并不是真实的存在,她不能把我锁在一个灵异的幻想当中。我的双脚没有办法移动。

在盥洗室的另一头,之前进来的几个女人已经完成了补妆,准备离开,但是她们一眼都没有看向我的方向。门被关上了。音乐仿佛被隔绝了,这里变得一片安静。我好似进入了另一个空间。好像是悬停在一个真空的空间里。没有任何声音。突然间噪音又回来了,充斥在整个盥洗室里。

空气中发出嗡嗡的响声,音乐仍在响起,我听到水管里滴下水来。我感觉到这个女人离开的时候有一样什么东西进入了我的身体。那是一个想法。

詹姆斯并不是失踪的人,而你是。

莱西说道:"我是被派来找你的。"

我的头向后倒去,头顶上的灯光线刺痛了我的瞳孔,迫使我不停地眨眼睛。图像不停地涌进我的脑海。就像轮换不停的幻灯片。詹姆斯在水下,子弹在他身边擦身而过。他挣扎着想要浮出水面,但又被卷进了漩涡里。詹姆斯被冲上海岸,他的脸上都是淤青。一个女人拉了他一把。她黑色的长发覆盖在他脸上。褐色的瞳孔中全是关心。她静静地开口问他的名字。他说不知道。

詹姆斯,我想他叫出声来。我的名字叫詹姆斯。

我感到眼前一亮,随后躺倒在地板上。头重重地砸到了瓷砖上,眼前满是金星,久久不退。

在我失去意识之前,脑中最后的一个想法就是我大概是喝多了气泡酒。

"醒醒,艾米。"

有人轻拍着我的脸颊,我的头像火烧一般疼。

"嗨!醒醒,醒醒。"

脸颊骨感到一阵刺痛。

"她怎么了?"一个陌生人的声音问道。

"她还好吗?"另一个陌生人又问道。

"也许是喝多了。"

那是纳迪亚的声音,我开始微笑。

她说道:"我想她已经醒过来了。"

"今天是她的生日。"克里斯汀补充说。

低声细语和关切的话语充斥在我周围。脚步声听起来杂乱无章,还有高跟鞋踏在地板上的嗒嗒声。我听到关门声和马桶冲水的声音。真实感又回到了我的身体里。

哦!对,我正在女盥洗室。晕倒在地板上了。哎。

我眨了眨眼睛,斜视着头顶上的灯光。有四双眼睛正在盯着我。我咕哝了一句:"发生什么事了?"

"我想着你会叫我们。"纳迪亚说。

我摇了摇头,但是记忆好似被冻住了一般。

"我们正讨论是不是食物里面有味精。"克里斯汀补充说道。

"对的,我们吃过中餐。而且我对味精过敏。那会导致我轻微的头痛,但是从来没有昏厥过去。"

"但是菜单上写着没有添加味精。"纳迪亚又道。

"肯定是喝多了。"我的脑子里一团乱麻。或者是因为酒精的缘故,又或者是我自己在瓷砖上滑倒了,我不知道,我举起手,然后说:"帮我起来。"

她们把我拉起来,小声嘀咕着,慢慢的搀扶着我往前走。两个陌生人被甩在身后。我靠在柜台旁边,环视四周。休息室的墙上到处都是瑰丽的裂纹,慢慢的延伸向门外。就像之前一样,莱西已经不见了,她是不是真的出现在这儿?

"我的头很痛。"我按下抽水马桶的按钮,低声抱怨道。

纳迪亚皱起眉头,问我:"你是不是觉得刚才有幻觉?"

"我很好。"我从牙缝里挤出这么一句话。"我可不想今天的生日是在医院里度过的,我想回家,想念我的床。你可以送我回家吗?"

她拿起了我的钱包,"你放心,以防万一,今天晚上我会和你在一起。"

我们走出盥洗室来到走廊里。我的皮肤上感觉到有风吹过。好像在我的后头颈稍有发丝浮动。我瞥了一眼自己的肩膀,并没有看到任何人,但我感觉到莱西正在附近注视着我。

第十章

就像纳迪亚答应过我的,她送我回到家,然后和我待在一起,睡在我身旁。她每个小时都会吵醒我,于是在凌晨五点的时候。我用枕头砸了她一下,拖着脚步去沙发上又睡了四个小时。第二天早上我们走路像僵尸一样。她缺少睡眠,而我还宿醉未醒。下午早些时候,在她离开之前还提醒我,如果还有后续的头痛症状,一定要给她打电话。我答应她周末会在家里休息,所有时间都用来看老电影,并且完成我的商业计划。这些都让我能够忘却盥洗室里发生的事故。

理智告诉我,关于莱西的幻象可能是因为我脑海中一直萦绕的关于詹姆斯还活着的想法。但是关于他濒死前的一些情景又深深地刺痛了我。他的脸上满是鲜血,面颊上的伤口里还夹杂着许多沙粒。我告诉自己这只是一个幻觉。也必须是一个幻觉。如果朝着其他的方向去想,也许会让我更痛苦。

我在起居室的餐桌上翻着我的那些笔记本,想要设计一款咖啡店的店名招牌。我发了一个咖啡杯的草图上面印着"艾米的咖啡馆"的字样,随后下面是爱心形状的气旋慢慢涌上。这个灵感来自于詹姆斯的最后一幅作品。一幅关于咖啡店将会用到的色彩的图谱,里面有南瓜色、黄色、深紫色,还有红褐色。

我心想,如果把伊恩的"伯利兹日出"放在咖啡厅的墙上,那会是多么美妙的感觉啊。我很想知道是谁买了那幅作品。我突然想到了伊恩。他现在在哪里?他是不是也曾想过我。他是不是还会拍一张类似的、我那么喜欢的照片。

继续研究我画的草图:把"艾米的咖啡馆"的"咖啡馆"去掉。这样可以简化成"艾米的"。伊恩曾经把我的咖啡馆叫做"艾米之家"。

我反复咀嚼着这个单词,"艾米之家"。

"让我们去'艾米之家'吃点东西,"我用欢快的语调这么说。"'艾米之家'是最好的咖啡馆。"

我微笑起来,这样说出来听上去真是棒极了,又简洁又令人印象深刻。

就在此时,门铃响了,我一下子从椅子里跳起来,透过前窗往外望去。门外停着一辆出租车。伊恩正等在门口。他也透过窗户看着我,然后向我挥手。

心快跳到了嗓子眼儿。脸颊上也布满红晕。我咽下口水,挥手将脑中一团乱麻清理干净。我突然意识到家里就像鸟

窝一般脏乱。喝醉酒那天回来穿的睡衣还在身上皱巴巴的。

我又看了一眼房间。现在没有办法整理,也没有办法把东西藏起来。伊恩已经看到我了。感谢上帝,我还存有一些理智,刚刚刷了牙,当时只是想把嘴里的呕吐物冲洗干净。

我将门打开一条细缝,然后探出头去。街道对面屋顶上太阳反射的光芒迫使我眯起了眼睛。

"昨天晚上玩得开心吗?"

我咕哝起来,"你在这里做什么?"

他转头挠了挠后头颈,然后示意地看向出租车,"我正在去飞机场的路上,是一架去往新西兰的红眼航班,但是我忘了。"他又挠了挠头。

我皱起眉头看他。

"我忘了,嗯。"他吐了一口气,从后口袋里掏出了手机。然后害羞的开口说:"我能要你的手机号码吗?"

我的心跳加快,脑子里第一个想法就是纳迪亚不用打电话了。她不用去问温迪要伊恩的电话号码了。他打开了手机备忘录,看着我,希望我把电话号码输入进去,末了,我竟然还加上了邮箱和街道地址。

等我把手机还给他的时候,他的脸上露出了坏坏的微笑。他拿起电话,放在耳边听起来。我听到放在起居室桌上的电话,响起了铃声。

伊恩伸出一只手指放在他的嘴唇上,"不要接,"他轻轻地说。然后缓缓吸了一口气。"你好,艾米,我是伊恩。那天在我的展览上,我和你相处得非常愉快,之后的时间更是美妙非凡。今晚我会飞去新西兰,但不会逗留很长时间,等我回来的时候是不是可以给你打电话?"

他眉毛上挑地盯着我看。他点头期待着我的回答,而我仅是轻轻地点点下巴作为回答。

他的眼睛瞬间亮了起来,说道:"太棒了,那么回来,再见。"他结束了电话,"现在你有我的号码了?"

我笑出声来。

他看了一眼手机,随后飞快地在我的脸上印上一吻。我受惊般地轻轻喘息。

"十天后再见。"他从门口走到出租车上,坐在后座后排座椅上,向我挥手。

出租车缓缓前行时,我仰起脸嘴角漾起微笑。我回到房间里,几乎不能呼吸。是伊恩在我的脑海里种下一团乱麻,而不是因为宿醉。我又坐回座椅里,脸上的笑容更甚,然后我要开始做我的文书工作。

到了周一的早上,头痛不再。我应该将莱西的事抛之脑后。这一周我会见到许多供应商。

虽然我的心还想着"乔之家"的那个店址,但还是约了几个客户看了几个备用地址,而且我还必须给汤姆斯打电话。希望这次我只要叫他来签合同就可以了,不需要再问别的话。

我收拾起文书和钥匙,门铃又响了。我从猫眼里看到一位老人,他满头白发,身材敦厚。他上身穿着一件短袖衬衣,下身穿卡其布裤子。他的手塞在侧边的裤兜里,然

后穿过前面的花园。

我打开门,他向我微笑,露出了两排满是尼古丁渍的牙齿。我立即认出了他。"你来这里做什么呀?乔。"

"很久不见了,艾米。"当我伸出手去的时候,他也用他那宽厚的手掌,握紧了我的。"你最近怎么样?"

"我还好。"

他点了点头,"我听说你要开一家新的餐馆?"

"事实上这是一家高端咖啡厅或者是美食家餐厅。但是我首先要租一个场地。"很显然他的租赁代理商没有提起过我。

"我能进屋吗?"

"哦,真的抱歉,当然可以进来。"我侧身打开门。

他缓步走了进来,结实的身体使整个房间显得有些狭小。我关上门,继而打量他。他也看到了詹姆斯在墙上的画作,餐边柜上已经装裱好的画以及我们俩的订婚肖像画,随后他的眼神落在我的脸上。

"你的父母都告诉我了,我很抱歉。"

我深呼吸,然后点了点头。

"詹姆斯是一个好孩子,我非常喜欢他。"

"谢谢!"

他锁定了一张詹姆斯向我求婚时候的照片,细细端详起来。那已经是一年之前的事了。我又开始转我的订婚戒指。他皱起眉头,我的呼吸为之一顿。

我想知道他是否注意到了我化了非常浓的妆,以掩盖脸颊上的伤口和下巴上的淤青。

乔把照片还给我。我调整照片摆放的角度,使其不会滑落。他双手又放进口袋,面向我,说道:"我的妻子在五年前去世了。"

"我还记得。"当时乔花了很长一段时间才恢复过来。期间咖啡馆也一度停业,之后他就没有再能恢复往日的风姿。他失去了很多客户。那些人转而光顾很多其他的餐厅和快餐咖啡店。他们选择了便利,而不是怀旧和习惯。

"我花了很长时间才慢慢地走上正轨。"他耸了耸肩,然后说:"但是我还想念她。"

我同他的心情一样,所以非常明白他的感受。痛苦和残缺不全。像胸口缺了一块什么东西似的。

我清了清喉咙,逼退眼泪,"你想要喝咖啡吗?"

他呼了口气说:"好的,谢谢。"

我指了指沙发,对他说:"请随意坐,我去做一壶咖啡来。"

我回转身走进厨房,擦了擦柜台的边缘,深吸了几口气,孤独感造成的疼痛使得我的眼睛和喉咙产生灼烧感。我选了一把特制的咖啡豆,那是我从最新选定的供货商那里拿来的样品。随后我架起咖啡壶,开始打圈冲泡。

当我回到前厅的时候,乔正在翻看詹姆斯的《奔跑世界》杂志。他看到我之后就合上了杂志,把它放在桌上。"我的医生告诉我,我应该加强锻炼。"

我在他面前放了一个盛满热咖啡的马克杯,热汽很快升腾起来,咖啡豆的香气扑鼻,"散步就很好。"

"我从城里步行到这儿。"他轻轻啜了一口咖啡,随后眼睛亮了起来。"这咖啡真好。"他又喝了一口,"真的非常非常好。"

"谢谢你,这是我为顾客定制的配方。"我害羞地说。

他举起马克杯向我示意:"千万记着,一定要把它加到你的菜单里。每次我来的时候我肯定会点它。"

我微笑起来。经营了多年咖啡馆之后,他肯定会是一个挑剔的顾客。我会记得的。

他喝完了咖啡,放下马克杯,搓了搓手掌,朝沙发里挪了挪。"因为我不能经营,所以才关了咖啡馆。那些连锁经营的咖啡馆提供劣质的咖啡。"他向空中挥了一拳,清了清喉咙说:"啊,很抱歉,那些人抢走我的顾客。你是不是也不想经历同样的事情?"

"我不敢肯定,"我如实说道,"但是我不想和连锁商店竞争。"

他摇了摇头,说:"刚开始的几个月里你就会失去顾客的。"

"我希望不会这样。我想要给顾客呈现出与众不同的东西,而不仅仅是一种咖啡体验。他勾起嘴角,问:"一种咖啡体验?"

"我想让顾客感受到一种特殊的咖啡。我的咖啡是手工做的,慢慢冲泡出来的,就像我为你做的一样。"我指了指他面前的空杯子。

他轻轻的笑起来,说:"确实非常好。"

"非常感谢。"我露齿而笑。"我还需要设计全部的菜单,然后确定供应商和一些进口商。"然后敲了一下我的脑袋,看了看我的双手,说:"要找一个店铺地址。"

"艾米,我认识你的父母,我们已经认识很长一段时间了,他们是非常好的人,也是非常好的商人。听到他们把店铺卖了我很惊讶。本以为你会继承餐厅或者问他们买下。"

"我也是这么想的。但是我没有办法解决我父母的经济问题。"着眼于我自己的餐厅,对我来说更好一些。这也是我应该做的。但同时我也必须向大家证明一个人能做到。"

"我知道你申请要租下我的房子。"

"是的,但是……"

他举起手阻止了我接下来的话:"我的代理商并没有向我推荐你,因为你有一些信用问题,我也意识到了这个问题,我还在想你是不是能够熬过这一年。我也理解你,嗯,店铺倒闭还有很多账单要支付,生活实在是非常窘迫。我也曾经是这样的,听着。"他放下他的马克杯,身体往前倾斜着,"现在是时候收拾残局了。"

"我也是这么想的,我正在这么做。"

"我已经没办法做到了。我失去的不仅是我的妻子,"他清了清喉咙,"我接受你的申请,我的店铺是你的了。"

我张大了嘴巴,难以置信:"我的信用怎么办?"

"算了,忘了信用这回事吧。"他在空中挥挥手,"你陷入困境,我希望找一个值得信任的人。我认识你,也认识你的父母,我想要有一个长达15年的租期,但我给你只用五年。如果你失败了,也不需要继续付租金。如果你需要重新签订合同的话,我们也可以商量一下租期,但我敢保证不再收你在原始租金上的任何费用。即使是你经营得非常顺利,也不会收。"

他搓了搓右边的鼻翼。我现在已经惊讶得只能看着他点头，他继续说道："按照惯例我们会给新的续租者 1 到 3 个月的时间，用来装修旧屋，这个时间里是免租金的，但是对于你来说，你想要多久都可以，要等到你开业之后我才收租金。其实是你需要一年的时间来翻新咖啡馆。"

我眨着眼睛："嗯，"大脑里快速的计算着他的报价。"你为什么这么做？"

他笑起来。眼里微光一闪："我只是想说有人在照顾着你。"

我挺直后背，然后问："是我的父母让你这么做的吗？"

"这和你的父母毫无关系。这只是你我之间的约定。我需要一个租客，而你正好需要一个店铺。所以你怎么想？我们能成交吗？"

这太疯狂了。这个交易令人难以置信。乔微笑地望向我的时候，我也圆睁着眼睛盯着他看。他的手停在空中等待着我的手。

我拘谨地伸出手去回应他，微笑地握住他的手："成交。"

乔站了起来，我送他至门口。我感觉到自己是世界上最幸运的人，而且我把这个想法告诉了他。

"很好，你会得到所有的幸运。我的店铺已经能运营。但你还有很多事情要做。"

第十一章

"我的天呢,这个地方确实有很多事情要做。"纳迪亚的手指划过柜台上,停了下来。那里覆盖着一层厚厚的灰尘,她一脸嫌弃说,"太脏了。"

"很迷人啊,这是一种时间的积淀。就像电影《美国风情画》里面说的一样。"克里斯汀这么回应道,随后对我竖起大拇指。

父亲望向高高的天花板。裸露的电线到处都是,上面的瓷砖也有松动。另一些瓷砖已经掉了下来,有很多水渍。"当然它还有改造的空间。"

"看吧,我说的吧。"我同意他的想法。

纳迪亚回到厨房,问我:"你还在想租约的问题吗?"

"我已经签好了合同。"

他停下来惊讶地看着我:"什么?什么时候?"

"上一周。"我和乔来来回回的花了几天商量租期的问题,最后在周五签下了合同。之后一周的星期二,我拿到了他的钥匙。现在是星期天了。是时候让纳迪亚、克里斯汀还有父亲来见见我。母亲正在老山羊餐厅监督挑选他们要赠送给圣·安东尼餐厅的家具。父亲之后也会到他那儿去。我看了一眼手表。"真希望纳迪亚和克里斯汀不会在父亲走后马上就离开。"

"这个地方十分有潜力。"父亲提醒纳迪亚说,"这个四方形的建筑正好是你所需要的。这里只需要重新粉刷一遍。"纳迪亚从起居室走了回来,说:"还需要敲掉很多东西,在你和他签合同之前,你是不是已经清点好了财产?"

"我再四周看了看。"

"你就看了看四周?"纳迪亚又信誓旦旦地说。"别误会,我的意思是你的餐厅会非常棒。但也有很大的失败的风险。"她投给父亲一个抱歉的表情。在纳迪亚重新看向我之前父亲没有再做出任何评论。他指着全是水渍的木质面板说道:"你在这儿没法做出美味的食物。你问过他为什么会漏水吗?"

"哦,没有。"我不耐烦地打断他,"乔说这个地方需要好好改造。"

"是吗?这个地方需要重新大修,谁知道这些墙体后面的水管漏成什么样子了。"他的眼睛又落在了别处。找出了很多我眼睛看不到的细节。"你应该再打一个电话。我应该再去散会儿步,这样你可以想想好自己到底需要一个怎样的餐厅?重新翻修会很快,但是预算不够,更糟的

是我们缺少现金。你有没有找其他地方比较过?"

"为什么?这里装修期间是免租金的。"

纳迪亚眨着眼睛问:"什么?"

父亲吹了吹口哨。

"太棒了,亲爱的。"克里斯汀也露出微笑,她一直在帮我计算现金的问题,但现在都解决了。纳迪亚又问道:"能免多久的租金。"

"直到我所有的烦心工作都完成为止,他们都不会收我一分钱。"

纳迪亚惊讶地张大了嘴巴。

"这真是一个完美的交易,我喜欢这个地方。"这里充满回忆。父亲的嘴角也微微上扬。他知道这个地方对我来说非常特别。从窗户望出去,是我以前和詹姆斯一起来午餐时一直看到的景色,母亲们推着手推车经过,小汽车呼啸而过,偶尔有自行车穿过马路。现在已经下雪了。这是这一季里的第一次风暴,我又看了一下手表。

纳迪亚制定好了计划表,随后坐在离我最近的椅子里。她在一个写满数据的写字板上贴上字条,问我:"你知道你现在要做什么吗?"

克里斯汀环顾四周,坐在了纳迪亚的旁边。父亲也拖了一把椅子坐过来。

我微笑起来,说:"我有很多想法,比如说制作美味的甜点,配着顾客点的咖啡一起送上。"

"你想好了你的咖啡馆叫什么名字吗?"克里斯汀问道。

"艾米之家。"我宣布。然后从我的文件袋里把草图拿出来放在了桌子上。他们三个人都探过身来。

"手工慢制咖啡和美食家餐厅。我喜欢这个想法。"克里斯汀拍了拍我的肩膀。纳迪亚在写字板上又贴了一个字条。"首先，我想到的是重新装修花费不会少。装修费用、租金、保险、家具，还有劳务工资。以及你生活所需的成本。"

"放轻松，不用担心。"我打断她的话，又轻轻地抚摸了她的肩膀。"我会有节制的花销的。""这就好，你可以从我开始，就像我上次承诺过的一样，我本人不会收取任何费用。其他事宜我也尽可能帮你争取最大的优惠。"

"但是我一定要付你一些钱。"

她笑起来，说："我又没有说我是免费的。"她脸上的笑意更甚。

她调整了一下坐姿，握住我的手："我想要一辈子免费的咖啡，还有你的柠檬烤饼。"

我立即笑起来，"那么装修需要花多久？"

她抿住嘴唇，想了想，说："如果幸运的话，你可以在八个月之后开张。"

我吹了声口哨："真是很长一段时间呀。"我非常急于想要一个烘焙的场所。下意识的，我又看了看手表。

克里斯汀推了我一把，点了点我的手表说："要去哪里？"

我摇了摇头，回答道："我在等某个人来。"

"谁？"

我的脸烫起来，回答说："是伊恩。"

他昨天就到家了，然后今天早晨给我打了电话。我建议在这里见面。在两周未见和强烈的思念之后，我仍然不

确定自己想从他那里得到什么。但是很明显他想要从我这里得到的超过了友情。

克里斯汀眼光如炬,好像洞悉了我内心的挣扎。"伊恩已经在来的路上了。"她这么告诉我的父亲和纳迪亚。父亲的眼神死死地锁住我。

纳迪亚站了起来,微笑浮上她的脸颊。"我想我们是时候应该离开了。"

我正在测量柜台尺寸的时候,伊恩到了。其余的人正好刚走不久。他甩了甩夹克外套和头发。雨滴落在地板上。"天哪,外面一片狼藉。"他吹了一口气,然后微笑起来,"你好,艾米。"

看见他的时候,我的心跳又加快了,他看上去很好,非常好。只是浑身被淋湿了。我注意到他的外套,连忙说道:"你湿透了,我帮你拿一下。"

"谢谢。"他脱下了外套,"我可以从这里跑回家。"

"你住在哪里?"我问。

他的外套挂在了椅背上,指着上回我从咖啡厅走回家的方向的对面,说道:"离这七个街区远。我们是邻居。"

我笑了笑。"如果差半英里也算邻居的话。你的旅行怎么样?"

"非常棒,我又拍摄了一些特别棒的照片。"他把一个沾湿的纸袋子放在我的身旁,放在我给纳迪亚展示想法的草图稍远的地方。伊恩不想弄湿它们。他轻轻推了一下我的肩膀:"顺便说一下。我的预测是对的。"

"哪方面?"

"我很想你。"他睁大了眼睛笑出声来,随后看了看四周,问:"所以你租下了乔的旧屋?"

"嗯,是的。"仍旧震惊于他说的那句——我非常想你。

"我急着想看你到底能在这里做些什么。"他的指节轻轻地敲击着柜台台面。"你搜过咖啡机了吗?"

自从伊恩离开这里之后,我几乎没有时间去完成我的商业规划。我双臂支撑着斜靠在柜台旁边,说道:"还没有,怎么了?"

他学着我的样子,把手放在他的心脏部位,说道:"我有幸能够给你推荐一到两家。"

我的嘴角上扬,问他:"你怎么好像是个专家?"我追问,对他的话十分感兴趣,但是忘了他语气里与生俱来的幽默感。除了摄影、经常出去旅行,我对他一无所知。

"大学毕业后,我在省里待了几个月。我和一个咖啡馆店员约会过,然后她教我如何制作咖啡。"他的尾音慢慢下降,脸红起来。我支起手肘看着他,他嘴角抽动。"她教了我很多。"

我睁大了眼睛,笑道:"我也打赌她确实这么做了。"

伊恩径直走向我:"好了,不要嫉妒了。"他这么说道,我的脸不禁烧起来,不比他的好多少。"快过来,我给你带了一些东西。"

"什么东西?"我问道。

"苹果汁。"

"你带了果汁来?"

他笑了起来:"大童喝的果汁,非常好喝,整个旅行中我都靠它。"他拍了拍胸脯,从牛仔裤的口袋里面找着什么东西。

他摸索着外套口袋,又伸到侧口袋去摸了摸,最终摸出了两个玻璃小酒杯。

"我从来没用苹果汁来干杯过。"

他转了转眼睛说:"你尝一尝。我口袋里正巧能装下这两个杯子,我就拿来了。"他从另外一个口袋里摸出了开瓶器,把瓶子打开,倒出苹果汁。"通常我们应该在室温的条件下喝这些苹果汁,但是外面天气实在是太冷了。苹果汁也有一些过凉了,不过还是很好喝。"

他递给我一杯。

我嚼了一口,脑子里全是苹果派和苹果塔的味道。

"祝你健康。"伊恩举起杯子。

"祝你什么?"

"这是毛利人的问候。毛利人是新西兰的土著居民。分散的很广,他的意思是祝你健康。我觉得它更像是干杯的意思。"

"那干杯吧,"我重复了他的话,然后用小口喝了一口苹果汁。里面有很多干果,非常美味。

伊恩坐在挂着他外套的座椅上。我坐在他的对面。他在桌子底下伸直双腿,向后靠去。他的鞋碰到了我的脚踝。就是这样,静静的一个碰触让我立刻收回了脚,蜷缩在我的凳子下面。他直直地看着我。我在座椅上调整了一下坐姿。

"你的母亲没教过你,不要盯着人看吗?"

他的眼神有一瞬间的呆滞,随后又燃起了兴趣似的,星光熠熠。"如果我没盯着你看。怎么会发现你越来越迷人了呢。"

他眼角的皮肤皱了起来。这表示他很快乐。但是我们之间的气氛更尴尬了,我舔了舔嘴唇,将手臂放在桌子上,用手指轻轻地摩挲着小小的杯子。"你以前曾经失去过心爱的人吗?"我非常认真的问道。

他的表情黯淡下去,说道:"是的,我失去过。"

除了不想和旁人说起我碰见莱西的故事之外,我还在思考着究竟要告诉伊恩多少有关詹姆斯的事情。

我埋葬了我的未婚夫,而且仍在为他哀悼。我有时候非常想念他,以至于非常渴望莱西说的一切都是真的。我想在这些事情都过去之前,我不应该让伊恩误会我对他的感觉超过了友情。

我仔细地思考应该怎么说,随后开口道:"我们第一次见面的时候,"我不需要伊恩的同情。只是想让他理解我的想法。"那天你问我是不是订婚了。是的。在一年之前我已经订婚了,但我的未婚夫在去年5月去世了。事实上他是在墨西哥垂钓的时候失足落水的。他的尸体后来被发现了,随后我火化了他,那天正好是我们本定于结婚的日子。那是在7月。"我喝掉剩下的苹果汁,用手背擦了擦嘴巴。"我好像正在用苹果汁干杯。"我一脸苦笑地说道。

伊恩往后退,僵直着身体。过了一会儿,他摇了摇头,好像要甩开这么正经的话语。"不要说了,艾米。我很抱歉。"他抓住了我的双手,大拇指在我的手上来回的摩挲。

"我从没见到过他的尸体,甚至没有机会跟他道别。"

伊恩变得有些语无伦次，他站起身来，好让桌子不会挡在我们俩中间。我知道他会挺出胸膛，用他充满力量的保护的双手紧紧地抱着我。我看着我的中指。他的手非常温暖，强劲有力。但他摩挲的力量非常频繁。胸腔里突然燃起一种有人陪伴的深切的痛感。这种热度突然传递到了我的四肢。我抬眼看他，突然注意到他眼里充满着鼓励。天哪，我太疯狂了，我恍然间清醒过来，立即转移话题。

"我想说你会成为我一个非常好的朋友，伊恩。"

他的喉咙发出一种声响，问道："我是一个朋友？"

他的脸上充满失望的表情，"我非常抱歉，只是……"我从他手里抽出手放在膝盖上。"我从来没有和别的人待在一起过。从来只有詹姆斯和我。"

"詹姆斯？哦。"他扯了扯嘴角，"他是你的未婚夫。"他把手肘放在桌子上。双手摸着脸颊，用力地揉搓着下巴上的胡须。"你和别人在一起是不是有些紧张？"他飞快地问我。

"不，我不紧张。"

伊恩皱起了眉头。

"好吧，也许有一点。我还没有准备好开始一段严肃的感情。至少现在没有。我现在只能想到的是咖啡店，然后是詹姆斯。他的遗体被埋葬还不到一年。但如果真的有一具尸体被埋在地下的话，这是关键。这种不确定性让我很难不想起我们之间的过去。"

"我的父母认为我太过依赖于詹姆斯。"我毫不犹豫地说道。

伊恩轻轻叹气，说："你在这里做的所有一切不是想要成为一个独立女性,而是好像有人故意想要让你完成他的使命。"

一个犹豫不决的微笑浮上我的嘴角。

他重新在我的杯子里面倒入苹果汁,然后举起他的杯子:"那我们来做一个交易吧,我祝愿我们能成为最好的朋友,只要你答应我有一天如果你和我的关系能超越朋友这个界限的时候,一定要告诉我。"

我睁大了眼睛,头往后靠了靠。对于他深思熟虑的话语,露出了微笑。

我嘲笑地说,"你我真的与众不同。"

他摇了摇头说:"不,我只是乐观主义。"

"好吧,"我举起了我的酒杯,说道:"交易达成。"

第十二章

在我马上开始上高中的那个夏天，我认识詹姆斯已经六年了。我不再想着要成为他的好朋友。我想得到的更多。

我的想法并不是突然形成的，而是在去年的整个学年里慢慢转变的。就像展翅高飞的蝴蝶是从虫茧里慢慢蜕变出来的一般。我开始注意到以前没有留意的一些事。比如说他的气味。他不像学校里的那些男孩子一样臭气熏天。他的古龙水和他自身的气味很好地融合在一起。每当我靠近她闻到他身上的香味时，心里总砰砰地跳个不停。这个味道实在是太好闻了，我感到迷茫，有一次我甚至想靠在他的胸膛里深深地吸着这股气味。他推开我，然后笑起来。

但是除去我自身暗藏的一些尴尬的情愫，我越来越了解他。他不停地努力，想要增进他的造诣。但他的父母为他规划好的职业生涯不是他想要的。除了在我们家，他从来没向别人展示过他的画作。或者他的家人会发现他的秘密，阻止我们相见。我脑子里充斥着这种幸福的想法，我爱上了他，我最好的朋友。而且我极度的想念他。

他开始参加足球训练，还有满满的各种课外活动的清单，让他十分繁忙。整个夏天我见到他的机会都非常少。但在8月的一个下午，他惊喜地造访了我家。我正在为克里斯汀的生日准备蛋糕。当时我刚从烤炉里把烤好的蛋糕拿出来然后转过身看见了詹姆斯靠在厨房的一角看着我，吓了一跳。

他穿着灰色的短裤，白色的衬衣，领口没有扣。这对于星期天要去教堂的人来说是一身非常好的装束，今天不是很热，非常干燥，是星期三，明显不是足球训练的日子。

16岁的詹姆斯并不像同龄人那样瘦小精干。常年的足球训练使他保持了很好的体型。他那头满是晒伤痕迹的头发不羁地挂在黝黑的脑袋上。他精心梳理过头发。他肯定心里有事。

"你在这里做什么？"我问道，他的突然造访让我感到十分吃惊。我本不应该觉得吃惊，他甚至有一把我父亲给的钥匙，因为每次詹姆斯敲门都是父亲开的门，所以他干脆给了他一把。在这个夏天之前，他一直用钥匙开门进来的，"今天没有足球练习吧？"

他笑起来说道："今天请了半天假。"

我挑了挑眉毛："你父母不会有意见吗？"

他轻蔑地哼了一声，随即抬起下巴的时候皱起了前额。这个表情让我大开眼界，他的父母肯定不知道他现在在

哪里。

"父亲会工作到很晚,母亲正在慈善机构。"他解释道。

"那么你也不去玩棒球。"我在厨房柜面上铺上了烤饼干用的垫纸。他投给我一个闪亮的微笑让我的心砰砰直跳。我低下头,藏起脸上的红晕。转身把饼干放进了饼干盘。"你过来是来画画的吗?"我听到他走近,就这么问他。

"也来看看你。"

我的脸上控制不住地堆起更多的笑容。他下半身斜倚在柜台,顺势拿起一块饼干。我机警地抓住他的手腕。饼干离他的嘴巴只有一英寸的距离。他挑起了眉毛。我眯起了眼睛。

"这些都是给克里斯汀的,今天是她的生日。"

他还是把饼干塞进了嘴里。

"詹姆斯,"我抱怨道。我的眼光注意到他的嘴唇。心绪又飞向了别处。这嘴唇亲吻过多少女孩呢?他曾经想过要吻我吗?

我的脸又涨红起来。他傻傻地笑着。我满脸怒意的看着他,放开他的手,继续我的工作。"不能再吃了,"我警告他道。因为他练足球的关系,所以胃口很大,如果给他机会,他可以吃下很多饼干。我没有时间再做一批。

"再让我吃一个吧。"他噘起下嘴唇。

"好吧,"我说道。感觉实在抵抗不住他的魅力。他又拿起一块饼干丢进嘴里,咕哝了一声。

我点头示意他的衣服,问道:"你为什么穿成这样?"

"我穿成这样难道不好吗?"他恼怒地看着我。

"当然不。"我着急的回答,"你看上去很棒,我的意思是你的衣服很好看。"我有些结巴。他这么穿肯定有他的理由。"那么你要去哪里?"

"你是问我刚去过哪里吧?"

他低头看了看自己的衣服,好像忘了自己穿的是什么了一样,然后表情有点别扭的说:"母亲正给我们的人生规划举办第一次的董事会和宴会。"

我拍着手掌,扫去手上的面包屑,"那么你和汤姆斯现在要干吗呢?"

他努了努嘴角:"你带着围裙的样子看上去非常可爱。"边说边拽了拽我围裙上褶皱的边边,然后问:"你从哪里买来的?"

"你在逃避问题。"这话终于让我分心,我把他的手推开。

"你也是。"他握住我的手,我们手指触碰在一起。

我倒吸了一口气,我们的手碰在一起,又互相弹开。呼吸也交织在一起,我突然发现他棕色的眼睛,露出邪恶的微笑。他又举起手弯曲手肘,挽着我的手将我拉到他的胸前。

这种瞬间的接触让我惊慌错愕,我们从来没有那么靠近过,"你在干吗?"

"给你看。"

"给我看什么?"我对着天花板发呆,尖叫出声。

詹姆斯笑起来,说:"我给你看我最近做了点什么事儿,跟着我的手,然后听着我数。"他在我耳边喃喃轻语,轻轻地把我的身体扳过去,让我的背靠着他,然后他的下巴放在我的肩膀上。

我整个身体都僵直了。

我感觉到了他埋在我的头发里,脸上漾起微笑。"你太紧张了,这里只有我呀。"

詹姆斯像现在这样抓紧我,使我感到浑身上下都在发热,同时也感觉到他的心跳和我的一样快。

我们开始一边走一边数数。我的耳边想起他的口哨声。我们跌跌撞撞地,还互相踩了脚趾,他带着我走了一圈厨房。我们正在跳舞。不是那种中学里学的上下跳的那种舞蹈,而是非常优雅的成人的舞蹈。

"我正在学习舞蹈。"他补充说明道。我感觉到我的脚趾在轻微的颤抖,他又说:"我们跳的是华尔兹。"

我想将注意力转移到脚上的舞步,但身体略向后靠去,希望能看到他的脸。"华尔兹跟董事会有什么关系?"

他不满地看着我,说:"不就是为了谈判吗?我母亲希望我和汤姆斯在谈判的时候能够既尖锐又快速果决。"

我想象了一下,詹姆斯身穿西装和一位身穿丝绸上衣、铅笔裙的美丽女士跳舞的样子。"你工作的时候可以跳舞?"我没有意识到当人们有空的时候他们经常会这么做。

他甩了一下头,笑起来:"傻女孩,我的傻女孩。"他在我的头发里轻轻的微笑,随后亲了一下我的前额,这让我浑身兴奋极了,他叫我他的女孩。

"父亲在工作之后会举办一些宴会,这样的话他可以谈更多的生意。"

他父母经营多纳托公司,远比我父母亲经营餐馆要难得多。我似乎想象得出他瑰丽的人生。长长的外衣,身穿燕尾服的男人在用水晶杯喝着香槟,身后是一支20人的管弦乐队。

詹姆斯带着我绕着厨房一圈,然后将我带回了刚刚烤制巧克力饼干的柜台。这时他前所未有的靠近我。"你做这个好像很在行。"就像他做别的事情一样,都非常棒。他的跑步很好,踢足球也很好,还有他自学绘画的技能。他的丙烯画我觉得都非常棒。

"是你让我看上去更棒。"他补充道。"你学习的速度也非常快。"他的呼吸穿过我的头发。我们跳舞的时候彼此的呼吸近在咫尺。当我们数着123转圈的时候,突然有一种想法溜进我的脑海里。

"你和班里其他的女生这么近距离地跳过舞吗?"我低声问。

詹姆斯没有回答。我低着头,觉得这样问非常尴尬。但是脑海里想象出他握着别的女孩子的手,让我觉得非常不舒服。

为什么他和谁,或者在干什么,能让我如此嫉妒呢?

他曾经说过我是他这个世界上最好的朋友。我记得有一次,罗克珊·利普斯顿在体育课上偷了我的内衣,把它弄皱后放在消防喷淋器上,整个学校都看到了。之后我痛哭,那个时候是他抱紧了我,安慰了我。本来詹姆斯想要去打罗克珊。但我只想他和我在一起,当时我并没有意识到这一点。

"没有,"詹姆斯说话了,"并不像这样,我和她们跳的和你不一样。"

我抬起头。他的表情十分吸引人。

"我从学跳舞的第一节课开始就想和你跳舞了。"

他是这么想的吗?

詹姆斯放慢了节奏,我们左右摇摆,突然间两个人都停了下来。"还有件事我也想做。"

"是什么?"

"吻你。"他真的这么做了。

我睁大了眼睛,盯着他的前臂,我们的双唇碰在一起,一次,两次,然后又一次。他的唇在我的嘴里翻滚,随后抓住我的,轻轻吮吸着。我还没有认清现在的事实,詹姆斯正在吻我,我的詹姆斯……随后我们的唇分开了。

我呆呆地看着他。

他则害羞的微笑跟我说:"嗨?"

我眨了眨眼:"啊……嗨"

他扬起头,然后表情有些奇怪地问:"你还好吗?"

"嗯,我想是的。"

我尝试着去感受自己的嘴唇和舌头。它们都僵硬了。所有的一切都僵着。这是一种如此美妙却令人吃惊的感受。我感觉到自己好似蝴蝶,第一次展翅高飞。

我不假思索地问他道:"你为什么要吻我?"

"你是我最好的朋友,艾米。"他的这句话在我的脑海里回响。我失望地压低了双肩,他却用一根手指抬起我的下巴,"但你对我而言,不仅是最好的朋友。"他的声音低沉,有一些害羞:"我曾经告诉你,你比所有的人都更了解我。而我也是越来越在乎你。"

我的唇角溢出微笑,"哦!"我一边呼吸一边回答。他的脸上也现出微笑。这样的笑容比八月的太阳要更明媚。他抱起我,然后说:"天哪!我很高兴,我们又在同一所学校了。这样我们就有更多的时间见到彼此了。"

"听上去好像你觉得我们见面的时间还不够多。"我取笑他道。

"这个夏天我们见得还不够多。"他把我放下,但没有松开我。"我们在课间又可以传纸条了。"

我的脸变得通红。

"我喜欢你的纸条,我非常想念它们。"

我害羞地微笑,"那么我会给你写更多的。"

詹姆斯放开我,然后又往嘴里塞了一块饼干。

"嘿,别吃克里斯汀的饼干了。"

"只怪它们太美味了,"他抬起我的脸,捧起我的脸颊。这个动作又让我呼吸停滞,表情有一些防御。他盯着我看,"你的眼睛近看是那么美,太蓝了,就像加勒比的大海。我能再吻你吗?"

"好的。"这对我来说是一种全新的感受,我想要更多。

我胃里的蝴蝶又震动了它的翅膀,想要再一次高飞。詹姆斯笑出声,然后我也笑起来了,我们两个一起大笑着,亲吻着。

"你到我家里来不会有事吗?"亲吻过后我想到了他的父母如果知道他缺席足球课,会如何不安。

"别担心我了,他们不会知道。在他们到家之前我已经回家了。"他又亲了亲我的鼻子,让我平静下来。

电话铃声突然响起,我惊慌地从詹姆斯身边跳开,他笑了:"是电话铃响了,艾米,不是你的父母闯进来撞见我们。"

"哦哦。"我的脖子变得像烤炉的线圈一样红。我接

起电话,看着詹姆斯卷起袖子,把口袋里的东西都掏出来放在台面上,钱包、收据、零钱,还有汽车的钥匙。那辆机车是他父母在他16岁生日时给他的礼物。随后他跑去晒台,那里是他的艺术工作室。

我听到汤姆斯在电话的另一头。他询问詹姆斯是不是来过这里。听到他们这么问,我收起了微笑。他讲完后我就挂断了电话,发现詹姆斯正在看我。

他皱了皱眉,问:"你还好吗?"

"你应该回去了,你的母亲正在往家赶,菲尔和她在一起。"

詹姆斯骂了一句,他并不喜欢他的表哥。有一次他发现菲尔翻自己的抽屉。我知道詹姆斯把我送给他的字条和卡片都放在他卧室的抽屉里。还有我写给他的信件。难道菲尔已经看过了?这一点詹姆斯并不确定。但他注意到其中有一张我们的照片不见了。照片中,我和詹姆斯正在吃棒冰,他的手搭在我的肩膀上,那时候我们才12岁。我穿上第一件比基尼,那是我哄骗母亲说我永远不会让父亲看到自己这么穿的时候她才给我买的。要知道父亲如果觉得她的小女孩那么快就长大了,对他来说打击很大。那天克里斯汀的母亲给我们拍了照,我一拿到之后就把它给了詹姆斯,我不想父亲看到这张照片。其实这也没有什么大不了的,但是现在我害怕菲尔已经把它拿走了。

詹姆斯的眼睛扫了一圈厨房。搓着手臂,说道:"我得走了。"

"詹姆斯,你父亲……"

他的眼珠子转了转,问:"他怎么了。"

"他在家。他问你正在做什么?"

他脸上突然血色全无。

"詹姆斯?"

"我得跑起来了,我会再给你打电话的。"他抓起他放在柜台上的钥匙,冲向门边。

"詹姆斯,你的钱包。"

前门被关上了,我抓着钱包,里面有他的驾照。如果他要驾车回去两个街区远的家里,就需要驾照。

我立刻跑到了前门,但只看到宝马车的一角。我全速跑向他家,希望能够在他走进房子之前截住他。果然,在他走到门厅前,我见到。

"詹姆斯。"我大叫。

他回过头,眼睛望向我,我在他车旁的走道上停住脚步,喘着粗气弯曲身体,手扶膝盖,尝试着平稳气息。之后我抬起头伸出双手,"你的钱包。"

他眨了眨眼睛,手机械地探到口袋里,但发现里面空空如也。他走到我跟前,拿回了钱包:"谢谢。"他这么说,眼睛则看向我身后的一辆汽车。

我转过身正好看见多纳托夫人正开到车道上,菲尔坐在他的副驾驶位上,他的眼盯着我。

詹姆斯命令我说道:"回家吧,艾米。"

我立刻转身。爱德加·多纳托正在门廊上,嘴巴抿成一条线,他开着门等着詹姆斯进去。

詹姆斯瞥了一眼自己的肩膀,然后又对我说道:"回家吧。"这次语气有些尖锐。他看见我停在那儿不动,然后又说了一句:"请。"

我的眼光跳过,他看到了埃德加先生。

詹姆斯表情柔和起来,捧起我的脸,大拇指在我的颧骨上轻轻拂过。"我没事,你快回家吧,我今晚给你打电话。"

"好的。"

我看着他走进屋子,骄傲地挺起了他的双肩和脊椎。埃德加看了我一眼,然后随着詹姆斯走进房子,抽出他的皮带。

我依然喘着粗气,想到了詹姆斯说过的关于汤姆斯被皮带揍的故事。哦。詹姆斯。

"你好,艾米?"

我回过头看见菲尔正站在车道的另一端。他笑着对我说:"好久不见。"

我十分焦虑,现在的我更想知道的是詹姆斯会被如何惩罚,而不关心菲尔的突然出现和他脸上洋溢的微笑。自从五年前我们见过之后,他变了很多。我突然意识到从五年前到现在我们就根本没有再见过面,心里想着他多久才会来她阿姨家一次。

菲尔比汤姆斯和詹姆斯看上去更高更瘦。身上穿的衬衣和定制的裤子让他看上去根本不像19岁。他看上去很有教养,但略显浮夸。他比我大很多。比我圈子里的任何人都大。我并不了解多纳托家族的生活方式,他们只会穿着昂贵的衣服驾着豪华轿车穿梭在晚宴中和社交场合里。像我这种人的生活休闲方式就是看看电视。那种生活方式让人心生畏惧,菲尔也是一样。

我看了一眼房子,扭着手指,问:"詹姆斯还好吗?"

菲尔笑了起来:"爱德加好像很生气,詹姆斯做了什么？"

"他逃课了。"这话刚说出口，我的胃就抽了一下。这和菲尔没有关系。

他又轻笑说："那么耀眼的男孩已经不那么耀眼了。"然后指了指我家的方向，"我送你回去？"

"嗯，好的。"我听见自己同意了。

我们慢慢地往回走，不像我刚才全力的奔跑。但我的心情还是很紧张，汗水顺着我的鬓角慢慢地落在我的脖子上。我扯了扯自己的T恤，让胸口好凉快一些。但我的眼角突然瞥见菲尔正盯着我的动作看。我停下了拉扯衣服的动作，突然意识到自从去年开始我的胸部已经有些发育了。

菲尔对我说，自从上次见过之后，你已经长大了不少。

因为刚才的疾速奔跑，我的脖子发红，上面全是汗，心里十分焦急。我点了点头，突然睁大了眼睛。天哪，我还穿着做饼干时用的围裙。我猛地一把把它扯下来。

"你看上去很可爱，这件围裙很适合你。"

我把围裙揉成一团，把它抱在胸口。"你这次来要待多久？"我问他。然后又看见我们在说话的时候，菲尔对我上下审视的目光。我加快了脚步，想赶紧回家。

"不会很久的。几天而已。"

"那么你的父亲又去旅行了？"

他的一边嘴角冷笑着撇向一边，他在嘲笑我。他无须跟我解释他父亲离开的事。就好像我们第一次见面的时候他没有告诉我一样。他已经是一个大学生了。哦，我刚才真是问了一个愚蠢的问题。

多纳托先生抽出皮带的样子，一直在我脑海里挥之不

去。他脖子上青筋暴起,使得领圈变得非常紧。这些年来他胖了不少。

"詹姆斯会没事的,对吗?"我又问了一遍。我需要得到肯定的答复。"多纳托先生看上去很严肃。"

"詹姆斯会没事的,爱德加只是太过紧张了,就是这样。"

我用奇怪的眼神看着菲尔,难道他想在詹姆斯身上缓解紧张,释放压力?

他摸了摸下巴说道:"听着,艾米,我父亲生病了,爱德加必须掌管整个多纳托公司直到我长大成人,然后接管公司。我大学还有两年。"

他的解释中有两件事吸引了我的注意。他在意的不是詹姆斯,而且他的父亲快要死了。天哪!我是多么自私啊,詹姆斯的吻和他将要接受的惩罚,使我如坐针毡,竟然没有注意到菲尔的情绪。

"哦,我很抱歉,关于你的父亲。但是他让你接管公司是一件好事。等你毕业后你就不用费心去找工作了。"

"就是这个意思。父亲在我很小的时候就告诉我,总有一天我要接管公司。"他的脚步停了下来,因为我已经到家了。

"谢谢你送我回家。"我告诉他。

"随时乐意。"

我向他挥挥手,走向自家的门廊。

他在身后又说了一句,"也谢谢你。关于我的父亲,那对我意味着很多事,谢谢!"等我走到门口的时候,他又叫住我,问:"现在詹姆斯还在你家画画吗?"

我握着门把手的手僵住了。他怎么知道詹姆斯还在画画。他曾经告诉我让我保管詹姆斯的绘画工具,但我从来没有告诉过他。詹姆斯也不会告诉他。除了我的父母,只有克里斯汀和尼克知道詹姆斯在我家的晒台上有一间艺术工作室。他们中的任何一个,都不会告诉菲尔和汤姆斯有关詹姆斯的事情,不然詹姆斯的父母早就发现了。

然后我回想起詹姆斯桌子抽屉里我给他写的便条。不止一次,我问他是不是放学后会到我家来画画。我和詹姆斯在中学时,如果在走廊里遇见,就会把字条传给对方。

我的心沉了下去。而且我的表情似乎也告诉了对方答案,只见菲尔扬起的脸上漾出一个大大的微笑,似乎在说,我知道你的秘密。我感觉到身体里的血液冲到四肢。

菲尔摇了摇头,说:"不用担心。我会保守秘密的,但是我想看看他的作品。"说完他向我走来。

我吞了一口口水,手在门把手上转动了一下,打开了前门。"我父母不在的时候,我不能邀请陌生人到我的家里。"

"但我不是一个陌生人。"他在门廊口停住脚步。"如果詹姆斯和你相处得不好的话,我还想和你约会。"

我的脸上出现犹疑的神情,他是认真的吗?他比我大很多。

"对不起,我不能让任何人进来,再见!菲尔。"我滑步进入屋子,想尽可能快地关上我们之间的门。

"艾米,你考虑一下,这些年里我一直想到你,想起你我就很开心。"他致意似的说道,举起两根手指放在他在嘴唇上,朝着我的方向做了一个飞吻的动作,然后消失在我的视野里。前门总算关上了。

我立刻上了锁，转过身，蹲在地板上，我的背依靠在门上，双手掩住脸庞。天哪，菲尔想约我。他知道了詹姆斯画画的事，这全是我的错。我不应该在便条里提到画画的事。而且詹姆斯也不应该保留他们。但是这就是詹姆斯的作风，我不能责怪他。他是十分敏感的，一个有天赋的艺术家总是内心充满爱。

上次见到菲尔已经是两年前的事情了。那以后我们有时也会碰到，比如说在克莱尔和埃德加举办的周末晚宴上。他也经常参与我们的活动，谢天谢地。他后来没有再提起过詹姆斯的画作。

至于詹姆斯。那天我们的吻只是一个开始。因为它，我们跨过了友谊的门槛，而且随着时间的推移，我们变得更为亲密。詹姆斯从来没有承认他的父亲用皮带打了他。但是事后我不小心用手碰到他的后背时，他发出一声惨叫。他说是因为练习足球而造成的肌肉拉伤，我也没有再追问原因。他已经受伤了，我不想让他再感到不舒服。他只是说他父亲因为他的叛逆而感到很生气，并向他父亲保证在高中生涯里不会再缺席任何一堂足球课。

 第十三章

七月

詹姆斯的葬礼已经过去一年了,"艾米之家"已经准备正式开业。回顾过去,我从来没有想过可以走到如此的地步,而且能那么成功。我从没想过自己在今后的生活中会成为一个独立的经营者。当然我也从来没想过失去詹姆斯的生活。

但是我做到了,而且也因此非常兴奋,欣慰,尽管整个装修过程,都是一片乱糟糟,而且质疑声不断。那些人质疑我的能力,而我则在质疑詹姆斯的死亡。我将这些疑问深藏于心中。轻轻盖上疑问的箱子,并将它紧紧锁上。除了那张墨西哥那家度假胜地的名片之外,我没有任何证

据去证明詹姆斯还活着。我只是想找一个机会在我的父亲，汤姆斯，以及我的朋友们都不干涉的情况下去展开调查，因为他们都认为我已经丧失理智，而我则告诉他们我相信一个灵媒在詹姆斯的葬礼上告诉我的话。有些时候我觉得我自己已近乎疯狂，就像在公共浴室里面，有时候会形成的幻象一样。

过去的九个月里非常忙乱，我的父母经常来见我，以监察"艾米之家"工程的进度。伊恩常常来看我，舒缓我的工作压力。

他还会监察一下工程进度，为了防止那些施工人员占我便宜。我告诉他这是我拜托纳迪亚制作的标准的装修。而且答应他，没有人会干预的。但是我知道伊恩是将这作为一个借口来和我多待一些时间，因为只有这样，我让他评述建筑工程才有可能把他留下。当然，我也希望他能和我在一起。

7月已经悄悄临近，员工已经雇佣好了，也经过培训，货架上面的货物也已经充足。石膏粉与涂料的刺鼻气息、气味已经散去，取而代的是煮咖啡的清香和甜点的香味，一切已经准备就绪。

那是在一个星期日的下午，第二天"艾米之家"的午餐就要接受亲朋好友的测试，而且我的员工正在准备他们的培训。至此为止。对于下周"艾米之家"的盛大开幕，没发现任何可能存在的严重失误。好吧，我只能说是到此时为止，因为金娜，我的值班经理，同时也是首席咖啡师，已经辞职了。她的朋友邀请她到伦敦同住，她明早就会离开。

离试营业只有不到24小时的时间，而且我没有一个经

验十足的咖啡师。赖安和吉利莉都是由金娜负责训练的。

我在柜台旁来回踱步,"艾米之家"是一家主攻定制的咖啡馆。明天如果没有首席咖啡师也许能够混得过去,但是在正式开张之前,我需要有个人能懂得怎么在烘焙咖啡豆中放入糖浆,并且调配香料。我得有一个人精通那些烹饪设备以及它们的功用。如果这些设备坏了怎么办呢?

这个时候门铃响了,伊恩走了进来。啊,是伊恩。

真感谢门铃救了我。

我立刻跑过去对他说道:"我需要你的帮助。"

他抓住我的双肩问道:"出什么事儿了,是不是受伤了?"他的眼睛盯住我的双脚看。

"是金娜辞职了。"我解释道,然后又说明天是试餐日。但这些他已经都知道了。

他的下巴上浮起一丝骄傲的微笑。"你此时真的是需要我的帮助来烘焙咖啡,我想是吧?"

"别太得意了。"看到他环起手臂洋洋得意的样子,我故意轻蔑地说道,"是的,伊恩,我需要你的帮助,现在是时候展现出你极具天赋的咖啡制作技艺了。"

"确实如此,"说完他走到制作意式浓缩咖啡的机器旁,好像他才是这里的主人一样,我站在一旁,不停转动眼球期待接下来发生的一切。他的眼睛也是来回骨碌碌转,在成排的咖啡豆容器、糖浆和咖啡杯之间徘徊。

自我们相识之后,伊恩就经常来我家。我们或是一起看电影或只是聊聊天。我尝试制作各种新的菜单,比如炖汤、馅饼,还有面包——他都已尝过。有一次我发现他正在游览我制作的果汁饮料菜单。我取笑他,说他不用故意装作对什么都感兴趣。然后第二天他带着自己制作的咖啡单来到了我家,测评过之后,我把这些测评通过的完善进我的酒水单里。这样一来,酒水单就变得完美无缺了。

他的眼睛越过咖啡机给了我一个挑衅的眼神。"你还记得我们的约定吗?"

我想起初见时讨论过的话题。大脑中依然在判断他在某种酒水里添加的饮料。心里盘算着让伊恩来做咖啡似乎是更好的选择。

现在轮到我丢脸了。

我眯起眼睛,然后回答:"不,我没有忘。"但心中暗笑他肯定迟早有一天会输的。"好吧,既然你答应了,那么我想让你来做这个特殊的混合咖啡豆。"于是我靠在柜台旁重新拿起了酒水单,开始制作旁吉榛果拿铁。这个咖啡名取自印度一个区的名字,这个区盛产榛果。金娜花了好多时间来研究这个饮品。要知道如果配方有一点点的失误,那做出来的味道就大相径庭。

伊恩读了一下制作说明,然后搓了搓手,"看着我好好学吧,亲爱的。"

我听伊恩哼了一下,然后身体靠在柜台的一边。他走到制作台旁开始选择咖啡豆,然后研磨起来,制作意式浓缩咖啡。当他完成后,一道黑色的浓郁的咖啡,被倾注到马克杯里。我的呼吸都有些沉重,迫不及待要尝试。

伊恩用蒸汽加热牛奶,然后以画圈浇注的方法把它倒进了意式浓缩咖啡里。他微笑着将马克杯送到我面前。咖啡表面奶油裱花的形状是心形。这和咖啡杯上"艾米之家"的标志仿佛一模一样。

"你的咖啡堪称是艺术品,"我喃喃地说道,"我快爱上这咖啡了。"

他的眼神瞬间更加明亮了,说道:"那就试试吧。"

我举起马克杯靠近鼻子下方,"啊,是榛果的味道,还有肉桂,还有一些别的东西。你改了配方。"

"喝完再来评论是不是好喝。"

我也是这么做的。喝完之后我的身体里仿佛注入了一股暖流,"原来是姜汁?"

他充满期待地看着我。

"是小豆蔻。"

他点了点头。

"这很棒。"我又尝了一口,"是非常非常非常棒。天哪,这咖啡太诱人了。"我又喝了一口,然后说道:"你被雇用了。"

"太棒了,我什么时候开始上班。"

我看着他,想要弄清楚他是不是认真的。他折好毛巾,然后走到柜台的另一边,"你需要一个值班经理,而我正需要工作。"

"那你的摄影怎么办?"

"我仍然计划旅行并展览我的作品,这和钱没有关系。我在旅途中也总是忙忙碌碌,难道你真觉得我是终日无所事事?"

"难道是因为无聊?"我泄气地问道。"我以为你约我出去只是因为喜欢。"

他的手指轻轻地划过我的脸颊:"不要太骄傲,我确实是非常喜欢和你出去,非常喜欢。"

我的皮肤仿佛像是被点燃了一般,从前额红到胸口,而他依然笑靥如花。"最近我还没有计划长时间的旅行。只是计划了几次短途旅行,在这儿或那儿花几天的时间。而且我会训练员工,这样我在的时候他们也可以照常工作,你觉得这样如何?"

我还能怎么认为。他的帮助对我来讲简直就像救命稻草。我真的想每天都见到他。虽然自从我们认识之后,我几乎也是每天见到他,我握住他的手,说道:"那么我们就成交了。让我们签一份雇用合同。我马上就回来。"

当伊恩填完所有的表格后,我已经将詹姆斯的画作挂到了墙上。接到金娜电话的时候我正在做这件事情。现在只剩下 12 幅画,还能挂在咖啡馆里了,当然不包括我家墙上的那些。在我家车库里曾经有装满了油画的八个大盒子。而且汤姆斯的仓库经理人告诉我他从来没有搬过詹姆斯的作品。警察也觉得无能为力。自从我意识到那些画作失去踪影后,我就填写了一连串的报告给警察局。但我也不能确定它们是不是已经被偷了。没有强行闯入的痕迹,也没有指纹,当然,更奇怪的是车库里其他所有东西都一如往常。

伊恩穿过屋子走到我的身边,然后扶起梯子,说:"我从没见过这些画,它们真是太棒了。"

挂完画之后,我从梯子上下来。"这些画本来是在车库里,我还有更多,但是现在它们找不到了。"

他张开手指,然后用嘴巴吹了口气,问道:"它们是不是消失得无影无踪了?"

"正是这样,我到处在找它们,而且也去警察局填写了遗失报告。"

伊恩研究着我的表情，随后说："对此我感到非常抱歉，他确实是一位有天赋的画家。"

"是的，没错。"我手指了指隔壁的一面墙，"杰出的作品需要时间的沉淀。"

"你今天晚上会回家吗？"他突然问。我点了点头。"那我也带些摄影作品过来。你可以挑选一些喜欢的，明天一早我会把它们挂在墙上。"

"只要你在挂它们的时候不再说蹩脚的法语就行了。"

伊恩早上8点之前就到了我家门口。我刚好完成了柠檬蓝莓蛋糕。他穿着蓝色的衬衫和牛仔裤站在我家的门廊上，嘴角挂起一丝微笑。我把门大大地敞开，他将一个大型的帆布画架带了进来。我的车子里还有一些。这幅作品我该放在哪里？我指了指餐桌，他轻轻地把纸袋放在餐桌上，拆开包装。我在这里放三幅，两幅你可以作为展示用。如果它们卖掉了，那你还可以得到相应的回扣。另外一幅是你的照片。

"我的？"我走过去站在他的身后。

他拆开了最大的一副相框，背过身面对我。布利兹日出。我瞬时睁大了眼睛，望向他。"给你的。"他伸出手。

"伊恩……？"我终于动了动嘴皮，"我以为你已经卖了它。"

他摇了摇头说："我将它从市场上拿了回来，作为一个礼物送给你。"那么照这样算来，他藏起这幅画已经有一年的时间了,而且准备在适合的时机把它送给我。

我的胃里一阵翻滚。在抚摸那个木质的相框之前,我转动了一下詹姆斯送给我的戒指。那幅作品的相框被做旧,感觉上就像是桥墩上的挡风板。我想了想当时这幅画的标价,立马说道:"我不能接受。"

他的眼睛瞟了一下墙上挂满的詹姆斯的画作,说道:"如果这里没有足够的空间,那么可以放在咖啡馆里。"

"不,不是这个原因,是因为它太贵重了。"可是我的手指,却十分渴望将那幅作品从他手里拿过来。

他推了一下画框,说:"你知道你十分渴望它的。"

"是的。"如果我接受它,对伊恩来说意义很大,所以我不能拒绝他的好意,说了一句:"谢谢。"

"不用谢。"他把这幅作品斜放在椅子里。

我不得不承认,当我在选择咖啡馆的色调时,已经想起了这幅画。他听完似乎觉得非常惊讶。我抓住他的手臂说:"我非常喜欢你的作品。"

一道暗影浮现在他的眼睛里。他眉毛皱紧,说了一句:"谢谢。"

我的心里升起了一种异样的情绪,随后马上将我的目光移开,问:"你想要一杯啤酒吗?"我拔高的声调未免显得有些紧张。伊恩吸了一口气,将他的手插进裤袋里,"好的。"

我从冰箱里拿出两瓶啤酒,打开瓶盖,递了一瓶给伊恩。我看见他每喝一口酒的时候,喉结的翕动,下意识地也咽了一下口水。他的鼻孔微张,然后问我:"那是什么味道?"他的眼睛眯起来看向工作台,追问:"蛋糕的味道吗?"

他扮了下鬼脸,然后说:"我恨骆驼。"

"这就完了?"

他紧抱双臂在胸前,说道:"它们也非常讨厌我。好吧,只是有那么一只骆驼,非常讨厌我。它是这骆驼群最后的那只。"伊恩又拿起他的啤酒,深深地埋进沙发里,身后的靠垫重重地凹陷下去。我也坐了下来,双脚弯曲向后紧缩着。他的双手在沙发靠背上伸展开来,然后轻轻地说道:"骑行似乎不是我最喜欢的事。"

"是的,还有在秘鲁骑的骡子。"

"没错,"他喝了口酒,然后又说:"我们骑行很久才终于找到最佳的拍摄地点。一个又一个的沙丘,错过最后才成就了最完美的那个。我从沙丘上滚下来,然后又攀上另一个。到那天晚上,我简直就像一个行走的沙袋。我的头发,衣服,以及"——他轻笑地抿了抿嘴巴——"你能想象得出的,而且我的摄影师装备都不轻。"

"哦,天哪。"

"我必须得承认,这次旅行费用昂贵。今年我不打算再进行这样的旅行喽。"

"那么白杨庄园有什么故事呢?"

伊恩将喝了一半的杯子放在桌上,然后朝向我说道:"下次再说另外一个故事吧。"他的眼神紧紧地盯住我的嘴唇。房里变得异常的安静,除了空调发出的哼哼声,当然还有我们交织着的鼻息。之前在厨房里我感受到的我们之间的电流又回到我的身上,充斥在我和他之间。那就像一块磁铁叫我们深深地吸引在一起。他慢慢地几乎是小心翼翼的靠向我。我的眼睛缓缓地闭上嘴巴翕动着。

"蓝莓柠檬蛋糕。"

他小恶魔似的朝着我微笑问:"是不是需要有人来尝尝?"

我皱了一下眉头,问:"酒配蛋糕?"

"当然,为什么不可以呢,"他说道,然后在厨房的抽屉里翻找起来,找到了取蛋糕器。当他走向蛋糕的时候,我从橱柜里拿出了两个盘子。"蛋糕的边角有水果露出来。这里面放了什么?"

"蓝莓。我用了新鲜的蓝莓,而不是罐装的。"

他微笑起来,取了一块蛋糕放在就近的盘子里。"奶油是用柠檬酱果汁和橘皮做成的,可以再试试。"我不假思索地用手指蘸了一点奶油,伸向他的嘴巴。就在他的嘴唇快要触碰到我手指的瞬间,我看见他的眼睛里有一道光闪过。他飞快地舔去了奶油,我的内心也闪过一阵战栗。我的眼睛圆睁着,心里暗笑,哦天哪,那种感觉真棒。

他对我意味着什么,这点在一开始我就跟他讲得非常清楚,但我们互相的心里却是一个意外。

我眨眼,回过头问他,"那么你还带了别的什么呢?"

他放下手边的盘子,然后又从盒子里拿出两个相框,把它们斜着倚靠在沙发上。*晨雾*,他告诉我是自己曾经在内华达山脉的白杨树庄园里拍的照片。还有一幅,名字叫做*黄昏的沙漠*,是"有关迪拜的照片。"我故意绕开话题,微笑道。

伊恩常警惕地看着我,"你说什么?"

"你曾经答应我要给我讲个故事,那么这张照片的故事是什么呢?"

当他的唇徘徊在我的上方时,我轻声说,"不要。"

他僵在那里,但并没有转身离开。

我今天自己承认了:"我确实非常喜欢你,伊恩。"

一声浅笑从他的喉咙里溢出来。在我和他之间微妙的忧虑的情绪中,我感受到他的微笑。

他讷讷地说:"那是件好事。"

"我确实被你深深吸引。"我舔了一下嘴唇,又说道:"但是……"

"但是什么。"在我犹豫如何表达时,他追问道。

背后的神经轻微地跳跃着。我咽了一下口水,什么话都没有说。他见状轻轻地移开身体,眉毛紧皱,慢慢地摩擦着下嘴唇。

我把杯子放在伊恩的酒杯旁边,然后走向壁炉,正巧站在订婚肖像的下方,我需要,我们之间有一些距离量才能说出我该说的话。

"我想让你知道我……"紧张感让我又咽了口口水,然后说,"我想要你。"我感觉到这种情绪正在我们之间蔓延。

他的手指仍留在嘴唇上,眼中闪出亮光。

当他走向我的时候,我摇了摇头阻止他进一步的行动。"不,不要。听我说完。我现在不能这么做,事实上我也不会这么做。"我犹豫着叹了口气。伊恩已经成了像纳迪亚和克里斯汀那样的好朋友,但似乎可能更进一步。我非常信任他,能向他倾诉任何我想说的话。当然,这些话里不包括我对詹姆斯死因的疑惑。

伊恩了解,我和詹姆斯相处了多久,也知道当我突然发现自己是一个人的时候,是多么的难过。我和他之前的梦想和计划就像冒雨前行的轿车的前窗玻璃一样，被雨刷器刷得干干净净。一切都无法预料的爆裂开来，当我拾起那些碎片。有时候当我告诉一个人我和詹姆斯那些年的故事时，他还和我一起开怀大笑。

还有一次，他贡献了自己宽厚的胸膛，让我能够在里面失声痛哭。如果只有一个人能了解生活对我的折磨，那个人肯定就是伊恩。

"如果你知道你失去的那个人还活着，但不清楚他到底在哪儿，你该怎么做？"

他脸部的线条垮下去，深深地吸了一口气，然后回答道："我会搜遍世界上的每个角落去找他。"

我抿紧嘴唇，默默地点头。"也许这就是我必须去做的。我应该从墨西哥的埃斯孔迪多港开始。"

伊恩仰起头，关心地看着我："然后呢？"

"我相信詹姆斯还活着。"我轻轻地说道。

"你怎么知道的，为什么。"他气急败坏地问道，"你不是埋葬了他吗？"

我点头说，"但是我从未见过他的尸体。"

"但这并不意味着……"他用双手摩挲着自己的脸庞，身体往前倾，用手肘支在膝盖上。"为什么你会认为他还……"他的手在空中，没能说出一个字。

"为什么我还认为他还活着？"我反问他，转了转手上的订婚戒指。"这是一个非常奇怪的故事。"

"你认为我不会相信你，所以你之前没有告诉过我，是吧？"

我点头。

"那你告诉过别的人吗?"

我摇头,转戒指速度越来越快。

在紧张的氛围里,我们互相对视着,随后他重重地叹了一口气,向我伸出手臂。"到我这儿来,告诉我一切。"

我扣住他的手指,让他将我拉进沙发的深处。他没有松开我的手。我们面对面,牵着的手放在他的大腿上。他,另一只手在沙发上伸展着。等我还未意识清楚之前我告诉他有关于詹姆斯葬礼上出现灵媒的事,以及我是如何驾车到他的家,然后因为急速离开而将我的钱包丢在路上的事。

我还告诉他当莱西将钱包还给我的时候,他在里面放了一张有关于卡萨德索尔的名片。

"你认为詹姆斯住在那家酒店吗?"

我耸了耸肩膀,说:"我真的不知道应该如何思考。"我告诉他有关莱西的警告以及在夜总会发生的那些离奇古怪的事情,还有,詹姆斯的画作不翼而飞。此外还有我从未看到汤姆斯从墨西哥回来带着任何人的尸体。我想在伊恩了解了这些疑问之前,我们两个除了朋友不能再进一步。因为我需要他的保证,以防止这些疑问成为我们之间的阻碍。

伊恩没有再说话,过了一会儿,我不自在地动了动。"你也认为我是疯了吧,才会去相信那个灵媒的话。"

"那你相信她吗?"在我还没能回答他的问题之前,他就开始这么说,"艾米,"然后坐在沙发上,他靠近我。我们的膝盖相互碰触。"我并不认为相信一个陌生人告诉你一些,嗯,想象之外的事情是疯狂的行为,特别是当你真孤立无援和悲伤无助的时候。这就是人的脆弱。好吧,让我来告诉你一个故事。"他尝试要动动，更深深的陷进去并把我拉向他。"在我的旅途中，我看见了一些至今仍难以相信的事。有些事确实是我们无法解释的。我到现在还不能想象出我父亲雇用的灵媒是怎样找到我的。"

"是真的吗？发生什么事了？"

他拨弄了一下我肩膀上的头发说道，他的食指指了指我的太阳穴，说："我的母亲这儿并不是很好。她消失了有一段时间。"

"我父亲也不怎么好，但是有一次，当时我九岁，我们还住在家里。那次是我失踪了。在我父亲找到我之前。我整整失踪了五天。警方一无所获，所以父亲就雇佣灵媒来帮忙。我永远都忘不了她的长相，金色又长又直的头发，皮肤白得像雪一样。她有一双最奇怪的眼睛。当时我认为她简直就是一个天使。"

"天使。"我重复他的话。我不经意想起莱西白皙的皮肤和飘渺的感觉。我的后颈有如针刺。

"嗯。"伊恩摇了摇头，然后怀疑地看着我，他的嘴角似乎扯起了一丝的微笑，"我从来没有把这件事情告诉任何人。"

他能告诉我这些，我感到非常开心，这让我感觉自己没有那么疯狂了。

他的手背摩挲着我的脸颊，随后瞥到了我身后的订婚肖像。"你和詹姆斯相处了很长的一段时间。我知道想让你忘了他是件非常难的事情，但是请答应我，不要把灵媒的解释作为阻止自己重新陷入爱情的借口。"他深情地望着我，"因为，我已经爱上你了。"

第十四章

第二天清晨,当我凌晨五点到达咖啡馆时,伊恩已经在门口等我了。他将他的摄影作品挂到墙上,而我则慢慢地开始欣赏起来,"很高兴,我是对的,因为布利兹日出和咖啡馆的装饰十分相配。"

他爬下梯子,问:"你在笑什么?"

"我知道你的画放这儿看上去非常棒。"

他将锤子扔进工具箱,说:"我的作品一直看上去都很棒。"他回嘴道,而我作势要打他肩膀。

等员工陆续到达的时候,我告诉他们有关于金娜的事情,并向他们介绍伊恩,解释了他代替金娜的事。除了我曾经在"老山羊"合作过的主厨曼迪以及两位咖啡师雷恩和朱莉外,我还雇用了四名女侍应和一名男侍应。其中只有两位会在今天的试营日来帮忙,他们是艾米丽和菲斯。开业前的十分钟,我把他们聚集到一起。今天是试营业,用于评估工作流程,测试样品和菜单,当然还有解决其他潜在的问题。只有亲朋好友被邀请来今天的试营业。

咖啡馆的布局和装潢让我感到十分骄傲。菜单是曼迪和我亲自制作的,其特别之处在于顾客可以选择更多种的烘焙咖啡豆。看见父母站在窗外,这时候我感觉到自己有些紧张。

"看着我。"伊恩轻轻在我耳边说。

我转过头去。他温暖的眼神投射到了我的脸颊上。"一切都会好的,你是最棒的。"

我机械性地点点头。

他看了一眼手表,微笑起来,说:"现在开始吧。"

"好吧。"我又点了点头,嘴唇紧闭着。

他要打开大门的时候,我僵直着身体,说道:"等等"。

他皱起眉头。我把手掌放在大腿上,擦了擦。詹姆斯应该在这里。他本来就非常希望能看到这一幕。不管怎样,伊恩是那个站在我身边的人,这一点似乎并不公平。但我并不希望他离开,只要紧紧地靠在我身边就好。我抓住了他的手。

他捏了捏我的手指,然后说:"没问题的。你每走一步,我都陪在你身边。"

这正是我想听到的。我深深地吸了一口气,然后打开门,欢迎我的家人和朋友。一阵清风,吹拂过我的脸庞,带来了詹姆斯的声音。

艾米,你做到了!

试营业进行得非常顺利。伊恩做的咖啡可谓是无可挑剔，客人一点单，他就能立即完成制作。雷恩和朱莉几乎跟不上他的节奏，但他们也学得很快。伊恩给顾客们制作试喝样品，随后让艾米丽和菲斯派送给客人。曼迪的西葫芦碎片卷和泰式鸡肉混合蔬帕尼尼是当季的特选。

我看见艾米丽正在招待我的父母，心也随之荡起来。

"放松。"伊恩在我身后说道。

我深深吸了一口气。他的身上有着肥皂和松木的味道，以及一些肉桂的气味。"他们一辈子都在餐厅行业。"

"你也是。"他按了下我的肩膀。"别再揉你的围裙了。"

"如果他们不喜欢菜品怎么办，如果艾米丽把水倒到他们腿上？如果？"

"他们是你的父母，你去跟他们聊聊吧。"

我又深吸了一口气，说："你说得对。"随后我毫不犹豫的踮起脚，轻轻地在他的嘴唇上啄了一下。这个举动，似乎稀松平常，但把我们两个都吓了一跳。就在那一瞬间，我们互相望着，震惊不已。伊恩首先恢复过来。他的大拇指摩挲在我的下嘴唇上。然后垂下手臂。

我转着戒指，然后说："对不起。"

"不用这么说。"

我转过头看我的父母，伊恩推了我一把，对我说："去吧。"

我从旁边的桌旁拽了一把椅子，随后抬头看伊恩。他朝我微笑着，这打消了我本来想打退堂鼓返回到咖啡机旁的念头。我走到父母的中间,说:"你们好。"然后深吸了一口气,问道:"你们觉得怎么样?"

父亲的眼睛泛起迷雾,而我的已经泛起水光。随后他笑起来,说:"我真的为你感到骄傲。"

妈妈在咽下一口帕尼尼之后对我说:"这些碎粒真美味,告诉曼迪我这么说的。"

"是真的吗?你真的喜欢它吗?"我背倚在椅子上,说了一句,"天哪,我真的非常紧张。"

妈妈继续吃着她的西葫芦碎粒,又对我说:"非常感谢你雇用了曼迪。我辞退众人之后感到非常担心。他们中的许多人和我们在一起许多年了,他们就像家人一样。"随后他抓住我的手臂,说:"咖啡非常好。"

我将手放在她的手里,回应说:"事情非常多。"

母亲的眼神温柔至极:"你做得非常好。你终于从去年的事情中恢复过来了,我和你的父亲都……"她的话停顿了一下,揉着眼睛,向父亲点了下头。

父亲继续他的话说,"我们知道你可以做到的,孩子。"

母亲抿一口水,然后问道:"伊恩在咖啡吧那边干吗?"

"金娜昨天辞职了。"

她非常惊讶,看向伊恩:"金娜还真随心所欲。"

父亲拍拍我的背,说:"这是作为一名雇主必须经历的,你要习惯起来,金娜永远不会是最后一个一声不响就辞职的人。"

伊恩似乎已经注意到我们正在看他。他抬起头微微笑着。

不久,纳迪亚和马克,就是那个她在伊恩摄影展上碰到的地产经纪人,一起到了。我想起那人是有妻子的,当我看到他们一起来的时候,我皱了皱眉头,她回应我说:"这只是商务活动。"

"周日的商务活动?"

"他想开一个餐馆,我正在向他展示我在这里的设计。"

我耸耸肩,说:"随你怎么说吧。"

"我们并没有在约会。"她坚持道,"他刚与他的妻子离婚。"

我瞥了一眼马克,他正在和尼克说话,眼神却飘向纳迪亚,充满爱慕之情。就像我之前告诉纳迪亚的一样,他是真的对纳迪亚感兴趣。我也希望她能幸福。

纳迪亚也看向马克。当他看到马克和尼克握手的时候,脸上浮现一丝微笑。

我鼓励她道:"也许和马克约会并不是一个坏主意,他已经离婚了。"

克里斯汀正忙于摄影。她冲着我说:"我会把这些照片邮件给你。你可以把它们放到网站上或打印出来,作为自己的宣传画册。你有你自己的社区,对吧?"她回顾四周。

"我想我最好去注册一个。"我从围裙里拿出记事本,然后轻轻地写了一条备忘录。下一周的待办事项已在酝酿中。

在接下来的几个小时中,我不停地穿梭在就餐区域中,询问人们对于食物和服务的意见。我发现,汤姆斯一个人坐在角落的一张小桌子上。我走过去坐在他的对面。当他望向詹姆斯的作品时,我发现他的眼下有一些黑眼圈。他说:"他真的极具天赋,你能将这些作品分享给大家,他肯定感到非常骄傲。"

"我希望我有更多。因为我知道这些作品并不是他最好的作品。"

"我也希望能够找到更多给你。"

一个疑问立马在脑海中闪现,然后成形。我惊讶于之前竟然没有问过。"汤姆斯,"我认真地看向他。

"你母亲没有将詹姆斯的作品带走,是不是?"也许,她想要留下詹姆斯的一些东西以纪念他的离去,更甚者,会不会已经把画作毁掉了?菲尔也许把它们偷走了。拿走它们做些什么呢?是不是?他拿走的那些画作,但是羞于承认,他在我的车库里面拿的那些箱子。我第一次,嗯,请求他帮我找这些画的时候,我曾经茫然若失,大声痛哭。

"好像没有。她从来不对詹姆斯的画感兴趣。"

我松了一口气。虽然我确定她没有将詹姆斯的画占为己有,这使我松了一口气,但同时也感到失望不已。最终我就是想知道这些画到底去了哪里?于是我问他,"你介意不介意,问问她?"

他摇了摇头,喝了一口咖啡,我注意到他喝的是黑咖啡,没有任何奶泡。他笑了起来,神情略微忧郁地说:"你们在这一年里做了很多事啊?"

我环顾了一下咖啡吧,热闹情形也映入眼帘。厨房里的餐具发出叮当声。曼迪大声报着菜单。再回顾到我的手上,我发现我的手指轻轻地颤动着。想象着,掸下手指里的尘土。我仍能感觉到他在这里。我将双手放在我的胸口。这让我感觉到很难相信他已经去世了。即使过了一年,我还是这么认为。"你认为,"我开始有些犹豫,透过睫毛

偷看了他一眼。在我慌张失措之前，我终于，深吸了一口气，始终将我的问题和盘托出："你觉得我们火葬的那具尸体会不会是别人？"

汤姆斯的眼角抽搐了一下，之后，仿佛海啸之后的海面慢慢恢复平静，他的眼睛也在一瞬间，微微的闭起，随即回答，异于常态的平静地回答："那就是詹姆斯。"

我的问题令他感到不快，他也没有给我过多的确定信息，所以我说："真抱歉，忘记我所问的吧。"

他又摇了摇头，说："艾米，我也这么想。"

我瘪了瘪嘴，然后点头示意。

他推开了杯子，说道："谢谢您的咖啡，非常好。"然后站起来，抚平了裤子上的褶皱。"我非常高兴，'乔之家咖啡'能够重新被你启用。我也明白，你在这里做得非常棒。"

正当我放松双腿的时候，我眯起了眼睛，突然想到，他是怎么知道乔给了我第二次的选择？我从来没有告诉他们关于乔一直拒绝我申请的事。乔是在，我想给他们打电话，让他来调停之前，就改变了想法。

汤姆斯的眼神透过我的肩膀，向前望去，随即脸色僵硬无比。我随着他的目光看去，没有发现任何不妥之处。只有人群正在排队点单，此外还有一个人因为刚刚离开而关上的门。我刚转过身来，却发现他的脸红了起来。

"你还好吗？"

"很好。"他从牙缝里挤出这么一句，然后说，"我意识到，我认出了某人。"汤姆斯站起来，匆匆道别之后就走开了。

我清理完他的桌子。正往回走去厨房的时候，艾米丽拦住了我说："8号桌的女士让我把这个给你。"她递给我一张明信片，然后匆匆又去，就招呼别的餐桌。

8号桌已经空了。本来的人也已经走了。我看了看那张明信片，随即我的世界崩塌。那是墨西哥那家艺术画廊的促销明信片。正面是一个水彩画笔的签名，墨迹是我熟悉的詹姆斯用来签名的卡瑞边蓝色墨水。背面——这是詹姆斯——遗失画作中的一幅。怎么会。

厨房传来一声巨响，大家都把头抬了起来，看向厨房的位置。我把卡片放进了围裙兜里，冲进厨房。在厨房里弯着腰，蹲在地板上，帮助曼迪收拾碎掉的盘子时，我的手仍然在颤动。较之我从地上捡起的，碟子碎片，重新又摔回到地面的碎片仿佛又更多。

曼迪不太耐烦地赶我走，我只能去休息室待一会儿。我轻轻地锁上门，颓然倒下。呼吸异常沉重，仿佛刚刚经历过一场休克。我用颤抖的手指慢慢地从口袋里拿出那张明信片，仔细察看。发际线处留下了汗水。这怎么可能！

"艾米。"艾米丽敲着门说，"你是不是在里面？"

我吃了一惊，然后回答说："是的，嗯。"

"但请让我一个人待一会儿。"

"曼迪在厨房里等着你，她需要你帮忙。"

"告诉她，我马上就去。"我叫道。

我又把那张明信片放到围裙兜里。暂时抛下了它给我内心带来的极大震动。在目前的情况下，我必须专注于好好应付今天。

多纳托家的图书馆里，75英寸的等离子屏幕上正播放着在公园的高地上举办的纽约大都会投手比赛。这是巨人队第九场的下半局。此时，已经满垒。大都会队，三人入场，投手已经把球投向了本垒。球以每小时92英里的速度，飞过空中。然后直接与柏瑞邦德的球板狭路相逢。击中了。球飞向空中，随之而来的是球迷的欢呼。本垒打！

詹姆斯和汤姆斯，纷纷离开了座位，他们高声欢呼起来，兴奋地击掌。

比赛结束了，汤姆斯拍着手说道："是时候付钱了。"爱德加·多纳托愤愤地起身离开皮座椅，站定后掏出钱包，取出两张两百元的支票。"艾米，我跟你提过吗？对于我这两个儿子是如何沉迷于大都会队，我感到非常失望。"

"是的，你说过先生，不止一次。"我们俩对视一笑。那时候多纳托一家已经从纽约搬到了罗斯·卡多斯。汤姆斯和詹姆斯，立刻将他们的忠贞转移到了旧金山49人队和巨人队。

埃德加给了每个儿子一张支票，汤姆斯和詹姆斯互相击掌庆贺。詹姆斯坐了下来，捧住我的脸，然后给了我一个大大的湿润的吻。"宝贝，本周后半周的晚饭都由我来买单。"

"听上去，这好像是一个好主意。"我瞥了一眼他的嘴唇。

詹姆斯将现钞放进了前口袋里，然后说："你在帕洛·阿尔托等我，我这周会有一个测试，所以不可能回到这里。"

埃德加点燃了一支雪茄，快速地吸了一口，烟草的黄色光晕升起，他又对我说道："艾米，"他边说边从肺部深处吐出了一口烟，继续道："你们高中毕业后，你有没有任何计划呢？"

"是的，先生。"我转过身与他面对面交谈。再过六周就要毕业了，我有点紧张，而且兴奋。"你已经知道了，我会去迪安萨大学，读两年的专科，这样我就可以去'老山羊'帮助我的父母。但在那之后我准备申请旧金山的加利福尼亚克林纳瑞学院，以便在那里完成学位。"

"你自己的部分，考虑得十分周到，"爱德加点了点头。他的手放在膝盖处。雪茄的烟还在上浮。在我们俩之间，仿佛一道雾状的幕布。"等你父母都退休了，你就准备接手老山羊。"

詹姆斯在一旁听着，不停转动着眼睛。对埃德加来说，情况也是这样。父母总归会将他的遗产留给他们的继任者。那些继任者们也有义务要准备好去接受这份遗产。

我也承认地说道："我想，就是这样的。"

詹姆斯拿起我空空的杯子，放到酒吧上说道："我想她会在毕业之后开自己的餐馆。"随后我听到他在我身后打开另一罐可口可乐而发出的声响。

"还不确定。"我说着，"也许，我会有自己的地方开餐厅。但是我想父母还是需要我的。"

汤姆斯也跟着詹姆斯来到了酒吧，给自己倒了一杯威士忌。"如果你开餐厅的话，我每天都去光顾。"

我笑了起来，看着汤姆斯说道："那样你会变胖的。"

他们举起威士忌，酒杯朝向埃德加的方向，后者点了

点头。

埃德加说道:"我喜欢你们父母开的'老山羊'酒吧里面的食物。"

我疑惑地看着他,问:"你在那儿吃过饭吗?"

"吃过好多次了。"

我父母从没提及过,詹姆斯的父母曾光顾过。我总觉得我们酒吧的食物是不符合多纳托一家人口味的。

克莱尔此时走进了屋子,之后宣布道:"再过一会儿就能享用晚餐了。"

汤姆斯瞥了一眼手表,说:"太棒了。我现在得回屋里去准备一下我的会计学报告。我得在周二飞去印度尼西亚。"

汤姆斯已经从斯坦福德大学毕业了许久。他22岁已经接管了多纳托企业里几个大型的会计公司。

走廊里响起脚步声。

克莱尔忽然大声说道:"菲尔,亲爱的,我没想到能在这里见到你。"之后她喜形于色地问:"晚饭和我们一起吃吗?"

所有人的视线都集中地望向菲尔。他走进了屋子,拥抱了克莱尔,并且在她耳边低语了几句。然后眼睛扫视了一圈,最后落到了多纳托先生身上。

"埃德加,我需要跟你谈谈。"他说着离开了克莱尔的怀抱。

埃德加移动脚步,抚平了他裤管上的褶皱,说道:"晚饭后再说吧。"

菲尔无视他的话,继续说道:"你取消了科斯塔斯的订单,为什么?"

埃德加的脸红了起来,眯着眼看向菲尔:"今天是周日,我说过,我们晚饭后再说。"

"不,现在就说,"菲尔暴怒起来。我一下子从位子上跳起来,詹姆斯则挺直了脊柱。汤姆斯眯起了眼睛。

菲尔又向屋内走了几步,然后停在了沙发跟前。只见他高出我很多地杵在我面前,之后他继续对埃德加说道:"这几周,你一直没接我电话。"

他的嗓音在屋里炸响。汤姆斯走向吧台。詹姆斯和我谨慎地交换了眼神。

"科斯塔斯,是一个可以盈利的项目,多纳托会有很大的盈利。"

埃德加转向菲尔,说:"那代价是什么呢?他们是用巴西果树来做家具的。我们所有的背景调查以及调研都证实了他们的林区属于不可持续发展的资源。而且是非法取得的。"

"这是胡说,你和他们谈谈。我现在就打电话给他们的主席。"

"不要浪费时间了,杜兰特企业是不具备环境安全意识的家具生产商。科斯塔斯并不是这样的企业,这个话题可以结束了。"埃德加粗鲁地在烟灰缸里捻灭了他的雪茄,然后拿起了威士忌的杯子。他走向门口。菲尔则留在了屋里,站在房子中间。

"你敢离开,"菲尔对埃德加大吼,"我还没说完呢。"

我瞥了一眼詹姆斯,他就站在我的身旁。我想,这场争论比他去准备报告,要来得有趣得多。

菲尔手指着埃德加,然后说:"你没有权利在不征询我

意见的情况下就擅自作决定。"

"作为执行总裁,我有这个权利。"

"你让我感觉自己就像个傻瓜。"

爱德加笑了起来,说:"是你自己让自己变成傻瓜吧。你想让多少多纳托的员工对你改变想法。你想让我把主席的位子让给你。那么你就赶快停止那些鲁莽的行为,停止和那些高风险的企业做生意吧。然后我们再来谈。我可不想让你把事情搞砸,把我们的企业拖垮。或者……"

"或者什么?"菲尔冷笑道,"你是不是要把公司给汤米。他没有资格做主席。我们所有的客户都会对他视而不见,多纳托需要一个真正的领导人。如果我们想让企业更进一步的话,那就需要一个领导人来做一些冒险的交易。"他又用手指向詹姆斯,"但肯定也不是杰米。他只是花时间在画画和泡妞上。"

我转过身来,感觉受到羞辱,詹姆斯则将手里未喝完的苏打水扔了出去。我从没见过他那么生气。

菲尔环顾四周。他的胸膛起伏不定,这才注意到了我们震惊的情绪。他的目光,锁定在詹姆斯脸上。詹姆斯则狠狠地看着他。菲尔的情绪转而变得犹疑不定。"他们还不知道吗?"

"这些年来你一直瞒着他们的事。"他大声笑了起来。"太可笑了。你保密工作比我想象的做得更好,太棒了,杰米。"他夸张地鼓起掌来。

"菲尔,不要。"我说了一句。

他的脸转向我。他对我们还不了解。他用一根手指指向詹姆斯,然后又转向汤姆斯,最后落到了他自己的身上。

詹姆斯警告说:"住嘴。"

克莱尔一脸惊诧地问道,"詹姆斯,他在说什么?"她的脸变得苍白一片,"他说你在画画是什么意思?"

"这意味着你的儿子将与多纳托企业毫无关系。"菲尔替詹姆斯回答道。"他只是想画漂亮的画。从那天你让我把礼物丢掉之后,他就开始一直在画画。"他双臂抱在胸前继续说:"他画得非常好,事实上。我也不知道他和女朋友在快活的时候是否也那么棒。"

我感觉到血液充满我的双脚,将我牢牢地钉在地面上,他为什么现在那么粗鲁,而且那么冷酷无情。他到底为什么知道詹姆斯极富天赋?他看过他的作品吗?我在记忆里搜索起来,想象着他到底是不是进了我父母的屋子。我从来没有听父母提起过菲尔曾经到过家里。除了菲尔的声明让人震惊不已外,我突然想到了他的那些冷酷无情的话语。他非常气愤,并且,将这些气愤发泄到了我们的身上。

他嘲笑地看着我说:"或者,你想跟我们聊一聊你们之间的情趣生活?"

"菲尔。"克莱尔惊骇地阻止他说下去。

詹姆斯冲过去想揍他,但是被汤姆斯制止了。"他不值得你这么做,他从来都是这样的。"

"请你滚出我的房子。"埃德加命令道。

菲尔转向他,说道:"多纳托本来就是属于我的。"他叫起来。唾沫四溅。"那是我的权力,是我的。"他在房中狠狠地跺脚,重重地甩开大门,以至于室内的门闩被反弹打开了。

"菲尔。"克莱尔追着他出了门。

詹姆斯暴怒起来。我对詹姆斯感到难过。他的画作比他父母墙上挂的要优秀很多。他的天赋在这样一种粗鲁无礼的情况下被暴露在众人眼前。我想詹姆斯永远不会忘记菲尔今天的行为。

爱德加踱步走向窗户。他的手伸进侧口袋,眼睛只盯着花园,问道:"所以你现在是一名艺术家了?"

詹姆斯紧闭双唇,脸上的表情越发僵硬。

詹姆斯没有说出任何话来,但是我向多纳托说明:"多纳托先生,他的画作跟那些在画廊里展出的一样好。"他的脸转向了我的方向,眼睛轻轻地眨了一下。"是真的。"我轻轻地补充道。

爱德加又问詹姆斯,"这是不是你这一辈子想做的事情?"

"我也不知道我到底想要什么。"詹姆斯在屋里咆哮起来。

"也许我们应该让他继续画画。"埃德加面向窗户玻璃上自己的倒影喃喃道。他耸了耸肩,然后看向我。"克莱尔从来没想过孩子们的某种兴趣爱好能发展成职业。她只想让他们继承多纳托。而且我也选择支持她的想法,不管孩子是不是愿意在多纳托工作。这是我们伟大的祖父开创的企业,每一代的儿孙都应该在这个企业里工作。她希望她的孩子也是如此。他转身又面向窗户继续说道。就可能将成为我生活中的又一个遗憾。"

汤姆斯走近我,轻轻地摩挲了下我的上臂,问道:"你还好吗?"

我看向汤姆斯,之后眼神转到图书馆后的走廊,最后又回到汤姆斯的身上。

"菲尔是个刺头。"汤姆斯这么说着,进而解释了菲尔在强压之下才会如此变态的行为:"你知道自从菲尔的父亲,就是我的格朗特叔叔去世之后,会空出主席的位置,我们彼此都在努力竞争这个位置。你也听到了,菲尔最近都没有促成明智的商业决策。"

我听了点点头。但其实并没有听进去汤姆斯的话。"我该回去看看詹姆斯怎么样了。"

我去找詹姆斯,发现他在自己的车里,引擎已经发动。我坐进了副驾驶。我刚把车门关上,詹姆斯就踩了一脚油门。橡胶轮胎与沥青马路摩擦而发出轰鸣声。我连忙系好安全带。

詹姆斯选择了小路,一路驶向"天空线"和我们的草场,也就是我们独处时会去的特别的地方。

詹姆斯换挡的时候还能听出怒气。在经过"发卡弯"的时候,他并没有减速,而是踩了一脚油门,继续往前。我抓紧了门把手,说:"如果我们在去到草场之前就发生事故坠亡的话,那就没有办法去那里独处了。"

詹姆斯终于减速了。他的嘴角扬起一丝微笑,手猛的敲击了一下方向盘,说:"他是怎么知道的?"

"谁,菲尔吗?我想是我们写的那些信。"

"我们的什么?"

"就是那些我们在学校互相传的纸条。你还记得有一次你抓住他正在翻你的抽屉吗?就像你怀疑的一样,我想他已经读完了那些纸条。"同时我也告诉他,在几年之前菲尔曾经送我回家的事。

詹姆斯看了我一眼说:"你从来没有告诉我这件事情。"他指责道。他在"天空线"停下车,看了看后视镜。在我们车后有一辆小汽车,也停了下来,打开了远光灯。

"是的,我没有告诉你,你当时觉得菲尔就像一个傻瓜一样,而且你说你不想再谈论有关他的话题。你从不喜欢谈到他。此外,你好像对我上下其手更感兴趣,你还记得吗?自从第一次我们亲吻之后。"

詹姆斯终于笑得出来,然后热情地看向我说:"我当然记得。"

我也害羞起来。"不管怎样。我从来没有向菲尔承认过你当初第一次画画的地方,他也会保守你的秘密。"

"很明显,他的嘴巴不牢。"詹姆斯转向天空线。"下次我再见到他,我一定揍得他屁滚尿流。"

后车还在尾随着我们,他的大光灯照亮了詹姆斯的车内。詹姆斯吼了一声,踩了一脚油门,然后看向后视镜说:"那个笨蛋,需要修理一下他的灯。"

我也看一眼侧视镜。那辆车尾随着我们。几乎超过了一般车的车距。

我想知道的是:"菲尔是怎么知道你真的极富绘画天赋的?"

"他是不是看过我的画?"

我摇了摇头说:"他从来没有进过我的房间。反正我在家的时候从来没有过,我的父母也从未提及过把他请进房间的事。当然,他们也没有告诉我,你父亲曾经在'老山羊'就餐过的事情。今天是我第一次听到这事。"

詹姆斯叹了一口气说:"好吧?现在我的父母都知

道了。"

我伸手去轻抚他的大腿。"你已经不是 15 岁了。他们不能让你停止画画。"

"我知道,但是……"他也摩挲着自己的前臂。"我不想以这种方式让他们知道。"

这倒是个新闻,"你有计划要告诉他们吗?"

他耸了耸肩。"我计划着要邀请他们去画廊,然后给他们看一下,给他们一个惊喜。那是我的画展。他们也许会买一张,然后把它们悬挂在家里的图书馆里。天哪,我应该给他们一张的。"

哦!詹姆斯。我的心里满满都是对他的爱意,原来,他要的不是父母对他作品的认可,而是希望他的父母能够接受他画作这件事情,而不是将作画视为他的一个兴趣。

"那真是糟糕的想法。"

"我倒是认为那个主意不错。"

"现在太晚了,"詹姆斯嘟囔着,然后开车拐过岔道,"去我们的草场。"

我回过头看了一眼,然后说:"你走错路了。"

"知道。"他来回地看着道路和后视镜。又开了一百码左右。随后驶离道路,减速。

我喘着气说,"那辆车好像是菲尔的。"

在过 u 型弯角之前,詹姆斯等后面那辆车消失在旁边的弯道里。他掉头往回,驶向我们的草场。"如果是他跟踪我们的话,可能他已经非常愤怒了。"

"我不知道那是谁,但我不能冒这个险,我不想让任何人知道我们在哪里。"

"他上次说的话是什么意思?你们三个的利益关系是什么意思?"当时菲尔的话里面提到他,汤姆斯和自己。

我感觉到,黑暗中在我身旁的詹姆斯紧张了起来。

"好吧,没关系,你不必都告诉我的。"

他关掉了引擎,说:"这不是什么大事,你不要担心。"

詹姆斯轻描淡写,但是狂怒席卷了他的周身。另有一些我不能确定的事情正在发生。他似乎也会担心如果不告诉我的话,会让我感到愤怒,我很理解他的想法,希望他能在合适的时机告诉我。

他打开了车门,车内灯亮了起来。我眨了眨眼,以适应光线。詹姆斯露齿而笑。

"你看,我父母一定会因为我们缺席晚饭而感到很失望,但是,我必须今晚赶回斯坦福学习。"他邪气地笑了起来。"让我们找点乐子吧。"

詹姆斯一把抓起毛毯,以及车里放着的小型扬声器和iPod。我跟着他从车里出来,钻过一个矮小的栅栏。我们在树中穿行,直到看到漂亮的星空。我们最爱的地点,就是在可以俯瞰三塔克鲁兹山的山脊旁。在凉爽的春日夜晚,这里没有一丝云。

詹姆斯打开了iPad,播放着《你离开的方向》这首歌。

我抬了一下眉毛,然后说:"这是一个有趣的选择。你今晚有些焦躁不安不是吗?"他转动了一下肩膀,露齿而笑,轻微又非常性感。我的胃部轻轻的,抽动了一下。

"来我这,亲爱的。"他将我拉向他的手臂,随后斜倚着他,詹姆斯在亲吻我。他的嘴唇碰到我的之前,全身都在紧张着,他轻轻地抬着头,眼神凝在我身后的方向。

我全身起了一阵鸡皮疙瘩，问他："怎么了？"

他眯起了眼睛，然后摇了摇头，最后眼神定住，"那里好像有什么东西？"

"是野兽吗？"我回身，到处张望，只看见一些阴影，以及月光中诡异的冷凝的气氛。

"也许吧，"詹姆斯这么说，然后亲了亲我的鼻子，"你看上去真美。"

我露齿微笑，随即离开了他的怀抱，将我的T恤衫脱掉。我任由它掉在地面上。詹姆斯尽情地笑着，裙子拉链的声音划破了宁静的夜晚，他的脸变得严肃起来。眼光追随着我的裙子掉在我的脚上，我一步踏出裙子围成的圈。一阵清风拂来，湿润的松叶气味抚上我的皮肤。我摩挲着双手，说道："这里真冷。"

"你看上去太美了。"

詹姆斯拉近了我们之间的距离。他的嘴唇重重地压在我的唇上。手环住我的腰，手指则轻轻地点在我短裤的腰带上，随后滑了进去，将它们脱下。他轻轻的跪倒在我面前，亲吻着我的双腿。我深深吸了一口气，因为潮湿的空气和他湿润的吻而感到颤抖。

他把短裤放在了我刚刚脱掉的衣服上，然后将我放倒。脱下我的胸衣，开始亲吻我裸露的肌肤。詹姆斯轻轻地把我扶到毯子上，然后给我盖上另一条毯子，让我保持温暖。他快速地脱掉衣服，然后在里面匍匐着转到我的身旁，将我拉近他。

"我爱你。"他在我的耳边低语，然后又吻了我。

"我也是，我爱你！"

  他抚到我的身上,我仿佛听到了撕裂的声音,他调整着方向,慢慢地进入我,然后和我一起律动。我双手环着他的脖子上,双脚攀上他的腰肢,紧跟着他的节奏。

  "别放手。"他在我的耳边细语。然后更深的律动。真是太美妙了。

  "永远不会。"我这么说道。

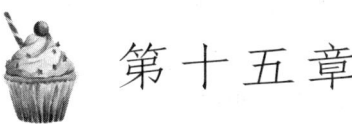 第十五章

距离詹姆斯前去墨西哥已经有 14 个月了,而我埋葬他也已经有一年之久。从表面上看,我似乎已经改变了我的生活,但从本质上来说,没有任何变化。詹姆斯的衣服仍旧挂在我的衣橱里。在工作室里,他的绘画工具仍旧积满灰尘。

我坐在桌子旁边,点开了克里斯汀的邮件,是她开幕典礼时候拍摄并邮件给我的照片。我搜索着照片,在找一个人,希望那个人是我不想再见到的那个。照片里满是亲朋好友,我的邻居还有员工、咖啡师和曼迪在厨房里的快照,伊恩在咖啡壶旁边的照片,伊恩和我父母在一起的照片,伊恩和纳迪亚在一起的照片,伊恩正在裱好的他的作品旁边的照片。我点开更多的照片,又是伊恩,天哪,克里斯汀,

你竟然拍了那么多他的照片。同时我也感叹于伊恩看上去太棒了。

我点开另一张照片,然后手一下子停了下来。就是她。她坐在8号桌前,那张桌子正好面对着是詹姆斯的画作,以及伊恩的作品。莱西。她手里拿着之前我的服务员艾米丽给我的明信片。

她现在正直直地看向克里斯汀的屏幕。她诡异的、蓝紫色的眼睛,明亮,而且圆睁着。她没有想到克里斯汀拍到了她的照片。

她给完明信片之后,为什么匆匆就离开了?为什么不把明信片直接给我?是不是克里斯汀和她的照相机把她吓到了?或者是别的事情,或者别的谁把她吓跑了,是汤姆斯吗?让他看到了某个人离开了咖啡馆,某个他觉得自己认识的人。这件事改变了他后来所有的行为。他好像变得十分不安。也许他之前看到的就是莱西。

我从后口袋里面抽出了那张艺术画廊的明信片。那个画廊在墨西哥。这张卡片非常小,大约是五英寸的1/3这样的大小。而且卡片的上面印着拇指大小的一张丙烯画。我一边研究这幅画,一边不停地用牙齿咬着指关节。

我几年前看到过这幅作品,在我父母的阳光房里。当时这幅画就在詹姆斯的画架上。这不可能。明信片上的画,正是詹姆斯那幅不见了的,枯萎的橡树,是他父母房子后面的一棵树。

我把卡片翻过来,发现画廊坐落于卡萨·德·萨隆。和我一年前在钱包里发现的卡片上的小镇是同一个地方。我打开了书桌中间的抽屉,翻找着,直到看到一年前莱西

放进我钱包里的那张名片。

我在电脑上又开了一个窗口,打开了卡萨·德·萨隆的网站。自上一次我查看这个网站之后,倒是没有发生任何变化。这个度假酒店似乎没有什么异样。然后我搜索了一下那个画廊的名字。但是并没有换了名字跳出来。于是我搜索了一下地址。一幅图片跳出来,我点了一下链接。在这幅图片里嵌入了一个地产广告的网站。网站里的建筑看上去很旧,墙漆都剥落了,墙上的粉满是斑驳。没有签名。这张清单已经有两年之久,暗示着这种房产已经被出售。买下这个地方的人,最近开了一个新的工作室。这是在一年之内的时间里。

为什么莱西要把我引向这个地方?詹姆斯去的是卡村。他的酒店在布拉亚·德尔·卡尔曼。他垂钓的地方都是在克孜勒奥尔海岸。

汤姆斯告诉我他是在墨西哥州的金塔纳罗奥州找到的詹姆斯的遗体。而不是在瓦哈卡州。

如果事实不是如此,那么为什么詹姆斯要向我说谎?又或许汤姆斯才是那个唯一说谎的人,那么莱西就是那个一直在诉说事实的人。

詹姆斯还活着。

我的心快跳出胸膛了,我打电话给克里斯汀,问道:"我能过来吗?"

克里斯汀和尼克住在桑乌塔卡。我开车十分钟就能到他们家。克里斯汀穿着短裤以及 hello kitty 的 T 恤开了门。她引我进房间的时候,马尾辫也跟着律动。"尼克在厨房。你觉得如果我邀请他和我们在一起,是不是有什么不便呢？"

我摇了摇头说："他比我们任何人都了解汤姆斯。"

"这就是我想说的，艾米。"她在走廊里停了下来，面向我说："我有些疑惑，你在电话里告诉我的，所有的一切听上去都……"

"我知道，是发疯了，是吧？"我调整了一下手提袋的绑带。我的手指在颤抖着。但我必须找出事实真相。

她将手放在我的上臂上："这是不是就是詹姆斯失踪之后你不再约会的原因？"

"这件事一直在我的脑海里。"

她略微点了点头，说："让我们看看尼克会说些什么？"

尼克站在吧台旁边，正在倒一杯麦芽酒，他穿着T恤和工装短裤，头发湿润。他在室内的娱乐中心的成人联盟中踢足球。看样子，这是好像刚刚结束一场比赛里回来。

他给了我一杯啤酒，然后我拒绝了。"祝贺你今天开业大吉。"他这么说道。

"那你点了什么？"

"地中海鸡蛋卷。"他拍了拍自己的肚子说，"我的新宠。"

我露齿而笑。回想起那道菜的配料是山羊奶酪，盐渍橄榄，以及新鲜的茴香和莳萝。这道菜在极短的时间里成为十分受大家欢迎的选择。"我非常期待你再次光临。"

"毫无疑问会再去。"他喝了一口啤酒。

搓了一下双手，"所以，今天你要说什么？"

我从我的钱包里掏出了画廊的明信片和名片，把它们放在了桌上。是莱西把酒店的卡片放到我的钱包里。

尼克抬了一下眉毛。

"这个故事很长！"我说道，然后指了指画廊的明信片。"她让我的服务员艾米丽把这张明信片给我。"

尼克抬起头问我："她今天也在现场吗？"

"好像是的。"

"艾米说我好像拍到了一张她的照片。"克里斯汀解释说。

尼克转向他的妻子，问："她跟你说了什么吗？"

她摇了摇头："当时有很多人。我从未见过她，所以我不知道她是谁。"

"我来告诉你他长得什么样。"我打开手机，找出了莱西的照片。

克里斯汀说："我记得她。我拍到她照片的时候好像吓到她了。然后她就离开了。"

"她的名字叫做莱西·杉德拉，我想她离开是因为看到了汤姆斯。她是一个灵媒，专事于解决各种无法解决的神秘事件，以及失踪人员。"我解释给尼克听。

尼克研究了一下照片，随后说："克里斯汀告诉我，你第一次见到她是在詹姆斯的葬礼上。"

"确实如此。"我承认道。

克里斯汀又补充道，"莱西追着她到了葬礼的停车场。她告诉艾米詹姆斯还活着。纳迪亚认为她是一个骗子。我也同意她的看法。"

"当时我也是这么认为的。直到我发现詹姆斯的一些画不见了，然后我就收到了这个。"我点着明信片上的绘画作品说。"我想莱西说的是实话。"

尼克摸了摸他的右肩膀。"别轻易下结论。至少现在不要，"他建议道。"你报警，失窃后警察是怎么说的？"

"我曾经告诉克里斯汀，因为发现画作不翼而飞，所以我就报警了。她可能对尼克也提过这么一句。警察能做的很少。车库里面除了我和詹姆斯的指纹外，没有任何其他人的指纹，没有任何强行入内的迹象。因此，画作为什么会被偷？警察仍存疑。我能做的只是填写各种遗失登记表。如果作品在拍卖会或者黑市出现的话，他们就能抓到嫌疑犯了。"

克里斯汀总结道："现在那些画可能到别的地方去了。"

我暗示地问道："难道是墨西哥？"

"欧洲，亚洲，或者是其他城市，或是你隔壁的展览室里。"他点了点画上的图片继续说："如果这是詹姆斯的。那就说明画廊的拥有者通过非法的渠道购买了这些画。我想知道给你这张明信片的女人更多情况。你们俩和她接触的事情让我感到非常不安，因为她太神秘了。"

"我没有更多信息了，除了她住在坎贝尔这件事。他的草坪上竖着一块"灵媒咨询服务"的广告。它上面还写——"我停了下来，看向他们。

"写什么？"尼克问道。

"上面写着她能看手相，能用塔罗牌算命。"

他的喉咙里发出一声不耐烦的声响，眼光也变得锐利起来。"你去她家了？"

"我没进屋子。"我迅速地澄清道。"她阻止我进去。"

"你最好离她远一些。"他这么建议。

"除了那一次以外，她一直试图接近我。她说了一

些关于詹姆斯的无稽之谈,哦,也许只有我认为它是无稽之谈。"

尼克又喝了一口啤酒,说道:"听上去她好像是个疯子。"

克里斯汀问道:"为什么她看上去那么神秘呢?"

我点头表示认同。我真希望他现在能够出来解释清楚所有的一切。

"她不那么做有很多原因,你也说到是有人雇用了她向你传递这些信息,或者引诱你前去。不管原因是什么。他们都想保持神秘。这就是最可能的解释。"

我追问:"那么,最坏的解释是?"

"她是一个骗子。她是在诱惑你。"尼克挥了挥明信片。"想要取得你的信任。然后暗示她有更多的信息。这样她就可以掌控你了。她是不是常联系你?"

我摇了摇头说,"她从来没有收钱。"

"那是因为你还没有上她的圈套,忘了她吧,她就不能再兴风作浪了。"

"如果她继续骚扰艾米怎么办?"

"去警察局申请禁令。"

我咬了一下下嘴唇,说:"如果,"我停了下来,我的脚轻轻地敲着橱柜,"如果她说的是事实呢?"

尼克很严肃地看着我说:"艾米,说真的,我是非常同情你的。詹姆斯的死对我们来说都是一个打击,特别是汤姆斯。他非常爱他的兄弟,这使他变得异常消沉。有那样的父母,他们的成长是非常不容易的。"

我不停地点头说:"我知道。"突然想到了这些年来詹姆斯和汤姆斯作出的牺牲。

"他们直接接管了公司的一个烂摊子。我想他并不希望如此,在他的生活中,要处理那么多糟糕的事。"尼克继续说道。"今早在你的开业典礼上,我感到非常震惊竟然看到他。他似乎没有多余的时间去享受一顿美餐。如果詹姆斯的死有疑问的话,他不会袖手旁观的。他是一个非常正直善良的人。如果真有问题,他会是第一个飞到墨西哥去调查真相的人。"

他停了下来,脸色缓过来。将他的前臂放在柜台上。"我想詹姆斯没死这个事情是让人非常难以置信的。"

"为什么他要离开他的家庭?为什么他要离开你?非常抱歉,艾米,詹姆斯已经死了。"

我的双眼湿润起来,努力忍住眼泪。尼克问了一个我问过自己无数遍的问题。虽然,我对汤姆斯的想法不像他一样,至少不完全一样。但莱西,她这个人就是个秘密。我收起卡片,将它们放进我的钱包里。

尼克握住我的手,说:"如果需要帮忙,我有一个非常好的私人侦探,他的名字叫做雷·迈尔斯。"尼克停顿了一下。"还是让我直言不讳吧,他的名声有些不好,不过他人非常好。而且要价很贵。我会发个消息给他,然后打电话。他能调查一下莱西的背景。或是查一下,那个画廊。又或者查一下画作里那个艺术家的名字,以及是谁购买了这些作品。"说着,他敲击着手机的键盘,后者发出拨号音。

离开之前,我们又说了一会儿话。我明天必须早起,以准备咖啡馆的正式开业。

第二天早晨晚些时候,我走到了咖啡馆的办公室里给雷打了电话。简单地叙述了我的情况。我需要他查明莱西是谁以及她的目的是什么，如果詹姆斯真的去了坎昆，那么墨西哥的画廊是怎么购买到他的作品的？雷向我报了价。尼克说得对，他确实要价昂贵。自从付完经销商尾款以及到期的租金之后，咖啡店里能使用的流动资金就急剧减少。因为我的案子不属于急迫型，仅仅是要查明一些真相，于是，雷同意在我筹到足够的钱之后再着手我的案子。另外，他目前手头正在处理的案子也需要8到10周的时间，在这之后才能忙其他调查。这些时间足以让我来筹钱了。

我再也没有见到莱西。就好像她从未出现过一样。在我还未来得及弄清楚我们之间的凌乱交叉关系时，她快速地进入并离开了我的生活。在"艾米之家"开张之后的一个月里，汤姆斯每周总归会有几次路过这里进来喝一杯。之后光顾的次数才慢慢减少，变得有规律起来。当我每次见到他的时候，总觉得他又清瘦了不少，脸颊凹陷，身体消瘦。多纳托企业正蚕食着他的健康。埃德加·多纳托，越来越壮大了，而汤姆斯却越来越消瘦。

在我28岁生日之后的10月中旬，我有了足够的现金来雇佣雷。我希望他的调查能够帮助我了解到事情的真相。只有这样，我才能在生活、身体、心智和灵魂上继续前行，继续我的生活。雷会在几周之后送上一份报告。然后我再决定怎么样处理这件事情。

我们商讨了一些细节。当时我就坐在前厅的丝绒沙发上。出人意料的是，伊恩打破了我的思绪。这一年中，他无私的支持，加深了我们之间的友谊。他的微笑，以及他站在近处时皮肤的温度，都搅动着我内心深处最柔软的部分。但愿通过雷的帮助,我最终能给予伊恩他所想要的。我是否也同样渴望得到那些呢?

是的。

但如果雷找到了詹姆斯?

我转眼看向订婚肖像画,詹姆斯和我相拥着站在蓝天之下,身后是初升的太阳,以及红色、橙色的颜料笔触。我开始轻轻颤抖,手指和膝盖震颤着。这不是因为希望,而是恐惧。如果詹姆斯还活着,这意味着更大的秘密存在于我的生活中,而当时我被天真蒙蔽了双眼。

第十六章

十一月

雷终于在十一月第二周的星期二捎来了消息,那是我上床睡觉之后又过了好久,他的电子邮件才姗姗来迟,时间已经是清晨时分了。那封电邮在我起身去艾米咖啡馆之前就看过,之后又重新看了有十七回之多。

我的注意力回到眼前。要知道,我所期盼收到的电邮与眼前艾伦·卡西迪的关注毫无关系,当然,我对与他约会也根本提不起兴趣。

"这边走,艾伦,老样子:一杯香草拿铁,低脂,不要加鲜奶油,三倍浓度。今天还有别的事吗?"我很不耐烦,面露愠色地问了一句,其实连我自己都不想用这样的态度对他。

他依然我行我素，面带微笑地对我说，"嘿，你真要迷住我了，艾米。"他从外套的内侧口袋里取出两张门票，夹在指间在我面前摆了一个POSE。"今晚有Sharks的表演，能赏光吗？"

我瞄了一眼门票，这已经不是他第一次邀请我去看表演了，而且每次订的都是豪华贵宾座。我摇了摇头，说："艾伦，感谢你的好意，但是……"

他脸上兴奋的神色顿时褪去，转手把票收了回去，塞进了外套的内侧口袋。"这几天我会再来陪陪你，只要你愿意，随便哪一天都行，希望你不要拒绝我。"他非常恭敬地向我行了个礼，将杯中剩余的咖啡一饮而尽，转身从容离去。

伊恩在我身后嘀嘀咕咕的，我觉得自己听见了他的喃喃自语："噢，老弟。"

我又做了一壶首选咖啡，正巧瞥见伊恩与艾米丽在"交易"：伊恩将一张五元钱对折后塞进了后兜，朝我咧嘴一笑。

"这到底是怎么一回事？"我不禁问道。

他眼睛睁得老大。我因为自己冒失的提问而感到有些抱歉。

"我为你花了五美元。"艾米丽嬉皮笑脸着顶了下我的胳膊，便一溜烟跑开了。待早晨营业高峰过后，她提着垃圾筐开始清理桌面上留下的杂物。

我小心翼翼地望着伊恩，他正背对着我，从腰带圈里抽出一块湿毛巾擦洗咖啡机。他吹着口哨，我噘着嘴，他的口哨声中洋溢着胜利的喜悦。"伊恩？"我向他打了个

招呼。

他朝着咖啡馆的入口处撅了撅下巴,"艾伦邀请你外出的频率很高,每星期至少一次。艾米丽相信你会在这几天内缴械投降的。"

我双手交叉在胸前,问道:"什么?"

他笑呵呵地告诉我:"你会同那个可怜的蠢货约会的。"尽管他的想法听上去滑稽可笑。

"艾伦一点都不蠢,他是个很不错的小伙子。"

"也很有钱,不是吗?"伊恩补充了一句。我愁容满面,他却直瞪瞪地盯着我,目光中满是淘气。

我不禁蹦出了一句,"闭嘴,"可转念一想,如果艾伦点了一杯金尔力咖啡,我该怎么做?这不是我的问题。我撕开一个装有咖啡粉末的小箔袋,闭眼深深地呼吸,尽享咖啡的芳香,也放松了下已经站立五小时的双脚。

"是不是早就累坏了?"

我猛地睁开双眼,盯着伊恩自鸣得意的脸,以及两天来他下巴上青色的胡须。他毫不掩饰他的沾沾自喜。

他笑得如此灿烂,把衬衣袖子卷了起来,露出前臂,微风吹拂着他满头的金发,仿佛泛起的阵阵波浪。他耸了耸肩膀,说道:"不要介意,我打赌赢了。"

我用勺子将咖啡粉一勺一勺放进过滤器,问:"你觉得我该和他出去约会吗?"

"不会再有机会了。"他看到了我的订婚戒指。"你不会再去约会,和我或其他任何人,都不会。"

我用大拇指把戒指翻转了一下,让钻石朝内隐藏在手掌里,告诉他:"我会的。"

伊恩双手交叉在胸前，"你得证明给我看，那和我出去约会吧。"

我屏住了呼吸，在和他相识的这几个月里，这是他第一次直截了当地向我表白。

"伊恩，你知道我不能这么做。"现在还不行，另外，我还没有完全摆脱雷的那封电子邮件带给我的心理阴影。

"你的意思是，你不愿意。"他转过身去，面朝咖啡机。

"他说得对，你自己也清楚这点。"纳迪亚在我背后说。她倚着摆满了各款甜品和色拉的展柜，身旁是克里斯汀，两人都身穿运动服，晨跑过后，阳光将她们两侧的脸颊晒得通红。

伊恩正在招待另一位客人，纳迪亚把目光转向伊恩，对我说："他真的非常在乎你。"

我也知道，因为伊恩的表情能说明一切。虽然心里这么想的，但嘴上却对纳迪亚说："他是朋友，也是员工。"

"你爱怎么说就怎么说吧。"

我做了个鬼脸，我得承认这个理由十分牵强。

"走吧，你今天咖啡喝得不少了，不能再喝了。"我转身拧开水槽里的水龙头，里面还有几个脏的马克杯需要清洗。

"和往常一样对吧，我马上会为你准备，纳迪亚。"伊恩对她说道。

"谢谢，伊恩。"她转身离开了柜台。

叛徒，我向伊恩咆哮，而他却咯咯地笑了起来。

纳迪亚随手从社区阅览架上取了一份报纸，信步穿过餐厅的时候扫视了一下报刊首页上几个头条的内容。

克里斯汀沿着柜台内侧走了几步,靠在水槽架上。"纳迪亚只是在乎你,我们也一样。"她看我在冲洗一个沾满咖啡渍的杯子,杯沿上有一个异常明亮的粉红色口红印迹,我用海绵抹布粗糙的一面使劲擦洗。

"怎么回事?你好像有点焦虑不安,"她问我,而我却沉默不语。

我十分恼火,倒吸了一口气,"今天早晨雷给我发了一封电子邮件。"

"是报价的事吗?他怎么说的?"

我想奋力甩掉杯子中的水,不料它却从我的手中滑落,在水槽里摔得粉碎。我开始骂骂咧咧,伊恩见状急忙转过身来问我,"你还好吗?"

"我很好。"我大声吼道。

他擦了擦额头,凝视了我一会。

"我很好,谢谢,"我稳定了一下自己的情绪,语气也柔和了许多。

他等待了片刻,又转身去磨咖啡了。

"很抱歉。"我低声向克里斯汀致歉,把水槽擦洗干净。

她帮我捡起散落的陶瓷碎片。

"雷确信,詹姆斯会坐飞机前往墨西哥的坎昆。"我把说话的声音压得很低,不让伊恩听见内容。"詹姆斯确实入住了他在普拉亚·德尔·卡曼的酒店。据当地新闻媒体报道,一位美国男子预定了乘船旅行,途中落水失踪,报上还刊登了他的讣告。雷与旅游公司的老板有过交谈,一切似乎与汤姆斯告诉我的情况完全吻合。"

一缕头发穿过发夹,飘落下来,我的嘴唇微微颤抖。

克里斯汀揉了揉我的背部,"过去两年里你一直在质疑詹姆斯的死。我很高兴,雷能够出手相助,让真相水落石出。"

"莱西那的线索一点都找不到,她也没有留下任何记录,就好像人间蒸发了。她房子是租用的,已经搬走了。这套房子目前房东是道格拉斯·陈,除了名片、明信片和莱西的照片外,我无法向他提供任何东西。"

"我好傻,我感到心烦意乱……不,我……"我不停地摇着头,"我觉得很失望……我情绪非常激动,希望他还在,葬礼只是装装样子而已。"

"明信片上是一幅什么画?"克里斯汀问我。

"El estudio del 画廊的老板是一位艺术家,他说那幅画是他的,至于这画的风格与另一位画家的完全吻合,纯属无稽之谈。除非我亲自去一次画廊,否则我不得不相信雷告诉我的那些话,我没有任何证据反驳他。"

"现在你有何打算?"

就是做我几个月前原本应该的事,"还是要继续向前看。"

"好吧,我觉得你当前的工作棒极了,你开了一家餐馆,经营有方,事业有成。"她的欣喜之情溢于言表,朝着伊恩的方向望去。"当你愿意约会的时候,我知道有个很不错的小伙子,他对你很感兴趣噢。"

我傻呵呵地笑着。

伊恩在克里斯汀点的摩卡上添加了一些鲜奶油后,把咖啡递给了她。

我伸出一只胳膊指向餐厅区域,"你可以告诉纳迪亚,

我一会儿就会把咖啡给她送去。这壶咖啡快煮好了。"

克里斯汀哈哈大笑,"她一会回来再喝?"

我从头顶上方的杯架上取下一只马克杯,"如果我不在,她回来的时候可以自己倒一杯咖啡,别去管她了。"

那天夜里我回到家时已经很晚,我花了好几个小时清洗咖啡厅的地板、柜台和橱柜,希望擦掉所有的晦气,但于事无补,我还是情绪低落,愁云不展。

有人送来了一只盒子,就放在我家门口的垫子上。我捧起盒子进屋,顺手把钱包和钥匙甩在老地方,径直来到厨房,查看包装。包装上没写寄件人的地址,只有我的地址,并显示盒子是从墨西哥邮局寄出的。邮票上加盖的邮戳信息是"Oaxaca,MX"。

我的心一下子提到了嗓子眼上,赶紧撕开包装,打开盒子,泡沫包装材料里有一幅画《草坪上的小径》,这幅画是我餐桌后面墙上挂着的那幅丙烯画的缩小版,我餐厅里的油画是原件,我坚信詹姆斯放大尺寸画了我们的草坪,因为我喜欢这些颜色,也钟爱茂盛的青草映射出清晨的曙光。画面的右下角是詹姆斯根据我眼睛的颜色特意调制的富有加勒比海风情的钴蓝色,他在签名时一直用这款颜色,每次都会签上他姓名中每个单词的首字母 JCD。

我的双手情不自禁地开始颤抖,随后将油画翻转过来,发现了背面用胶带贴着的一张便条。这是一张手写的小纸条,上面还印有酒店的标志卡萨·德·萨罗。

亲爱的艾米

在此向你证实，现已脱险，詹姆斯安然无恙，他让我来找你。他已经知道了真相。速来 Oaxaca。

莱西

詹姆斯还活着吗？我的上帝啊！詹姆斯还没死。

我不由自主地颤抖着，几乎连拿住画的力气都没有了，汗珠纷纷落在上唇和眉毛上，肾上腺素在我的体内喷涌。

这到底是怎么一回事？

没有任何确凿证据能够证明詹姆斯还活着。

我想起了雷的电子邮件内容，

不要浪费时间和金钱了，我已经没有任何理由开展进一步的调查，我建议停止搜索。

雷揭露的事实符合詹姆斯的文件记录，詹姆斯的死讯与汤姆斯所说的情况完全一致。

那么詹姆斯出于什么原因会在墨西哥画这幅画？

我已经泪如雨下，但还是擦了擦泪水，拨响了电话。我立即致电一个可能了解真相的人。

"你好？"她懒洋洋地问道，睡意蒙眬。

"克里斯汀，詹姆斯还活着。"

电话后，我立刻在埃斯孔迪多港订了一个酒店客房，

当夜余下的时间我辗转反侧,难以入睡,唯一能想到的就是:詹姆斯还被困在那里。

第二天清晨4:06,前门传来了纳迪亚用力敲击的声音,我顿时惊醒。一整夜我只睡了两个小时,我睁开惺忪的双眼,跌跌跄跄地走出卧室。

"是时候了,"开门后,纳迪亚发了一通火。她从我身旁跻身而过,"拜托请不要那么早要我来见你。"随后在房间中央的两个皮椅之间停住了脚步。她穿着色彩靓丽的汗衫,脖子上围着羊毛围巾,两眼直直地瞪着我。

我关上了房门,"克里斯汀告诉你的?"

"她几个小时前打了电话,她一整夜都极度焦虑,担心你做了蠢事"——她看到了我藏在前门后面塞得满满的拉杆箱——"你打算亲自飞赴墨西哥?"

我撅起了下巴,"你无法阻止我。"

"去墨西哥瓦哈卡州吗?那可不是什么安全的旅游胜地。"

"整个加州都不安全,其实哪里都一样。"我摇了摇头,走进厨房。现在不妨煮一些咖啡,我担心上飞机前恐怕很难再好好地睡上一觉了。

纳迪亚跟着我,"克里斯汀现在非常担心,她希望你不要去。"

"所以她才让你来游说我。"

"她很清楚,你是不会听她的。"

"我也不会听你的。"我往壶里加了几勺子咖啡粉,开始煮咖啡。"我预定的航班将在今天下午起飞,我并不在乎你会说什么,我已经决定了。"我走向卧室。

"很好。"

我停住了脚步,"什么?"

她逼到了我的跟前,她的眼睛没有化妆,死死地盯着我,我们四目对视。"我刚才说,很好,我希望你去。"

"为什么?"

她松了松肩膀,"自从詹姆斯死后,你一直沉湎于此,难以自拔。"

"我并未沉湎于此——"

"看看四周吧!"她彻底爆发了。我赶紧退后几步,就好像她要揍我似的。纳迪亚火冒三丈,对我十分恼怒。"詹姆斯的遗物到处都是,他的衣服还在你的橱柜里,他的画还挂在墙上,你赶紧动身吧。"

"我已经尽力了……"

"显然你做得还不够。"

"餐馆——"

"不错,你开了一家餐馆,干得很漂亮。看上去有很大的进展。但是在这里"——她伸手戳了一下我的胸口——"你难以自拔,你的悲伤过程简直就是教科书级别的。你已经度过了悲伤的每一个环节,除了一个!那就是人已经死了,艾米。你除了收拾行李随后启程外还有什么可做,你为什么就不能接受詹姆斯的死讯?"

"他还活着。"我矢口否认。

她攥紧了拳头,顶着臀部,闭上了双眼,睫毛上闪烁着晶莹的泪珠。"听听,我明白你为什么要这么做。自打我父亲抛弃母亲之后,我久久难以释怀,直到有一天我不得不接受这一事实:他已经走了。他离我们而去了。因此,

他要走就走吧，我与他彻底一刀两断。"她用一只手在我们中间做了一个劈砍的动作，"但是你很清楚问题出在什么地方？"

我慢悠悠地摇着头，犹豫不决，不敢确定她还说些什么。

"让我甩掉一个试图接近我的男人易如反掌。我根本不相信他们。他们也会抛弃我，离我而去。或许不会在当天，或在一个月之后。但终有一天他们还是会离我而去的。他们会厌倦我，另寻新欢的。所以，我要在他们抛弃我之前先下手为强。"她呼吸急促，如同快要窒息一样。"你知道那有多恶心吗？"

"什么？"

她双手交叉紧紧地贴在胸前。"我很孤独，我承认自己确实形单影只，孑然一身。但我知道你也好不到哪去，你一直很寂寞，直到有一天你能放下詹姆斯。"

我盯着地板，眨着眼。我很寂寞，但我的境遇同她完全不同。"我好几次几乎快要将詹姆斯的死束之高阁了，真的有好几次，连我自己都记不清。橱柜里他的衣服上积满了灰尘，一直放在原处，我好久都没有碰过这些衣服。"我指了指詹姆斯曾经用来办公的一间屋子，告诉她我现在已将这间屋子当作自己的书房。"每次我试图丢掉一些他留下的东西，都不忍心下手。直觉告诉我他还活着。还是我希望他有朝一日会出现在我的跟前，我自己也不知道。但这种感情真真切切，让我无法漠然视之。"

"所以，你明白了吗？我们的情况不同。你很清楚你的父亲永远不会回来了。但是，詹姆斯，他很有可能还活在人世，就在某个地方。我得去找到他。我自己很清楚。"

"这正是我希望你去一趟墨西哥的原因。"她用手指戳了我一下。"我希望你知道隐藏在你灵魂深处的灵媒如何摆布你。或许到那时,一旦你明白了是她在操纵你的情感,编织谎言欺骗你,或许那时你才会感到痛不欲生。最后说一句,你他妈的,去吧。"

我站着一动不动,纳迪亚很有可能是正确的,我当时任由莱西摆布。"如果我能找到他,会怎样?"

"很严重吗?"我不禁皱起了眉头,我叉着双手,她的表情严肃而冷静。"假设他还活着,你是否怀疑过,他为什么会离家出走?"

我点头同意。因为我也一直在想这个问题。

"你有什么打算?"

我的目光从她的肩膀上一扫而过,锁定在了詹姆斯的作品《草坪上的小径》上,这幅画的景色里满是绿油油的色调:冬去春来,在一个凉爽的早晨,一片苍翠的草坪映入眼帘,气氛祥和,传递着阵阵暖意与无限的魅力。古朴典雅,远离邪魅,给我留下了美好的回忆,让我难以忘怀。

詹姆斯向我求婚之后,我曾摘下了这幅画,他非常生气,一定要把这幅画挂回原处。我们宁愿相信这片草坪依然如故,就好像什么都没发生过,菲尔并未使出浑身解数来破坏我们的梦想。对于詹姆斯而言,这幅画依然悬挂在墙上,我猜想莱西之所以把那幅小尺寸的画寄给我,是否是因为她已对此有所了解。"我希望让詹姆斯知道我有多么爱他,我对他朝思暮想,我要把他带回家。"

"如果他不打算回家,该怎么办?"

我的目光垂向了地面。

她呼吸急促，"你不打算待在那里，对吗？咖啡馆怎么办？你事必躬亲，打理得井井有条的咖啡馆。难道你愿意拱手相让？"

"不！我——我真的不知道该如何是好，我的咖啡馆令我难以割舍，这是我开创的新生活，我不会一走了之。但我也不会让詹姆斯离开我。还有，我得找到他，我需要搞清楚他为什么离我而去。"

"我一定要去墨西哥。"

纳迪亚看了我一会儿，她很愤怒，双手放在臀部上，一个劲地摇头，最后将我紧紧地搂在怀里。她将下巴靠在我的肩膀上，"我知道你一定要去，但你不能一个人去，等我一会儿。"她跑出房间，打开前门，向屋外的另一个人打了个招呼。伊恩进了屋，他把行李箱和照相机放在我的拉杆箱旁边，谨慎地望着我。

纳迪亚关上门，站在伊恩身旁，"他已经打点好行装，准备启程，但他需要知道你的航班号和酒店信息。"我的脸色一下子沉了下来，她抬起双手摆了个防御姿势，"他自己要去的，不是我的主意，他自愿和你一起去墨西哥。"

我抱怨，这个安排滑稽可笑。

伊恩举起双手，"不必担心，咖啡馆那边一切都安排好了，翠西会挑起这个担子，她会打点好的。曼迪也会帮忙的。"

翠西是我另外一个值班经理，但我从来没让她掌权。我曾希望当我不在咖啡馆的时候伊恩能够独当一面。我原本还打算让伊恩替我管理一下，但现在伊恩和我一起去了，咖啡馆该怎么办？

"克里斯汀和我愿意帮你打点咖啡馆的生意,无论有什么事情,我们都会摆平的,"纳迪亚自告奋勇,笑呵呵地和我说,但略有些紧张。"希望如此,应该不会有太多麻烦事的。"

我咬紧下唇,眼睛不停地打量着他们,伊恩把手插进牛仔裤的口袋,走到我面前,贴在我的耳旁低声说,"我们一起去找他。"

他的声音中流露出了沮丧,这使我不禁皱紧了眉头。我以前不时瞥见他的表情中蕴含着对我的挚爱,如今却已消失得无影无踪。我多么渴望这种挚爱能在此显现。我的内心无比空虚,有气无力。

追寻詹姆斯也许是个错误。

咖啡机中的咖啡煮好了,发出噗噗的声音,我一阵惊愕,思绪也随之飘散。我垂下双臂,说道:"很好,那么……我希望你记得带上护照。"

他一转眼就从口袋内取出护照,这速度比魔术师从袖子里抽牌的速度还快。"我只要离家都会把护照带在身边。"

第二部分
墨西哥埃斯孔迪多港
翡翠海岸

第十七章

十九个小时的飞行,中途经过两次短暂的停留,我终于入住卡萨·德·萨罗酒店。这是一家海滨度假精品酒店,能将埃斯孔迪多港普拉亚齐卡特拉的全景尽收眼里,我在酒店大厅里等候伊恩,他乘坐的是另一个航班。这是星期四的傍晚,就在托尔内奥国体委冲浪赛的两天前,我匆忙预订房间,谁承想入住的时间正巧碰上当地的一项赛事——十一月狂欢节期间举行的一系列体育项目中的一项。这个庆典要持续整整一个月,以庆祝当地的文化传统。

酒店大厅位于户外,整个大厅内有大量的游客和冲浪爱好者,熙熙攘攘,人来人往。人们将冲浪板靠在墙上或和其他行李一起放在地板上。欢声笑语、热闹喧哗在海滨富含盐分的空气中显得格外响亮。海浪拍打着拱形的门廊,大海的气息沁人心脾，充斥着整个大厅，与一身旅行装束并涂抹了防晒霜的游客身上散发的异味，形成鲜明的对比。我站立的位置远离人群，所幸这类气息都会随风逐渐消散。

我的神经高度紧张，心里就像在放烟花。我踏上圣·何塞广场时感到很不自在，甚至觉得恶心。出租车驶入酒店停车场时我浑身湿透，感到阵阵寒意。我希望找到詹姆斯，却又害怕自己会找到他。因为那意味着他的死讯和葬礼是一场骗局。

几个月来汤姆斯一直都在欺骗我，事实上詹姆斯躲了起来。他们要让我和其他每一个人都相信詹姆斯已经死了。

现在，当我知晓所有的一切将会成为谎言的时候，我是否愿意带他回去？

我自己都不知道该如何回答。

突然感到一阵晕眩，我倚靠在立柱上，继续等待伊恩，他乘坐另一个航班，而我也为他订了房间。他发给我的最后一条短信说已经叫了一辆出租车，正在来酒店的路上。

此时，一个女人走了进来。她颧骨很高，一双眼睛活像菊苣，身材苗条，留着深棕色飘逸的披肩长发，西服的翻领上佩戴着酒店经理徽章，胸牌上的姓名是伊梅尔达。她给我端来一杯水。

"女士，您好。欢迎光临卡萨·德·萨罗酒店，"她皱起眉头问我，"您感觉不舒服吗？"

我很有礼貌地接过水，大口喝起来。"是的，我现在好些了。谢谢。"

"高温的环境让人很难受吧？您最好多喝水。"她面带微笑，上下打量了我一番。"您光临此地是来冲浪的吗？"

"什么？"我眨了眨眼睛，一时没反应过来。"噢，不，我不是来冲浪的。我从来没玩过冲浪，我依海而居，但并没有待很久。"詹姆斯不在人世了。我几乎都快把脸埋到了杯子里，把剩下的水一饮而尽，尽量不去看詹姆斯的照片。莱西提醒过我，危险就萦绕在我心灵的边缘。

伊梅尔达从我手中接过空杯子，"那是什么吸引你光临埃斯孔迪多港？"

"艺术。"

"太棒了，"她应声附和，英语发音清脆，咬字清晰，略带一些西班牙情调。"瓦哈卡州有很多艺术胜地，我们村落主要从事捕鱼业和冲浪运动，但也有不少画廊。"

"能否告诉我去这个地方该怎么走？"我从包里取出莱西寄给我的明信片，摆在伊梅尔达的面前。

"这个是好地方，离这里很近。你步行就能去那里。"她指向前厅拱门外酒店旁边的一条路。"让我告诉你，只要一会儿。"她伸出一根手指，我随着她来到服务台旁一个卖宣传册的小报亭。她打开一张埃斯孔迪多港的地图，指着位于普拉亚马里内罗和普拉亚齐卡特拉之间的一个地点。"我们的位置在这里，你要去的地方在这。画廊就在阿多奎因，游客都喜欢这条街道。"

她又在地图上轻轻地敲了敲另一个地点。"这是我们的市政大厅，如果你感兴趣，今晚那里将举办音乐会，如果你打算在这里待一段时间，再过几天还有舞蹈和游行。这里的庆典活动非常有趣。"

我拿着地图，记下了路线以及周围的道路。

"这里有工作室的手册。"伊梅尔达从报亭里拿起一张光泽鲜艳的明信片,这张明信片比莱西寄给我的那张更大一些。"卡洛斯的作品与众不同。"

J·卡洛斯·多明格斯是 El studio del 画廊的老板。明信片的正面印有几幅画廊里的丙烯画。这些画并不是詹姆斯下落不明的油画,但艺术风格却很相似。

"卡洛斯的画廊里还有其他艺术家的作品吗?"我问道。

"一个当地的雕塑家租用他的画廊,但大部分是卡洛斯的作品,丙烯画和油画。我们有几个艺术家在瓦哈卡州的艺术界颇有名气。你是否特意在寻找某个艺术家?"

"一个老朋友。"

伊梅尔达脸上的笑容凝固了。

大厅里的声音越来越嘈杂,转移了她的注意力。新来的客人抱怨酒店的住房条件,他们预订了一个小别墅,并非普通套间。

伊梅尔达转过身对我说,"祝你好运,希望能顺利找到你的朋友,好好享受在这里的时光,我先失陪了。"

我还没来得及道谢,她已转身离开。

手机上显示一条刚刚收到的短信,伊恩已经到了。我在大厅门口遇到了他,他衣服皱巴巴的,胡子邋遢。整个航程连同途中的停留和误点,一共花了他二十多个小时。他看上去好像被一辆卡车拖了好几个街区。他看到我时向我招手,面色疲惫不堪,咧开嘴朝着我傻笑。

我也笑了,朝他挥手致意。

他向出租车驾驶员付了车费,肩上斜挂着一个相机包,提着行李。

"你的航班顺利吗？"他走到我跟前问我。

"漫漫长途。"我呻吟着。

"给我讲讲吧，"他开始抱怨，伸手对预订处说，"我要住店。照看一下我的包。"说着把行李丢在我的跟前。

过了几分钟，他拿到了房卡，回到我身边。"我需要喝点啤酒。"

我皱起鼻子，"你得先洗个澡，咖啡厅在面朝大海的平台上。梳洗一下，我会在那里等你。"

他扯着衬衫在胸前搧风，"好主意。"

过了二十分钟，我坐在一张桌子旁，下方的海滩尽收眼底。巨大的海浪冲刷着白色的沙滩，沙滩往海滨浴场的两端延伸。棕榈树迎着海风在咖啡厅的周围沙沙作响。我点的冰红茶刚到，伊恩也来了。他嗅了嗅我的饮料。"真不错，"随即竖起两个指头招呼服务员，"两杯啤酒。"

"好的，先生。"服务员将一个小托盘摆到桌上，转身前往酒吧下订单。

伊恩换上了一套亚麻布短裤，穿着一件起皱的牛津布衬衫，拖着人字拖鞋，他卷曲的头发贴着耳朵，刚刚洗完澡还湿漉漉的。他与我对面而坐，把相机盒丢在我们中间的椅子上，深呼吸了几下。"天哪，我喜欢墨西哥。"

我吸了口气，立刻闻到了伊恩的体香。他浑身洋溢的热情扑面而来，强壮而纯朴。我颇感震惊，赶紧把视线移开，盯着水池。

"你还好吗？"

"是的，我很好。"我把头发从脖子上撩开，但这也无法让我感到有多凉爽。

服务员为我们送来两杯啤酒,伊恩举起酒杯,我把我的那杯啤酒挪开,举起茶杯。他皱着眉头,说:"你端着茶,我不会和你干杯。"

"在我还没看见詹姆斯之前,我不想喝酒。"

"如果你见到他。"他慢慢地喝了一口,审视着我的面孔。

我不耐烦的神情显而易见,伊恩渴望得到我,就如同我渴望找到詹姆斯一样热切。我必须得找到他,哪怕希望渺茫,至少也要找出他的死因,除此之外我别无他求。

我向伊恩展示了新的明信片,他挑了下眉毛,"这是工作室吗?"

我点点头,"这些画是不是很像詹姆斯的作品?"

"你是真的以为詹姆斯一直在墨西哥画画吗?"他仔细观察着明信片,无奈地耸了耸肩。"他们的画风很接近,但很难说。这些画太小了。"

我凝视着明信片,"我分辨得出。"

他又喝了一大口啤酒,"在我眼里所有的画都一样。"

"你所有的照片,无论谁帮你拍的,看上去不都一样吗?"

他把啤酒杯放回到桌上,扮起鬼脸来。"对,只要按下按钮。"

我又把明信片摆回他的面前,"詹姆斯说每个画家都有自己独特的绘画风格。凡·高绘画作品中的颜色像闪电霹雳,莫奈会将颜色分门别类。"

伊恩靠在桌子上,"这就是我要寻找的东西吗?"

"丙烯是詹姆斯最钟爱的绘画介质,丙烯比油彩干得

更快。在创作大尺寸的绘画作品时,他会调和一大堆颜料,以求确保色调一致。在他调和的诸多颜色中有一款是蓝绿色。他称之为婴儿蓝——"

伊恩忍不住笑了出来,"我的婴儿蓝?"

我不屑一顾地摆了摆手,"这颜色与我眼睛的颜色一模一样。"

伊恩的眼睛在眼眶中打转。

我不予理睬,"詹姆斯用这款颜色在每一幅绘画作品上签名,这位艺术家也一样。"我在其中一幅作品上指着一大块加勒比海蓝色。

伊恩侧目而视,我们将明信片摆在两人中间,仔细检查时,两人的前额几乎要碰在一起了。他靠向一边,叹了口气。"你确定这不是你强迫自己这么认为才看到的?我可分不清。"

"这里,快来看詹姆斯的这幅画。"我快速浏览手机里的照片,定格在一幅有关纳帕谷绘画作品的照片上。詹姆斯在这幅作品上的签名格外醒目,与画面中深黄色的田野形成鲜明的对比。我把手机递给伊恩。

他的脸色突然变得惨白,惊愕地望着我。"这张照片是在哪里拍的?是在咖啡馆拍的吗?"

我满脸通红,"你从未见过这幅画,这是在我的卧室拍的。"

"这可不是一幅画。"他点了一下手机上的照片,我瞥见照片中有一抹金发。

"哦,对不起。"我肯定是无意间错翻到这张照片了,"我来找出我说的那张照片给你看。"

"那个女人是谁?"他让我看屏幕。

这张照片是克里斯汀在咖啡馆试营业期间为莱西拍摄的。"她是灵媒咨询师,曾告诉我有关詹姆斯的事情,她叫莱西。"

"你是说莱尼吗,她什么时候来咖啡馆的?"

"试运营期间,克里斯汀为她拍了这张照片。"

伊恩又满满地喝上一口啤酒,很严肃地注视着照片,"我简直不敢相信,我见过这个人。"

"她待的时间不久。"我心存疑虑地看着伊恩,"顺便说一句,她的全名叫莱西·桑德斯。"

他摇着脑袋,"是莱尼·伊莱恩·桑德斯。她是我父亲雇用的心理分析师,多年来我一直在设法查找她。"

我停顿了一下,"她就是你说过的那个天使?她为什么要把名字改了?"

"很简单,她希望隐姓埋名。"他把电话还给我。"你能用短信把照片发给我吗?"

我点头同意,点击了几个图标,"我对她至少还是有一点了解的。"

"了解什么?"他问我,他的电话提示音响了,收到了我发的短信。

"莱西曾经来过这里,这家酒店的便条纸上有她留下的记录,这里一定有人见过她。或许她就住在这家酒店里。"

"或许吧,"他的语调不太自然,他抬起头望向大海的尽头,陷入沉思。

我只喝冰镇茶饮,完全无视一旁的啤酒杯。但随后,我心里咒骂了一句:搞什么鬼!抓起酒瓶,对伊恩说:

"干杯。"

他的注意力重新回到我的身上,"为什么干杯?"

"为了我们干杯,让我们一起找到我们想要找的人。"

伊恩打量着我,他的表情让我确信他不希望我找到我想要找的人。他已经无法让我再对他有进一步的好感。我心神不安地喝着茶。他喝完了啤酒,站起身来,把墨西哥语的账单扔到桌上,"好吧,让我们起身寻找你的画家。"

第十八章

阿多奎因,属于阿方索佩雷斯大道的步行道部分,与普拉亚大街平行。路旁的店铺都沿街而设,店门口都悬挂着节日喜庆的横幅,沿着石头铺就的步行道上,纵横交错。街头艺人站在街角,正在演奏钢鼓。我们挤过游客的队伍,加快步伐。

"这么热闹有什么事?"伊恩给一栋蓝绿色的大厦拍了一张照片,随后问我。这座大厦在夕阳的余晖下留下了长长的影子。

"天色晚了。"我不停地往前走,紧紧地跟在伊恩的身后,周末的比赛吸引了来自全球各地大量的冲浪爱好者,身边有南非口音,也有澳大利亚口音的游客,他们汇聚在街道上,他们品尝美食,开怀大笑,载歌载舞,但也挡住了我们的去路。

伊恩拽住了我的胳膊,把我猛地拉回来,让我脱离游客队伍,之后又停下脚步为两个老人照了几张相。这两个老人叼着雪茄,靠在香烟店的门口。他们的肚子下垂,透过汗迹斑斑的衬衫边缘露了出来。他们外表一点都不吸引人,或许身上还很难闻。

伊恩是否发现了他们身上的有趣之处?他为什么会乐此不疲地为他们摄影?要知道,他是永远不会展出这些照片的。

伊恩松开了我的胳膊,放慢了脚步,说:"歇口气,四周看看,有很多值得一看的东西。"

"我们到这里不是来观光的。"我向他抱怨。

他拿起相机,对准镜头,按下了快门,闪光灯闪了一下,我看到了星光。

"妈的,"他调整相机的设置,"我可不想拍这些玩意儿,太菜鸟了。"他回放了照片,咯咯地笑起来,让我看预览屏。"一个茫然无措的镜头,太棒了,很适合你。"

"不要再拍照了,"我打断他的话,根据伊梅尔达拿给我的地图,再往前走几个街区就到工作室了,我希望尽快到那里。

"为什么?傍晚的灯光十分迷人。"

我怒不可遏,一把将照相机从他的脖子上拽了下来。"冷静一点,艾米,你现在就好像一卷胶卷,把自己卷得太紧了。"他抚摸着我的肩膀,说:"工作室很可能早就关门了。"

他朝着徐徐落下的夕阳点了点头,"看样子我要改变旅行计划了。我下一场摄影展要以墨西哥埃斯孔迪多港为

主题,这个周末我会去拍摄冲浪比赛。我还会去拍摄一些当地的地标性建筑和文化特色。"

"但你从不展出非风景的照片啊!"

"我此时不是别无选择嘛。"他说着,仿佛有些不安。

伊恩的钱原本是打算花在去哥斯达黎加热带雨林的旅行上,而现在他放弃了自己的旅行计划,跟着我来到了墨西哥。

因为他在乎我。

我的脑海中萦绕着这个想法。

我使劲搓自己的脸,连连叹息。"对不起。"

"别这样,我敢保证即使你找不到詹姆斯,也会尽情享受这趟旅程。我得知道自己的钱是否花在了刀刃上。"

我点着头,垂下了胳膊。伊恩没错,仅仅是因为詹姆斯的绘画作品或许摆在那里,并不意味着他人就在那里。

伊恩以前也曾这样建议我,我深深地吸了口气,闻到了马路对面墨西哥玉米饼小摊上传来的雪茄的烟味及烤鱼的香味。我在心中默默地记了下来,为艾米的春季菜单平添了些许墨西哥的特色,让我的身体随着鼓乐的节奏扭动。我的嘴角露出了微笑。

"那样好多了,"伊恩与我面对面,笑呵呵的样子,用相机记录下了一个镜头。但这次闪光灯没有闪,"让我们加把劲,今天的任务是找到那间工作室,今晚舒舒服服地睡一觉,明天你就可以见到卡洛斯了,这样安排不错吧——"

"为什么这么紧凑?"

"是的。"他低下头,去看手中的照相机,试图掩盖脸上狡黠的笑容。

我愁容不展,"你觉得我是不会找到他的,对吗?"

他抬起头,"我可没这么说噢。"

"你觉得这只是一个天大的笑话。"

他举起手做了个防守动作,"嘿,等一下,我可没有……"

"你不希望我找到他。"

他深深地叹了口气,朝下扫视着街道,然后转过身去。"我自己也不知道我想要什么。我——"他紧紧地咬着嘴唇。

"你,想要什么?"

他伸手去整理头发。我继续盯着他,他则朝我耸了耸肩膀,"我希望看到你满怀喜悦,我希望你面带微笑,生活愉快。希望你容光焕发,美丽动人。"

我眨着眼,他的话让我感到窒息。

"你的神情又开始不知所措了。"他喃喃自语,继续朝工作室的方向走去。

我精神恍惚地望着他。他往前走了几步又突然停下,转过身来,"跟我一起走吗?"

"嗯……好吧。"

伊恩一边走一边拍照,我跟着他的步伐,他停下脚步时,我也停下来,特别留意我身边的一切。他调整了照相机的设置,将镜头对准了一栋古老的建筑。我很好奇,他为什么对这栋破旧不堪的土坯建筑这么感兴趣,于是开口询问。他默不作声,又朝我按下快门。

"停!"我大声尖叫,伸手去抓他的相机带。

他身子一扭躲开了,朝着我大笑。"我今天就一直没停过。你怎么知道我现在正拍你呢?"

他穿过街道时，我跟上他的脚步。当他注视着其他一些东西时，我开口问道："你是怎么开始摄影的？"他告诉我，自从他有记忆起，就一直对摄影感兴趣。

"我父亲是体育摄影师，我擅自借用了他的照相机，在后院里拍摄了臭虫的照片。"他用害羞的眼神看了我一眼。"拍了一大叠照片，这时候数码相机还没有普及。所以，当我父亲冲洗胶卷的时候，有一半的胶卷拍的都是臭虫，我原以为他发现后会狠狠地惩罚我，没想到他却把他的照相机给了我。"

"他把照相机给了你吗？"我心想我曾见过体育摄影师使用的照相机都价格不菲，每一部都有很大的镜头，还装有三脚架用来固定相机，"你几岁开始摄影的？"

"八岁，对，没错，我父亲把他的照相机给了我，如此一来他有借口去买一台他梦寐以求的新相机了。"伊恩解释道。然后，他停下了脚步，"我们已经到了。"他指着我们旁边的一栋建筑上画着的标记。

我注视着自己在 El studio del 画廊前窗里的倒影。整个工作室内部漆黑一片。是的，伊恩曾怀疑画廊已经关门了，我的双腿开始颤抖，不由自主地伸手去拉他的手。

我们两人的目光在工作室前窗里不期而遇，他紧紧地捏着我的手。"一切正常，我每一步都不会离开你。"他探出脑袋朝向画廊的角落张望。"我觉得院子的入口已经关闭了。"

他用力拉着我，拨了拨熟铁大门上的那把门锁。铰链早已风化，磨损不堪，发出咯吱咯吱的响声。院子面积不大，但里面摆满了一盆盆栽种的植物和热带花卉。墙上开满了三角梅，葡萄藤上点缀着洋红色薄薄的花朵，朝着阳光探出脆嫩的花蕊。上过釉彩的陶瓷喷泉表面十分光滑靓丽，流出涓涓细流，湮没了街上的喧嚣。

院子里有两家商店，一个是高档的陶器及陶瓷工作室，另一个是房地产中介，门敞开着。我轻轻敲了几下工作室玻璃门内侧的指示牌，问道："写着什么？"

"感觉有了灵感，我可能去钓鱼，或绘画，或跑步了。可能很快就会回来，但也有可能会很晚才回来。"伊恩念念有词。"我能猜想到这家伙在干什么。"

我把鼻子顶着玻璃门，和守在糖果店外的小孩一个样，双手挡在眼睛旁，遮挡令人眩晕的光线。工作室的面积还不到温迪屋子的一半，但展示的艺术却令人叹为观止。"绘画作品非常美丽动人。"我对着大门扼腕叹息，叹出的水汽在玻璃上凝结。不同材料的画作，有油画、丙烯画还有水彩画，足足挂满了两堵墙。海景、日落以及我猜想应该是当地的地标性建筑，中间还夹杂着几幅肖像画。我从自己所站的角度，无法看到靠我这边的墙上挂着什么，掩映出主要干道的那扇窗占据了几乎整堵前墙。位于着色木料的底座上的雕塑品几乎占据了画廊的地面。

远处的墙角里塞着一张小木桌，桌上散落着几支画笔和纸张。一个小巧的画架摆在顶部。这幅情景不禁让我回想起童年卧室里的精心制作的工艺桌。在一张凌乱不堪的书桌后面是靠墙堆放的报纸和书籍。

"我在想，卡洛斯今天是否会回来？"我对着门喃喃自语，又使玻璃蒙上了一层淡淡的水汽。我用前臂擦拭着玻璃表面。

伊恩四处打量着院子："等等，让我仔细瞧瞧。"他一溜烟钻进了房地产中介。

我将注意力重新集中在画廊里，仔细研究着一幅幅绘画。尽管运用了不同的材料，但款式都相似。这些画都是同一位画家的作品。从我所处的位置，无法看到这位艺术家在油画上的签名。

我从门口走开，按摩着自己的后颈部，我当时很紧张，后颈早已满是汗水。透过房地产中介办公室的窗户，我看到伊恩正在同中介人员聊天，但院子里喷泉的流水声湮没了他们说话声。我希望知道卡洛斯什么时候能回来，我很想知道那些绘画作品上作家的姓名。我尤其希望查验一下画廊宣传册上的艺术作品上蓝色签名颜料的色调。

我又回到工作室门前，仔细端详橱窗里展示的每一幅作品，有一个雕塑是一只迎头冲向海浪的海鸥，有一幅有框架的水彩画上艺术家用同样的灰色色调签了名，这种色调如同画在纹理纸上冉冉升起的太阳一样，还有一幅丙烯画上有蓝色签名。我仔细查看这幅绘画作品上的绘画技巧，多么希望相信这幅作品是詹姆斯创作的，但我不敢肯定。有几分相似之处，但也有很多差异。我家里的那些作品中运用的技法十分低调，并不张扬，而这幅作品上的绘画技法十分奇特，飘忽不定，酣畅淋漓。无拘无束这个词浮现在我的脑海中，最终效果却与我家里墙上悬挂的那些作品别无二致，都给人气势磅礴之感。这幅作品上还有签名，签名款式不拘一格。蓝色调中绿色的含量太多，或窗户色彩使颜色发生了变化。我需要进屋仔细查看一番。

伊恩在楼宇里四处晃悠，一边与大家搭讪，一边穿过熟铁大门。"房地产中介透露卡洛斯有早早打烊收摊的习惯,他正在训练准备参加马拉松比赛。他的代理人赛琳看到他穿着长跑短裤离开了。"他举起双手,手指张开,压着头发,好像在压面包圈一样。

我睁大了眼睛,他清了清嗓子,"她干的,不是我,只是想证明一下。"

我翻了翻白眼。

"赛琳觉得他今天不会回来了,所以我们明天再来试试,早点来,行了吗?门上标识的意思是他会在十点左右开张营业。"这解释有点空穴来风。

我噘着嘴,心不在焉地点了点头。看到我一点都不感兴趣,他的脸色一沉。他拽着我右手的袖子,"跟我来,你应该高兴起来,你距离侦破失踪未婚夫的案子又近了一步。"

我一脸怒气地看了他一眼。

他朝窗户翘起了大拇指。"我已经查明了真相,尽管这是一家画廊,卡洛斯的工作室就在楼上的公寓。他在那里开班教授艺术课程。"

我感觉到伊恩正在注视着我,但我的注意力全部集中在窗户中的那幅丙烯画上,难以自拔。或许如果我再用力观察,签名的颜色会发生变化。是不是光线不对,或者是不是我逼迫自己去观察一些并不存在的东西?

伊恩拖着脚步,"有什么不对吗?"

我轻轻地敲击着窗角,"这款蓝色不匹配,我多么希望……"我的声音低落。希望什么?我希望发现詹姆斯疯狂作画,真心希望能够找到他,与他一起兴高采烈地回家?

这只是一个不切实际的白日梦。

我一屁股坐到了窗下的木板凳上。

伊恩紧靠着我坐下身来,把一只胳膊搭在我的肩膀上,"你明天就能得到答案了。"

他看了一眼手表,朝半个街区之外的集市点了点头。"我们去找点吃的,再喝点啤酒。坐在长凳上享用美食,欣赏日落美景。"

我不自觉地笑了,"还要拍更多的照片?"

他咯咯地笑个不停。"那当然。"

"你到前面弄点吃的,我在这里等你。"我不打算离开,紧挨着窗户,带上飞行员墨镜。

伊恩拍拍我的大腿,"马上就回来。"他起身离去,但只过了半条街他又跑了回来。"不要干蠢事。"他向我大吼。

我挥手让他离开,带着墨镜望着过往行人。这时,我的手机震动了几下,又收到一条消息。在过去二十四小时内,我已经收到了很多消息和语音邮件,但我都没有回复。我从单肩包里取出手机,发现克里斯汀又给我发了一条消息。

收到回电!

我扫视了一遍收到的消息,大部分语音邮件是克里斯汀发来的,每一份邮件我都得听一下,我本来应当听从她的劝告,不要来这里。我会让自己失望而归吗?

我浏览了她发来的消息,我仔细查看最近的几条消息。

我简直不敢相信,你会飞赴墨西哥。

你平安抵达了吗?

你住在哪里?

埃斯孔迪多港是什么模样?

你是否有线索了?

你找到他了吗?

我还收到了母亲发来的语音消息:艾米,你为什么要去墨西哥?詹姆斯已经不在人世了,你在追逐他的鬼魂。我们为你担心,请赶快回家。

我拨通了克里斯汀的电话,电话铃响了两下,她接听了,"噢,上帝啊!我不敢相信你已经飞去墨西哥了。你到底是怎么想的?等等,你的客人正看着我呢,不要挂断,我先进你的办公室再说。"

我听到她走进办公室,关上了门,连她身上衣服的摩挲声也听得一清二楚。"再向你问个好,"她重新接听电话,对我寒暄了几句。

她深深地吸了一口气,说:"你不听纳迪亚的忠告,让我很恼火。你对莱西的信任有点过头了。上帝啊,你根本不了解那个女人。如果她是凶手,你可能就是她下一个牺牲品。你为什么要去?"

"你很清楚,我必须得去。还有,纳迪亚同意我去的。"

"她同意你的?"克里斯汀信誓旦旦地问我。"她希望能说服你不要去。"

"她还没告诉你吗?"

"还没有!她告诉我们要帮你打理好咖啡馆的生意,但省去了这些细枝末节。"她停顿了一下,我真想捏她的鼻梁,就像她沉思的时候也一直这样。"天哪,你还好吗?"

"我很好。"

"你目前在哪里?"

"坐在 El studio del 画室前面的长板凳上。"

"还有什么——?"

"其他没有了,画廊打烊了,我们得明天一早再来。伊恩正在买晚餐,我在等他回来。咖啡馆还好吗?"

"顾客盈门!忙得很,但一切都很好。"

"太棒了。"我希望一切照常。

"你明天还会打我电话吗?不,等等,我会打你电话。保持联系,我会替你担心的。"

相互告别后,我挂断了电话,看着人们在街上漫步,有些人在画廊的窗前停住了脚步,往屋子里探望,而其他人则匆匆而过,目光注视着地面,对身边节日的喜庆氛围全然不顾。

慢点,注意身边。还有很多好风景等着你去欣赏,去用心体会。

伊恩说得对,我已经抵达了终点线。我在詹姆斯身上浪费了多少时间?

明信片和绘画作品并不能证明他还活着,我曾经试图寻找一些实际并不存在的答案。如同签名用的蓝色颜料以及一些在画风上很像詹姆斯的绘画作品。每一件东西都不吻合。

就像此时向我跑过来的这个人。他渐渐放慢了脚步走近我的时候,我发现这个人酷似詹姆斯。他看了一下运动表,汗水浸湿了身上的无袖运动衫,他的上臂挂着一只 iPod,

耳机塞在耳朵里,耳机线盘卷在他的手臂上。

他走近,我颤颤巍巍地勉强站了起来。

"你好。"他从我面前走过,面带微笑地对我说。

我看着他,目瞪口呆。

他停下了脚步,从耳朵里拔出耳机,"你还好吗?"

我没有回答,只是眼睁睁地看着他。

他的眼睛打量着我,"美国人?"他问我,口音很重,"你觉得还好吗?看你的样子,好像见了幽灵一样。"

追逐鬼魂。

我的心提到了嗓子眼儿上,脸上的血液涌向脚趾,我感到头晕眼花,略微摇晃。

他又走近了几步,微微探下身子,透过墨镜注视着我惊愕的眼神。"我能帮你什么吗?"他非常客气,语气充满异域情调,上下翻滚舌头。

简直快让人疯了!他就站在我面前。此时此刻,自始至终,整整十九个月。

我在心里酝酿了一连串的问题,但我只叫了他的姓名。"詹姆斯。"

他尽情地伸了一个懒腰,身高足足有六英尺,他咧着嘴呵呵地笑着,那微笑太熟悉了。"我明白了,我就是让你看上去那么吃惊的那个'幽灵'啊,"他向我伸出一只满是汗水的手,自我介绍:"我是卡洛斯。"

第十九章

我瘫倒在长凳上,"你为什么要离开我?"我朝他吼,"该死的,詹姆斯,我埋葬了你!"

有一种势不可挡的动力要驱使我狠狠地抽他的脸,并使劲地把他搂在我的怀里。

他站立的位置离我有三英尺远,他把头扭开,好像在找人。他用手背擦掉了眉毛上的汗水,朝我皱起了眉头。

"你为什么要用那种眼光看我?"他目不转睛地盯着我,仿佛以前从未见过我似的。

触摸我

我打了个嗝。

拥抱我。

我又打了个嗝,嗓子呛了点风,我一次次深呼吸,但仍然呼吸急促，肺部都有些痉挛了，我几乎无法再呼气。

上帝啊，我无法呼吸了！

我猛锤自己的胸部。

他低下身子蹲在地上，嘴唇微动，但我不知道他在说些什么，我用力抓他的肩膀，*碰我呀，詹姆斯*。

他这么做了，抓住我的两个手腕，嘴唇又动了几下。

什么？

冷静下来，他对我说。

我的注意力都集中在他的嘴唇上，他的嘴唇非常迷人。

"请你冷静一下。"

我感觉有一只手抚摸着我的后脑勺，我垂下头，呆呆地望着膝盖之间，忍不住泪如泉涌。突然间我又能呼吸了，我闻到的都是海边富含盐分的空气和他身上的味道。上帝啊，他的味道，和詹姆斯的一模一样。

他的手从我的脑袋上松开，直起身子，我喘着气，詹姆斯直瞪瞪地望着我，"就这样，集中注意力。"他笑了，詹姆斯笑了。

"詹姆斯，"我窃窃私语，内心充满了喜悦，"我终于找到你了。"

他摇着头，一个劲地笑。"看着我，听我的声音，吸气。"他鼻孔张开，吸了口气，我模仿他的样子也吸了口气。"很好，现在呼气，慢慢来。"他的大拇指沿着我右手手腕的内侧轻轻往下滑，一直滑到我的肘部。他温柔地抚摸着我，我感觉整个手臂都快凝固了。

"闭上眼睛，听我的呼吸。"他让我按他说的去做，我闭上了眼睛。天色暗了下来，街道上的喧闹声渐渐消散，只剩下我们两人,以前我和詹姆斯也经常这样。他的手很大,强壮有力,紧紧地搂着我,感觉就像詹姆斯一样。他呼吸的声音也像詹姆斯,稳重、舒展,有节奏感,我早晨醒来时就是这番情景。

但他叫我睁开眼睛时的声音却不像詹姆斯。他的声音平稳而圆润,语调会让我感到紧张。他口音浓重,声音更深沉、更有些刺耳。他上了年纪,头发呈深棕色,用橡皮筋束在后面,左侧眉宇至颧骨之间有一条浅红色的疤痕。他的身材更精瘦,但他抬头打量我的动作和詹姆斯一样。

我忍不住惊呼,"詹姆斯吗?"

他笑道,"不,很抱歉。"

我的嘴唇微微颤动,"是我,詹姆斯,我是艾米。你不认识我了吗?"

"我希望我曾经认识你,你令人无法轻易忘怀。"他朝我咯咯直笑。

我满脸愁容,翻起墨镜,"该死,詹姆斯,看着我。"

他看着我,眼中闪过一丝困惑,我们并未相认,只有满腹的惆怅。

"詹姆斯?"我喃喃自语。

"我叫卡洛斯,我想你把我当成另一个人了。"

我紧紧抓住这个跪在我面前的男人,他茫然不知所措,不知如何是好,他不认识我。

我泪如雨下,卡洛斯用手轻轻地抚摸着我的脸颊,擦去我的泪水,我感到一阵恶心,眼前的这个男人是个陌生人。

他朝我身后的工作室点头,"这是我的工作室,你需要喝点水或使用其他东西吗?电话?"

我得动身离开,去和伊恩会面,盘算下一步该怎么办。回家。

我的心情十分沉重。

"有人和你一起来吗?"

"没有,"我脱口而出,我点着头,指着集市。"我的朋友,伊恩,正在购物。"

他站起身来,向我伸出手,"需要我陪你一起去集市吗?"

"不,谢谢。"我自己站起身来,不需要他扶我。

"你感觉舒服点了吗?"他不停地打量着我。

我没有回答,因为我不知道该如何回答,现在的我觉得自己一无是处,非常失落,满心困惑,从詹姆斯或是卡洛斯或根本就不知道他是谁的那个人的身边走开了。

我在一个农产品专区里遇到了伊恩,他朝我眨眼,见到我时仿佛很惊讶,根本不知道我会在那里出现。我两只手里分别拿着一只草莓,手指捏着草莓打转转。伊恩看到我的脸色时,目光布满愁云。"有什么不开心的,艾米?"

我噘起了嘴。

他换了一只手去提装满食品的篮子,"发生了什么事情?"

我的嘴唇微微颤抖,垂下了双手,草莓掉到了地上,我整个人都崩溃了。

伊恩把篮子放在地上,将我搂在怀里,我在他胸前哭泣,希望他不要离开我。

在马里内罗海崖边,我躺在羊毛毯上,望着日落,这条毯子是伊恩从街边小贩那里买的。夕阳西下,为大地披上了一层金色,渐渐消失在地平线上,只留下一个橘红色的背景,将天空渲染成粉红色。海浪亲吻着海岸。

伊恩狼吞虎咽地享用着鱼肉玉米饼,喃喃自语,说他饿极了。在吃第二个炸玉米饼之前,他抓起照相机,拍下了眼前生机勃勃的景色。我吃了一点色拉,不想吃豌豆和牛油果,说真的,我一点胃口都没有。

"这些炸玉米饼味道棒极了。艾米,这类食品,你需要吃一点。这里有番茄酱,再来点红辣椒才够劲。"伊恩说,边吃边说,一嘴的鱼肉和玉米饼。他看到我几乎没怎么吃,立刻打住了,不由得皱起了眉头,"为什么不吃?"

"可能是有点晚了,"我用膝盖撑着下巴,双脚踩在沙子里,沙子上留下了太阳的余热,感觉暖呼呼的,但再往下几英尺有些微凉。当沙子洒落在我脚趾上时,我感觉痒痒的。我设法感觉伊恩在沙地上的动静,或倾听他在微风中的说话声。

自从我埋葬了他之后,这是第一次,我感到十分空虚。我从未感到如此无助。

伊恩面向大海,点着下巴。"这里的海浪还不错,你猜有多高?一英尺或两英尺?沿着海滩,在齐卡特拉,明天的比赛将会在我们酒店旁举行,我觉得浪高可能会达到三十或四十英尺。"他把第三个玉米饼塞进嘴里,边吃边说,"这比赛一定非常紧张刺激。"

"嗯，"我闭上了眼睛，沐浴在一天中最后几缕余光下，但内心却感到十分苍凉。

我感到他把手臂伸到了我的跟前，遮住了我的脸，"沿着海滩往前走，就在海岸那边，看到那些渔船了吗？集市上一个女人告诉我能直接向渔船上的渔夫买鱼，让他们把鱼清理干净，再跟着他们去餐馆为你做好一道美味佳肴，菜品十分新鲜，我们回家前要去体验一下。"

回家，没有找到詹姆斯。

我回想着当天晚上发生的事情，伊恩却一声不吭地吃完了最后一个炸玉米饼。他酒足饭饱后，擦了擦手，把食品包装丢在一边。我感觉到他正在打量着我，"你确信他是詹姆斯吗？"他已经问了我无数次。

"没错，"我耸了耸肩膀，对着膝盖念念有词，"我自己也不知道。卡洛斯长得很像詹姆斯。他的脸上有条疤痕。"我用手指从太阳穴朝颧骨划了一道线。

伊恩将相机镜头对准了天际线，那里银光闪烁，深邃的大海与漆黑的天空浑然一体。他按下了快门，"如果他就是詹姆斯，他应该已经认出了你。那他肯定会有反应的。"

"也可以这么认为，"他的语气十分平淡，"或许他已经失忆了。"

"那样的话他会对你更加好奇，他会想你会不会和他的过去有关。"

"看他的样子一点都没有失忆，就像他完全是另一个人。"

伊恩静静地待在那里,凝视着我。

我倾向一边,"怎么了?"

他摇了摇头,"没事。"

他朝着地平线转过身去,举起相机贴在脸上,但没有拍摄任何照片,仿佛陷入了沉思。

第二十章

卡洛斯的画廊延后两小时关门。现在,我已经用了二十分钟的时间来观察他,就好像我观察他的画作那样。我站在马路对面,透过画廊的前窗看着他的身影。他在墙上调整画框的位置,时不时地停住脚步,检查这样摆放是否合理。他时而两手环抱后颈,时而不经意地揉搓手臂,像极了詹姆斯惯常做的动作。

过了一会,卡洛斯回房休息,我只得靠在路灯柱上等待画廊开馆。蜿蜒的人流走向沙滩,他们披着毛巾,涂着防晒霜。我漫不经心地翻开一本平装小说。

又过了二十分钟,还是没见卡洛斯出来,而手里的小说已经翻到了285页。我等得没了耐心,索性收起书本,穿过马路向画廊走去。

"闭馆"指示牌(闭馆两个字还是伊恩昨天给我翻译的)还挂在门玻璃上,但我不管不顾地走了过去,按响了门铃,然后屏住呼吸等待卡洛斯。不过他还是没出来。我踱着步,心想会不会找到失窃的詹姆斯的绘画作品呢?

墙上一幅丙烯作品让我驻足,我开始端详起艺术家的首字母签名"JCD"。作品描绘的落日场景让我想起了詹姆斯创作的《半月湾》,但这个签名并非出自詹姆斯之手,因为笔锋太过陡峭。

我在画廊里转了一圈,来到一张书桌旁。桌上的书本靠墙摆成一行,其中有斯蒂芬·金、莎士比亚、西班牙文的小说和英语的艺术指导手册,门类广泛,包罗古今。此外,桌上还堆着三叠杂志,分别是《跑者世界》《户外》和《钓鱼运动》。

桌上还零星放着一些订单,几张报纸和几个没洗的咖啡杯。一本宣传册上刊登着卡洛斯的艺术工作坊,他开设了入门绘画班和进阶绘画班。

这时,卡洛斯的声音从背后传来,"我们已经闭馆了。"

我转身望着他。

他就站在另一间房间的门口,脸上渐渐露出笑容。

"你好啊,"说着他走向展厅,"我还在想什么时候能再见到你呢。你叫艾米对吧。"他开始用英语跟我说话。

我点点头,然后把宣传册放到了后袋里。

卡洛斯手上拿着一块脏兮兮的抹布,想必是用来擦除手指上的颜料的,抹布上散发着松脂和桐油的味道。他赤着脚,穿着一条低腰牛仔裤,上身配一件印花T恤(图案是去年的冲浪锦标赛)。

打着赤脚，深色的肌肤，他显得那么性感。

顿时,好像有一只小鹿在我胸口乱撞,脖子也开始发烧。

我用了45分钟时间在画廊外面观察他，但不曾想到自己会像现在这样站在他面前，他的卷发如同层层波浪，眉毛弯弯，鼻梁有些歪，可能是骨折过。

"你还觉得我是你的詹姆斯？"他轻声问。

我眨眨眼，"抱歉，你长得很像他。"

卡洛斯眼睛发亮，"这么说来，他一定很好看了。"

"他生前是的……我是说是的。"

他的表情变得慎重起来，"你今天觉得怎样？"

"好多了，谢谢，"我打量着画廊，"你真有才华，你在哪儿学习艺术的？"

"很多都是自学的。以前我去一家机构听课，就在这儿的北面。"

"画廊开了多久了？"

"两三年了。"他用力搓着手掌上一块干掉的颜料。

看着我！快想起我！

"你在埃斯孔迪多港待了多久？"他问。

"也有好几天了。"

"为什么来这里？"

"找一个朋友，我们失联了。"

他把衣服穿到了裤兜里，"找到了吗？"

这个问题整宿整宿地盘踞在我的脑海里，折腾得我夜不能寐。"还没找到。"

他笑笑说:"希望你能找到他。"

真希望他想起我。

"是啊。"

我向旁边瞥了一眼,看见卡洛斯身后的一幅画很像詹姆斯未完成的一幅作品,描绘海岸边一位优雅的、沉浸在幸福中的女性。卡洛斯描绘的场景较为明亮和鲜艳,而詹姆斯的丙烯画则蒙着一层灰色和棕色,主人公也充满着绝望之情。

"给你看样东西。"说着,我开始在挎包里找手机。我要把詹姆斯的这幅丙烯画找出来,将它与卡洛斯的作品对比。我翻看手机中的相册时,订婚照片突然出现在面前。我的手微微颤抖着,眼睛直勾勾地盯着这张照片。

"要给我看什么?"卡洛斯往包里瞟了一眼。

我的老天!我直接把这张照片拿给他看了。"他就是詹姆斯,你看,你们两个长得多像?"

卡洛斯皱皱眉头,将我拿着手机的手移到他跟前,仔细端详着屏幕,而我则注视着他的反应。只见他蹙了蹙额,扬了扬眉,瞳孔略略放大。我感觉他一定在隐瞒什么。

他什么也没告诉我。

噢,詹姆斯,你是怎么了?

紧接着,他抬起头向我苦笑一下,"看来詹姆斯对你很重要啊。"

我点点头,喉咙有些哽咽。

"我们是有点像,不过鼻子有区别,我的额头也比较高,"他眯缝起眼睛,"可能是我的发际线变高了。"

我看看照片再看看卡洛斯,觉得他说的不无道理。他的鼻梁虽然折断过,但鼻子更为纤细。此外,发际线和疤痕也有区别,两个人只是相像而已。

他向另一间房间走去,"我还有事情要做,裱框,填订单,如果你要看我的其他作品,我也可以陪你……"他皱皱眉,把话音拖长,"我们还能见面吗?"

那是再好不过了。我想看他工作的样子,就好像我看着詹姆斯那样。我得找个理由留下来。

有主意了,工作坊!我从口袋里掏出宣传册,"我想参加你开的艺术培训班。"

他的嘴角抽搐了一下。"真的吗?"

"这太让人兴奋了。"

"你以前画过画吗?"

我咬了咬嘴唇,"手指画算吗?"

他笑了起来,"这可不算。工作坊是在工作日开课的。明天是周六,但你刚说只在这里小住几天。"

我的两肩顿时垂了下去,脑子里转着念头。我要编个借口,以后也好跟他见面,理由要编得可信,不要一下子就被拆穿。不要让他感觉,自己是在找一个与未婚丈夫相像的人做替身。

卡洛斯从裤兜里抽出抹布,擦着指缝中的颜料,"好吧,我们明天十点在这里见面,给你上些基础课。不过听完课之后请我吃午饭,怎么样?"

我笑着说:"太好了。"我感觉一股暖流在身体里缓缓散开。明天午饭前,我就会知道他是不是詹姆斯了。

放眼望去,酒店的沙滩咖啡馆里挤满了人。伊恩说他会跟我碰头,但我还没找到他。我的手机振动了一下,收到一条短信。

我就在你身后。

我马上转过身。伊恩正坐着冲我招手。他占了双人座,旁边就是露天平台。

我在餐桌另一头坐下,他说:"你刚才就从我身边走过。"

我把座位略微挪了挪。环顾四周,只见下面的沙滩犹如沙丁鱼罐头,到处都是人。在远处的狭长区域,岸上的人晒着太阳,看着海里的冲浪者。"真没想到我们会在人那么多的地方见面。"

"我也没想到,但还不错吧?"

我看着桌上的笔记本电脑,点点头,"这里这么吵,你居然还能做事?"

"我的抗干扰能力可是一流的。你看看这个。"他敲了敲键盘,然后把电脑转过来对着我。屏幕上的冲浪者几乎被裹挟在一个巨大的海浪中,在浪头打下来的瞬间箭一般地冲了出去。湛蓝的海水上撒满了金色的阳光。"我把这张照片取名为'弄潮儿',很配吧。"

"非常棒,什么时候拍的?"

"今天早上,太阳还不太大的时候。艾米,你真该亲眼看看这里的大海,海浪真是太壮观了,估计得有15到20英尺高。卷起的海浪也很深,在这里冲浪真得有两下子。"伊恩眼里满含着兴奋,用手比画着浪头打来以及拍打在岸上的情景。他把电脑转向自己,飞快地敲击键盘,"我修过图了,下次展出的照片就是这些了。"

我从他盘子里拿了一根冷薯条,他把头抬起,隔着屏幕说:"你前面去干什么了?不用告诉我,让我猜猜。"他举起手,"你去找卡洛斯了,让他承认自己是詹姆斯。"

"哈哈……一点也不好笑。但我是去找了卡洛斯。"我又拿起一根薯条。

伊恩把盘子推到我跟前。"应该事先告诉我,我也好陪你一起去。"

其实今天早上我醒来的时候,他已经到沙滩上去了。而且我吃完早饭还不见他回来,所以我不想再等了,于是自己去了画廊。

"我很安全。"

他拉下脸说:"你怎么知道?你昨晚还说自己不确定卡洛斯就是詹姆斯,没准他就是个冷血杀手。"

我转了转眼珠说:"你和克里斯汀不是说我会在明天上午死去么。"

"假如你总是这样冒冒失失地搭讪陌生人,那就真难说了。"

"伊恩……"

他举起双手说:"谨慎行事总没错吧。答应我,你一定要小心。出去前至少要告诉我一声,以防万一。"

我嚼着薯条说:"好的。"

"谢谢,"伊恩吁了口气,"好了,把事情经过跟我说说。"

"我在画廊的街对面站了45分钟,偷偷观察卡洛斯的举动,然后我走进画廊和他说话。"

"然后呢?"

"然后也没什么了,我还是没弄清楚他究竟是不是詹姆斯。他身材更瘦,皮色更深,头发颜色也比詹姆斯来得淡。"

"简单地说,因为长了几岁而且多晒了些太阳。"

"是的。他身上的味道是如此熟悉,他的手势也和詹姆斯一样。他的脸变了,鼻子变得纤细了,颧骨变窄了。"他仿佛是带了个面具。我耸耸肩说:"至少我要在这里盘桓几天,还有时间接近他。我报名参加了他的艺术工作坊。"

伊恩哼了一声。

"怎么了?"

"你……画画……"他轻笑了一声,继续敲击着键盘。

"给我闭嘴,"我又嚼了一根薯条,"如果他就是詹姆斯,那么他装着不认识我就一定有苦衷或是其他什么原因,也许是失忆了。还有什么原因呢,我心里……"

"你很饿吗?"他招招手,一位女服务生走了过来站在我们桌旁,面对着我。

"请来一个汉堡包和一大份的薯条。"我冲伊恩笑了笑。

"需要饮料或酒水吗?"服务员问,她拿着笔飞快地记着,话音有些急促。

"给她来瓶啤酒吧。"伊恩说。

"我要迈泰鸡尾酒。"

伊恩笑了一声,拍拍桌子说:"我也来份鸡尾酒。"

"您还要点些什么吗?"服务员问伊恩。她眼睛在电脑屏幕上扫了一下,然后用铅笔指着屏幕说,"她是露西吗?"

伊恩愣了一下,随即将目光从我身上转向这位女服务生。她身上的铭牌写着"安吉莉娜",应该是她的名字。"你认识她吗?"伊恩问道,随即在座位上直了直身子。

"她让我想起了伊梅尔达·罗德里格斯的朋友。罗德里格斯女士是这家酒店的经理。"伊恩听着安吉莉娜的话,皱了皱眉头。

"几个星期前,露西曾住在这里,照片上的人很像她,她常来这里。"这时,吧台那里有人呼唤,安吉丽娜回头看了一眼说:"我马上给你们上饮料。"

安吉丽娜走后,我问道:"这是怎么回事?"

伊恩把电脑对着我,屏幕上的照片是莱西,我曾发短信把她的名片传给伊恩。然后伊恩做了修图,使莱西显得更为突出(当然,她可能叫兰妮、露西或是其他什么)。伊恩对很多照片修图,冲浪照片只是其中之一。"永远要倾听你内心的声音。"伊恩的脸色有些凝重。

我的胃里发出咕噜噜的响声,心中咀嚼着伊恩的话。

第二十一章

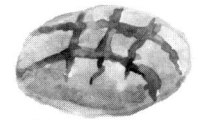

午餐之后,我前去沙滩,而伊恩则去找酒店经理伊梅尔达。他坚持要和她单独见面,以便询问莱西的情况。虽然莱西可以帮他找到一些丢失的东西,但他不会告诉伊梅尔达为什么要寻找莱西(他管莱西叫莱尼)。伊恩答应我说,只要找到了莱西的下落,就把她的联系方式给我。我很想知道,莱西从哪里弄到了詹姆斯的作品《草坪上的小径》,又是谁让她来找我。

一对年轻夫妇坐在躺椅上,我走近时,他们起身离开了。能看出他们是来度蜜月的。女子手上的钻戒在阳光下闪闪发光,经过我身边时,她脸上洋溢着微笑,一手搭在丈夫的腰间。看着他们离去的背影,我想起自己也曾在手指上拨弄戒指。然而随着时间推移,戒指的光泽渐渐暗淡起来。

我把游泳袋和一条毛巾放在另一张躺椅上,如果伊恩过来也好有地方坐。我调整了阳伞的角度,使它能挡住脸上的阳光而让双腿晒到太阳。在家乡,11月还是苦寒的季节,而午后的墨西哥是如此温暖宜人。

沙滩上挤满了观看锦标赛的人群,一眼望不到边。扩音喇叭里,主播的说话声夹杂着噼噼啪啪的噪音,背景音乐是红辣椒乐队的歌曲。但这无法掩盖浪头拍打海岸的隆隆巨响。

一位服务生走了过来,挡住了我的视线。我点了一罐冰水,要了两个玻璃杯外加一杯迈泰鸡尾酒。我坐到椅子里,准备拿起书本打发时间。伊恩应该和酒店经理谈得差不多了,而我和卡洛斯是约在明天上午见面。

服务生送来了水和鸡尾酒,将它们放在了两个座位之间的木桌上。我在账单上写下自己的房间号,这时手机响了一下,收到一条消息。

我把签好的账单递给服务生时,他说了声:"Gracias, señorita(谢谢你,小姐)",然后慢慢走到不远处一位晒着太阳浴的客人跟前。

我边喝鸡尾酒边看手机。克里斯汀又发来一条消息。

一定要打我电话,否则我直接飞到墨西哥!

我马上订票了,3,2……

我立即给她回电,铃响一声就接通了。"谢天谢地,你还活着。"

"是啊,活蹦乱跳。我的咖啡馆还开着吗?"

"当然。为什么不……"她有些上气不接下气,"一

切都好,我也很好,纳迪亚也很好。我们都很好,艾伦也是。"

艾伦,这个喜欢女式咖啡杯的家伙。我皱皱眉说:"他怎么样?"

"今天早上,他又来咖啡店了,发现你不在时他失望透了。他对你很有意思啊。"

我慢吞吞地说:"只可惜我对他没意思。"

"你是不是看上伊恩了?我的天,"她喘了口气,"他跟你一块旅行呢。佳人相伴啊。"

"克里斯汀……"我有些嗔怪道。

"他是这么在乎你,而你假装视而不见……"

"哪有啊,我知道的。"我好像是在犟嘴。

"你知道,那就要拿出行动。"

"我做不到啊。因为詹姆斯……"

克里斯汀语重心长地说:"艾米,你想想,撇去那些奇奇怪怪的事情不说,我知道这是莱西瞎编的。不过你还是回来吧,不能因为莱西从墨西哥寄来詹姆斯的画作,就推断詹姆斯一定在那里。"

"但我在这儿找到他了。"

"什么?"她哑着嗓子说。

"我是说,我应该找到他了。他也许就是画廊主人卡洛斯,不过两人长相还是有点区别的。"

"这不合逻辑呀。"

"所以我要再多待几天。"

克里斯汀沉默了一会,我看着冲浪者们竞相追逐一个巨浪,但是无功而返,准备踏上冲浪板重新来过。

"你什么时候回来?"她问。

"我买了周一上午的机票。"我想象詹姆斯是否会和我一起飞回家。我们能否重拾过去的生活？不可能吧。我心里清楚，时过境迁，詹姆斯一定是变了，这让我无比心痛，丝毫不亚于当初听闻他离世的噩耗。

"一定要给我活着。"克里斯汀说。

我叹了口气说："我会的。"

"噢！"在我快挂电话时，克里斯汀叫了起来，"差点忘了告诉你，今天早上汤姆斯也来咖啡店了。他问起了你，我说你在埃斯孔迪多港。"

我一下子僵住了，两条腿从躺椅落到地上，整个人噌地站了起来。我真恨不得敲打自己的额头，我早该告诉他们一定要对汤姆斯守口如瓶，"你有没有说我为什么去那里？"

"我只说你想去度假。他觉得很好笑，就开始问各种问题。他想知道你为什么要去那里，是事先详细做好功课的呢，还是一场说走就走的旅行。"

"你觉得他只是好奇吗？"

"可能吧，不过你也知道他这个人，他最近有点古里古怪的。"

这时，伊恩走了过来，脸上带着微笑。我朝他打个手势，他便拿开我的毛巾，大大咧咧地坐在一旁的躺椅上。

我对克里斯汀说："伊恩来了，我得走了。"她追问何时再通话，我说上飞机前。

太阳渐渐西沉，暑气依旧不散。我瞟了伊恩一眼说，"和伊梅尔达谈得怎么样？"

他一边往杯子里倒水，一边摇了摇头。水罐上凝结的

水珠缓缓滑下,滴到沙滩上。

我想问问莱西的情况,以及伊恩到底丢了什么。我想帮他一把,就像他帮我一样,我希望得到他的信任。我想把他心灵深处的秘密好好地珍藏起来。

我需要他。

我陡然觉得呼吸有些急促,为什么会这样,这到底是怎么了?詹姆斯才是我的真命天子,我就是为他而来的。

"伊梅尔达没空见我,"伊恩说,"所以只好改在明天上午。"他拿起杯子喝了两大口,喝掉了一半的水,"她倒是问了你的情况。"

我扬了扬眉毛,"我?"

"她想知道你对卡洛斯的画廊有什么看法。"

"她怎么知道我们都在这里?"我把头发卷成一个小球,"也许她看到我们在一起?"

伊恩耸耸肩说:"你问她吧。她说明天请你吃午饭。"

"但我已经和卡洛斯约好了。"

他脸上露出不悦的神色:"那你回来之后再跟她喝一杯。"

"这可真是奇怪,"我用毛巾一角擦了擦额头的汗水,"我昨天又没怎么跟她说话。"

"她是酒店经理,可能比较热情好客吧。"

我凝视着伊恩,"你觉得难以置信是吧?"

"刚开始时确实不敢相信。"他毫不犹豫地回答。

我们对视了一会,我觉得伊恩欲言又止。过了一会,我调了调阳伞的角度,伊恩则打开电脑,说要研究研究。我就继续看书了。

过了约摸半小时，他擦着脖子上的汗水，抱怨着这里的太阳可真毒。"大海实在是太危险了，我要去水池里泡一会，"他一边咕哝着，一边起身叠毛巾，随后指着对面的海浪说，"瞧，那些专业的冲浪手还要等在休息区，靠别人帮忙才能上岸。"

我用手挡住直射的阳光，看着远处的水上摩托拖着救生艇，乘风破浪地开往远处的海面。那些踏浪而行的弄潮儿还等着救生艇接他们上岸。

伊恩关掉电脑，塞进包里，再把毛巾搭在肩膀上，"去池子里泡一会吗？"

"等一会就过来。"

伊恩离开后，我往腿上涂防晒霜。服务生端来了新的水罐，随后我又点了一杯鸡尾酒，坐在躺椅上，合上双眼，书本摊开放在大腿上。

"艾米。"

我睁开双眼，强烈的阳光下，我眯起眼睛看到椅子跟前站着一个人影。感觉腿上似乎盖上了一条粗糙的毛巾。"你有点晒伤了。"

是卡洛斯！

他俯下身子挡住阳光，帮我把毛巾盖好。

我坐直身子，把腿伸到阳伞的阴影中。卡洛斯转过身，向岸边的三个男子大声说起西班牙语，然后打手势让他们先走。三人挥挥手，然后沿着沙滩向城镇前行。

他看着桌子，点点头说："佩德罗调制的迈泰鸡尾酒很不错，你的这杯怎么样？"

我点的鸡尾酒还放在桌子上，杯子下面积满了凝水。

我皱了皱眉,心想我到底睡了多久?小腿被晒得好疼。

"佩德罗是太阳之家的调酒师,"卡洛斯说,他以为我不说话是因为不知道佩德罗是谁。他指着躺椅的一角说,"能坐吗?"

"当然,"他坐下时我挪了挪身子,以便保持躺椅平衡。他笑笑,捡起沙滩上的平装书,然后靠在躺椅上。原来这本书在我睡着时掉在了地上。他抖掉书本上的沙子,然后在书页上做个记号,再把书放到桌上。

今天的锦标赛已经结束了,先前那些围观的游客已经离去。卡洛斯依旧穿着上次那件T恤(图案是去年的锦标赛),只是牛仔裤换成了滑板裤。在灼热的阳光下,他的前额泛着微光。

"你参加锦标赛了吗?"我问。

"参加了几场。今年的选手都很厉害。"

"你玩冲浪?"

"这两年才开始玩的,"他指着左眼周围的疤痕,"有一次我伤得很重,颧骨和鼻子都是靠手术恢复的。这里的医疗条件还停留在上个世纪的水平。花了好一阵才养好的。"他撇嘴一笑。

我惊讶地张大了嘴。天哪!他大概就是因为这次事故而失忆的,他当时一定被撞得不省人事。因为面部动过手术,所以骨骼结构就显得和詹姆斯不同,但他怎么什么都想不起来呢。他难道从没有想过自己是谁?为什么不回家?好像出了意外之后,他完全忘记了自己的身份。

伊恩向我们走来,他手里拿着相机而不是笔记本电脑。我打算等伊恩走近之后再细问卡洛斯。伊恩在我椅子旁站定之后，卡洛斯站了起来。伊恩的大腿碰触到我的前臂，我马上调整姿势，以免显得与他过于亲密。

"我不是故意打搅你们。"他说。

"说哪里话，"卡洛斯用大拇指指着他朋友回去的方向，"我要走了。"

伊恩伸出手，"我叫伊恩。"

"伊恩，我的朋友。"他握了握伊恩的手，"我叫卡洛斯。"
"很高兴见到你，"伊恩偷偷看了我一眼，然后对卡洛斯说："我见过贵画廊的广告传单，你的作品非常出色。"

"Gracias.（谢谢）"

"这些都是你的作品吗？"

卡洛斯把手伸到口袋中，"只有这些绘画和雕塑是我朋友杰奎因做的。"

伊恩双臂交叉，"我很好奇，你在画上的签名为什么是JCD？J是什么意思？"

"伊恩……"

卡洛斯咧开嘴笑了笑，说："感谢你的率真。是这样，我的全名是杰米·卡洛斯·多明格斯。"

我不由地深吸一口气。杰米·卡洛斯·多明格斯。我都能听见自己的脉搏在怦怦跳动。这样的首字母缩写实在是太凑巧了，这里面一定有文章。

卡洛斯笑着对我说："明天十点哦？"

我满脸僵硬地点点头。他笑了笑，然后一溜小跑去找他朋友了。

伊恩问道："你还好吧？"然后他皱了皱眉，"我们避一避太阳，你脸色煞白。"

我茫然地凝视着他,"我还好啊。"我站起身,披上编织裹裙。

伊恩轻推我的肩头,"坐下,喝点水。"他往杯子里倒了些水,表情有些担忧。冰水已经被阳光烘暖,我大口喝着。"慢点喝。"伊恩说。

我正休息着等待眩晕消退,这时伊恩把我的毛巾叠好并且把游泳包也整理得当。在回宾馆的路上,他一只手搂着我,"差不多该吃晚餐了,你需要吃点东西。我们各自打理一下然后去餐厅,我请客。"

就算他邀请我飞上月球,我也会答应的。卡洛斯和白天的烈日让我心乱如麻。我就靠在他手上,他就这么托着我,一起走回酒店。

第二十二章

我在房间里换上一件伊恩喜欢的蓝色背心裙,等待他的到来。

在扣紧上衣的纽扣时,我的双手有些颤抖。我先是打开了最上面的两粒纽扣,然后决定再解开一颗。我最后对着镜子,不由得有些佩服自己:虽然心跳加快,但是表面上依然保持平静。下午的太阳让我头晕眼花,而现在我不禁在想,今天这场晚餐似乎像是一场约会。这应该是我从未经历过的"第一次约会"。詹姆斯和我彼此太熟悉了,我们习惯了以男女朋友的身份出去看电影。我们相识相恋很多年了,也不知道看了多少场电影。

伊恩敲了敲门,我全身像触电一般,转头看着房门。我抓住门把手,猛地把门拉开。结果用力太猛,房门撞上了墙壁。

"哇!"伊恩用手顶住房门,以免门弹回时撞到我后背。他身穿一件V字领的黑色T恤,配一条卡其裤,脚上穿着人字拖。他身上气味很好闻,是刚洗过澡的清新,海滨一般的感觉。

他撇嘴笑了笑,显得十分性感,这完全不像是两个朋友之间的普通晚餐。

他胸前的相机带引起了我的注意。我见带子缠在一起,就伸手去理顺它们,只是我的手指在颤抖。

他把我的手掌按在胸前,说:"放松。"

"我做不到。"整个屋子天旋地转,我看着他的胸膛,然后靠在他身上。

他用沙哑的声音说:"看着我。"于是我们四目相对。"我们不要去想咖啡馆,不要去想下次展览。把那个莱尼或者莱西抛在脑后,也不要管我们为什么来这儿。今晚只属于我们两个人,好吗?"

我点点头,觉得整个世界只有他一人。他的嗓音是那么奇妙,抑扬顿挫,让人舒服。我想象着他吻我,以及他赤裸着在我上方的感觉,当然还有他衣服下的皮肤的触感。

天哪,我一定是中暑了,怎么会想这些?

伊恩与我十指相扣。他拉着我走进门厅,"你脸色通红,咱们先去吃点东西吧。"

餐馆位于滨岸阶地的第二层,能够俯瞰泳池平台,他已经订了位子。我们点了餐,女服务生走后,我们谁也没开口。我看着他玩弄餐具,把叉子包在餐巾纸里来回磨蹭,还看看餐刀是否锋利。我惊讶地发现他跟我一样紧张。我

知道他非常关心我,明知这次远行是为了寻找我未婚夫,他还是一路相伴。

我会找遍地球的每一个角落。

伊恩的话盘旋在我的脑海里。他十分痴情,却也被感情蒙蔽了理智,否则怎么会一直跟我在一起。

我向别处张望。

"你在想什么?"他轻声问道。

我的脸颊泛起了红晕。我清了清嗓子说:"我在想你呀,在想我们。你为什么要来这里,"我壮着胆子说,"为什么要跟我一起来?"他深深看了我一眼,似乎时间定格,一瞬间犹如千年。"我失去了一个重要的人,因为我放开了她。那天我满腔怒火,心如刀割,所以我没有把她追回来。有一天我的怒火平息了,我忽然明白她伤害我其实并不是她的错。其实她也无法控制自己。但一切都太晚了。她已经远去,我不知道她在哪里。"

他把视线转向大海,微风拂过他的头发。这个"偷心"的女子并没有让我萌生醋意。这份深深的痛苦已经在伊恩心中埋藏了很久。我好想轻抚他满头的卷发,让他得到慰藉。"她是谁?"

"我妈妈,"他向前探身,在桌上轻轻按住了我的手,"因此,我吸取了教训,绝不会轻易放开我生命中每一个重要的人,包括朋友,以及我珍视的人。"他用大拇指轻抚我的指尖,"艾米,我对你的关心,比你想象的还要多。"

他的这番表白令我动容。似乎有一股电流,从我的手臂开始一路往上,让我全身充满力量,"你陪我旅行,请我吃饭,我十分开心,一切都很美好。"

他把一缕头发捋到我耳后,"我猜这里的食物没办法和你的咖啡馆相比,让我开心的是能和你在一起。"

"我们点的菜没上来,你就已经开始批评了?"

他轻声笑了起来,"我常在世界各地跑,所以经常下馆子。但是前几个月,你每天下午都烹制出可口的饭菜让我打包带回家。吃到了这样的美食,其他的菜肴就很难打动我了,"在柔和的烛光下,他的脸上闪过一丝忧伤,"你不回咖啡馆真是太遗憾了,浪费了这样的才华多可惜啊,你需要展示的平台。"

"就像你的摄影作品吗?"

他点点头,"你做的菜肴有一种魔力,你的烹饪技艺已经修炼到了相当的层次,你做的咖啡给人特别的享受,你做的美食和饮料吸引了很多回头客。《伯利兹的日出》让人们对伯利兹心驰神往,所以真正的艺术家会通过作品让观者产生情感共鸣。而你,艾米,就是这样的艺术家。"

我满脸绯红地低下头。伊恩的赞美令我心花怒放。我不想让他为此担忧,于是说:"我不会放弃咖啡店的。"

"那么卡洛斯怎么办呢?"他问,"他多半就是詹姆斯。假如他不想离开墨西哥呢?你会跟他在一起吗?"

伊恩毫不掩饰他的内心,担忧如同写在脸上,他肩膀也变得僵硬,他害怕失去我。

"希望事情不要到那种地步。"但我心里清楚,我最终无法逃避,必须做出抉择。

女服务生开始上菜了,吃完之后伊恩买了单。他仔细摆弄着照相机,调整镜头和设置。抬眼望去,海上闪烁着银色的月光,而伊恩的照相机发出哗哗、嚓嚓的声响。我浅浅地笑着，以后我一听到这种声音就会想起他吧。我们虽然约定，今晚不再谈论咖啡馆和摄影，但我们还是三句不离本行。我觉得这没什么不对，我很欣赏他对工作的热情和执着，很欣赏……

伊恩对着我按下了快门。闪光灯亮起，我的思绪被冲散。

我眨眨眼说，"干吗偷拍我？"

"你真是美丽动人，"他端详着相机上的屏幕，"你凝视海面的神情是那么的恬静、安详、清澈。"

"哦，是吗。"我在膝盖上折叠餐巾。

"我从没见过你流露出这种神情，于是忍不住就拍下了。"他把照片拿给我看，我快速看了一眼，然后他把相机关了，我觉得照片中的自己简直像个陌生人。

"你的照片还受欢迎吗？"他不太拍风景照，主要是本地的文化、活动和人物。

"没有我想象的那么糟糕。"

"那是因为你拍得好。"

他耸耸肩，"我也不是对自己的所有作品都满意。"

某种情绪在他脸上化开。颧骨上的细纹透出一股不安。我用拇指轻抚他的指尖。

"我觉得你的工作很像你。你要在别人视而不见的地方发现美。更确切地说，他们选择忽视。而你发现了，你有一种天赋。"

伊恩咕噜了一声，重新盖上镜头，"这里有些人同意我为他们摄影，并让我展出他们的照片。你是否介意我展出为你拍摄的照片？"

我靠在一边，"我？"

"我不会出售这些照片,我不能卖了你,"他又添了一句。他把相机放在一边,"回去之后我会让温迪寄一份授权协议书给你。"他指着我面前的空盘子问我,"你吃饱了吗?"

我点头示意。

"好,我们一起去瞧瞧会撞上什么麻烦事。"他露出了顽皮的笑容,逗得我哈哈大笑。

我们去休息室喝了一杯鸡尾酒,墨西哥街头乐队在一个小型舞台上演奏乐曲,游泳池和庭院里的客人都能欣赏,天蓬里装饰着白色的星星灯,现场洋溢着欢快的气氛。

伊恩捏住我的胳膊,把我拖进舞池,弄得我惊呼不止。"你现在告诉我不喜欢跳舞已经晚了。"

"我决不会说我不喜欢跳舞,"我在他耳边大吼,"我喜欢跳舞,但这里的音乐,太一般了。"

"要欢快点的吗?"

"波尔卡!"

他举起弯曲的胳膊,不停地鼓掌,动作夸张。我忍不住朝他大笑,也模仿他的动作,举起胳膊,绕着圈,尽情热舞。我的裙子随着我的舞姿泛起涟漪,他在我缓过神来前为我拍了一张照片。

"住手!"我朝他斥责,伸手去夺相机,他躲开了。我捶打自己的臀部,"我们有过约定,把那张照片删了。"

"等会。"他回到酒吧间和酒保交谈了几句,把相机和现金交给了酒保。酒保把相机收了起来,顺手把钱塞进了口袋。

音乐的节奏慢了下来,管乐队开始演奏。吉他手演奏的韵律，使我不禁扭动臀部，翩翩起舞。伊恩走到我跟前，我们在舞池里相遇。他目光凝重而又坚决，让我一下子愣住了，站在原地不能动弹。他慢慢靠近我，将我搂在他的怀里。我浑身直打哆嗦，感受如同忍饥挨饿，我紧紧顶着他。

他的双手沿着我的身子慢慢往上移动，极其缓慢，最后他搂住了我的脸。他用大拇指擦过我的嘴唇，接着就开始吻我，他激情四射，不顾一切地吻我，让我一时不知所措。

我们随着音乐的节奏在舞池里漫步。乐曲声越来越响，我们贴着嘴唇，亲吻着对方。我突然想起我们在哪里，我为什么会在这里。"我们在干什么？"我脱口而出，"你在对我干什么？"我几乎无法跟上我的思维节奏。

"吻你，"他喃喃自语，继续吻我，"我爱你。"

从来没有其他男人像他这样吻过我。只有另一个我在乎的男人吻我过，但那已经是很久以前的事情了，我回想起那些吻早已离我而去，心中无比惆怅。

我心里一片混乱。我很困惑，伊恩对我做的一切，同时也对自己对他的感觉深感疑惑。我对他一片茫然。我应该把他推开，但我没有这么做。

他的手移到了我的后背，疯狂地抚摸。他的吻遍布我的下巴、下颚、脖子……让我对身上的每一寸皮肤特别敏感。这简直太过分了。我挣脱了，"你为什么会这么离谱？"我气得上气不接下气，"你在干什么？"

他的嘴唇轻轻掠过我的面颊，夹住我的耳朵。"我还不如一个死人吗，你对他这么顶礼膜拜。"

"我忘不了他。"我失声痛哭，有些令人绝望。我已经无法控制自己了。

伊恩的手指插进了我的头发，他凝视着我。

"他还活着，艾米，还好端端地活着。但我不比他差。"

"这不是游戏，伊恩，我不是什么奖品。"

他目光凝重，"你永远都不是奖品，在我心里远远胜过一切奖品。你不要对自己那么苛刻，你应该享受更多属于你的东西。"

我感觉好多了，如果伊恩的目光惹到了我，我都会大发雷霆，更不用说他触摸我，他是怎么吻上我的，我们之间发生了什么事？

我把他推开，想想你为什么在这里。

"你是我的雇员。"我说得有些勉强。

"那好，我辞职。"他与我针锋相对，连声抱怨。

我感觉自己有些站不住了，手指顺着他的胸部往下滑。这一切都很安全，也很熟悉。上帝啊，我来这里找詹姆斯，我猛地推开了他，不让他再吻我。

他眼神气呼呼的，充满了忧郁，呆呆地望着我。他把一切都告诉了我。

"伊恩……"

"我爱你。"

"……不要这样。"

"爱我吧，艾米。"

我的世界都快崩溃了，"我不能。"我顿时失声痛哭，从休闲沙发上跑开了。

我来到大厅里的一个昏暗角落，坐在一把柳条椅内，心潮澎湃，热血沸腾，心跳加速。伊恩没有再做什么出格的事情，他愤怒地敲着墙，要把墙砸碎似的，他故意让我

看到。

我注意到伊恩穿过大厅,走向电梯,他面无表情,准备回他房间里去,甚至忘了拿他的照相机。

我跳起身,回到酒吧间,让酒保把照相机给我,又回到大厅里的那个角落,忍不住浏览伊恩拍摄的数码照片。

这些照片都不同寻常,捕捉到了生活中稍纵即逝的闪光点,每一个人物背后都蕴藏着一段故事,包括我自己。

我望着一张伊恩在晚餐上拍摄的照片,看到一个人我自己都认不出来。事实上,我很久以来一直没见过这个人。就是我自己,稍感宽慰,大大咧咧。一个掉进爱河的女人。

我感到一个劲喘气,胃部绷紧,无助地摇着头,但又不得不面对事实。我收起照片时,才感悟到我多么喜欢伊恩的工作热情,感悟到我其实有多么爱他。

噢,伊恩。

我关上相机,跑到他的房间,大声敲门。他猛地一下打开门,将我吓了一跳。

"我能进来吗?"我把相机还给他。

他把门开得更大一些,让我进屋。但相机皮带一直套在我头上,没有立即把相机还给他。

"我看了你拍摄的照片。"我向他坦言。

大厅里传来一阵响亮而略带沙哑的笑声,深夜参加派对的人正在回屋。伊恩把门关上,双手交叉放在胸前,他脖子上的肌肉紧绷着,我很不高兴。

"很抱歉,我一旦敞开心怀,就怕收不住。我很清楚你不喜欢展出肖像照,那样会让你感觉不舒服。我已经察觉到了。但你的照片真的不可思议,非常精彩。"

我舔了舔嘴唇，大胆地向靠近了他一步。"这些照片让我很感动。"

他伸手来拿相机。

我又朝他靠近了一步，"你让我很感动。"

"艾米。"他对我大声说，"我不能这样。与你开始相爱，然后又让你把我推开，这样让我无法接受。如果你不希望我爱你，那好，我宁愿与你保持朋友关系。请把相机还给我。"

我把相机放在旁边的椅子上，"我不会再把你推开。"

我们的目光凝固了，他咬紧牙关，我感到一阵紧张。他待在门口，我紧紧依偎着他。

他用手梳理着我的头发，然后把嘴慢慢贴在我身上。我早先时候在他内心唤起的风暴愈演愈烈。

我的双手顺着他的胸口慢慢提起，搂住了他的脖子和脑袋。我希望他一直吻下去。他双手猛地搂住了我的双肩，又顺着我的背部往下抚摸。他脱下了我的外套，丢在地上，我紧跟着脱下了我的裤子。他站在我面前，我不停地抚摸他。他胸膛宽阔平坦，下背部往内收。我与他如此不同：我身上柔软的部位，他却很坚硬，而我柔弱无助，他却强壮掠夺。他是我的朋友，但我无法阻止自己对他深深迷恋。

他用两只手罩住了我的胸部，这让我呼吸有些急促，他将我带向床边，直至我坐在床边。他跪在我面前，双手轻轻地放在我的大腿上，把我的大腿分开。我已经完全向他敞开了，完全暴露了，他凝视着我。这是最后一个阻止他的机会，最后一个告诉他我不想这样的机会，说他不是我喜欢的人。

但我想要他，要他整个人。

我点点头，他叹着气，声音像释放童年时压抑的情绪，然后低下了头。他用舌头舔我时，用嘴亲吻我时，我忍不住大哭起来。我搂着他的头，紧紧地拥抱着他，全身都虚脱了。然后，他走开了。

我猛地睁开眼睛时，伊恩站在我跟前，脱下他的裤子，毫不掩饰他对我的爱慕之情。

他爬上床垫，抱起我往前挪了一些，让我的头靠在枕头上，把我压在了他的身下。他把身子侧向旁边的桌子，打开抽屉。

"伊恩，"我大叫起来。

"宝贝，我在这里。"他贴在我耳旁悄悄地对我说。

我听见金属箔片撕开的声音，他移动身子，调整姿势，进入了我的体内。"我爱你。"他说道，然后开始用力。他在我身上全然不顾我的感受。

"爱上我吧，艾米。我会赢得你的芳心。"他更用力了，感觉他好像触碰到了我的灵魂。"让我们相爱吧，宝贝。"

我滑向床沿，浑身发抖，伊恩赶紧抱住我。

我慢慢地睁开眼睛，环顾四周。伊恩的房间，我俯卧在他的床上，听见他的呼吸声。他呼吸稳健而舒畅，我在想每天早晨与他并肩散步时的情景。我的嘴唇闪过一丝微笑。

时间还早，一缕亮光透过半开放式的阳台，我已经醒了，毫无睡意。我一整夜都睡得很沉，这是我几个月来睡得最香的一个晚上。伊恩与我做爱,直到深夜,我与他有了肌肤之亲,有些动作连我自己永远都无法想象,一些我从未想象过的意念悄悄溜进了我的心灵。我整个身体都很兴奋,令人无法忘怀。

但一切总要回归现实,昨晚我们纵情狂欢,喜悦之情就像热锅中的沸水。我背叛了自己对詹姆斯的感情,背叛了自己。

眼泪涌向我的眼眶,我小心翼翼地下了床,希望不要惊动熟睡中的伊恩,不敢看一眼他。我不敢看,他早晨醒来时容光焕发、精神抖擞的样子,以及睡觉时乱七八糟的样子,还有性爱时的姿势。我感觉自己非常脆弱无助。

穿上衣服,拖上凉鞋,我离开了房间。但在关门前,又偷偷地瞥了一眼。他看着我,表情困惑,我的心碎成了两片。一片留给詹姆斯,另一片与伊恩同在。

第二十三章

开课前十五分钟,我就来到了 El studio del 画廊,我厌倦了在海滩上闲逛。伊恩来找我前,我就已经离开了酒店。我伤害了他,其实昨晚我并不想那样。

但每一件东西都使我回想起我们做过的事情。我的衬衫擦着他碰过的地方,对昨晚依旧十分敏感而迷恋。他的皮肤闻上去略带咸味,微风轻拂着我的脖子,仿佛像是他的亲吻。

伊恩促使我达到了另一个全新的高度,我未曾如此大胆地与另一个人一起攀登过这样的高度。我放下了包袱,好像他提出了要求,而我在内心深处向他发出了邀请。

他不属于那片土地,即使我知道自己让他待在墨西哥很久了,我在内心深处十分希望把自己留给詹姆斯,我来这里也是因为他的缘故。

进入画廊时,一个年轻女子向我问好,她的眼睛是咖啡色的,把正在阅读的那本小说放到了一边。"你好,坐我这里吧。"

"你好,谢谢。"我回答道,面带笑容,略带歉意。"很抱歉,我不会说西班牙语。"

她睁大了眼睛,"你就是那位漂亮的美国女郎,卡洛斯跟我说起过你。"

我非常好奇,不由得抬了抬眉毛,指着自己的胸口问,"我?"

她朝着我傻笑,"当然喽,我或许不该这么说,但卡洛斯不止一次跟我提起过你今天上午要来。"她绕过书桌与我握手致意。"我是皮亚,负责周六值班,他周六从来没来过这里。"她一边说一边和我握手,"从未"两字说得特别有力。"是的,你对他而言一定举足轻重。"

很有趣。

"你为什么觉得我对他很重要?"我把包背到了另一个肩膀上,我的手指开始颤抖,要见到卡洛斯了,我很焦虑,也很紧张。

"星期六的课教绘画,"——她皱起鼻子——"他喜欢跑步,非常喜欢。"

"他不是在训练马拉松吗?"

"他告诉过你吗?"她问我,有些将信将疑,将我头到脚打量了一番,"卡洛斯对你还不了解。你希望上美术课,但你不喜欢绘画。我觉得他对你还不了解,还不知道你的真实意图。"她用一根手指头指着太阳穴,"怎么会那样?"

我面无表情地望着她,"我不知道你是什么意思?"

她眼睛眯成了一条缝,"你为什么想要画画?你喜欢卡洛斯,是不是?"

"他是一个很棒的画家。"我的确很喜欢他。不,我爱他。

我本应将伊恩的照相机留在酒吧间,还有我不该去他的房间,上帝啊!我还带着詹姆斯给我的订婚戒指。

"卡洛斯是一个非常优秀的画家,"皮亚说,"但他周六从来不现身,他也喜欢你。我也为他感到高兴。他失忆后感到很悲伤——"她敲打着自己的额头,笑呵呵地说。"嗯,我的话太多了,我就这样,但我喜欢你,我不会烦你的。卡洛斯在楼上。"他指向门的方向。"往回走,进入院子,穿过左边的那扇门,上楼就是了。"

"谢谢,"我说,"很高兴遇见你。"

"玩得开心。"她大声说,门在我身后慢慢地关上了。

我顺着皮亚指的方向穿门而过,登上狭窄的楼梯间。楼梯通向一间屋子,屋内自然采光很好,天花板上点缀着一个天窗。窗户很大,下方的街道尽收眼底,湛蓝的大海只比屋顶高出一丁点,墙上挂着不同材质的绘画作品,蜡笔画、油画、丙烯画、钢笔画及炭笔画。成排的画架堆满了整间屋子,俨然有一股教室的氛围,有一个画架位于前方,那是卡洛斯的讲台。

我喊了他的名字。他没有应答。他在哪儿?

我一点都不知道会发生什么。我不喜欢绘画,但我喜欢和他在一起的时间。我可以仔细观察他,研究他绘画的风格。他会不会也是左撇子?他是否根据猪鬃的宽度和纹理来制作画笔,詹姆斯就是这个样子。

南面的墙上有三扇门,第一扇门敞开着,里面是一间储藏室,塞满了各种颜料管、画笔、松脂罐以及空白的帆布。我试图打开中间那扇门,却发现上了锁,感觉像金发女郎,正在寻找恰好有卡洛斯的那间屋子,我试了试第三扇门,转动把手一下就打开了。这间屋子非常亮,比主室还要明亮,我眯起眼睛,适应这种亮度。

我进入屋子内部,停留了片刻,突然心头闪过一阵凉意,好像一股脑儿吞下了大量碎冰,顺着食道的方向缓慢下滑。通过门口,我看到桌子后面都是詹姆斯失踪的画,倚靠着后墙。

天呢!

詹姆斯的画怎么会在这里?什么时候到这里的?

我猛一回头,我身旁除了卡洛斯的画,其余都是詹姆斯的画。那些油画中的女人,在屋子内离我较远的角落里,用那双钻蓝色的眼睛引诱着我。

我的眼睛。

刻画这个女人的作品足足有一打之多,除非你完全置身于屋内,否则从门口望去根本看不全。我怀疑卡洛斯曾邀请过一些访客来过他的工作室,他不希望有人看到这些画作。

我仔细观察第一幅油画上的女人,她的眼睛如同杏仁,眉毛仿佛优美的波纹,长得和我一模一样,湛蓝的色调如同鸢尾花,色彩迷人,魅力十足。我翻到下一幅油画,画面上也是这个女人,但是从完全不同的角度画的,仿佛卡洛斯的目光从上往下凝视在她的身上。她的头发和眼睛投

下的倩影依然很像我。

我仔细搜寻着每一幅油画,就像在文件柜里匆匆翻阅一厚叠文件夹。那个女人在所有的画里蕴含的气度与倩影和我像极了,画面上的日期年代更久远。所有的画都各不相同,卡洛斯可能从不同的角度观察这个女人,但油画上的色调和色彩与詹姆斯的绘画风格并不十分匹配。这些画尽管都在刻画我,但都是一些有瑕疵的临摹品。他使用的签名色彩与詹姆斯惯用的蓝色也不太吻合。

如果卡洛斯不记得我,他以前为什么还一直在画我?为什么他不肯承认他就是詹姆斯?

我浑身大汗淋漓,凌乱的头发混杂着汗水贴在后颈上。我的心绪很乱,目光不停地扫视着屋内,锁定在了夹在画架上的一幅油画上。这幅画上的我完全是另一个版本,这幅画上的眼睛颜色和形状与我眼睛一模一样。

因为卡洛斯曾见过我的眼睛!

我曾猜想不久之前我脱下墨镜时看到他的一脸困惑,恳求他不要忘记我。

桌上有一个装定制混合颜料的塑料容器,我拧开盖子,眼前的一切让我忍不住失声哭泣,卡洛斯总算让我猜到了,詹姆斯的钴蓝色。

噢,詹姆斯!我终于找到你了。

我留意着屋内随意摆放的物品,颜料管挤在中间,如同一支支牙膏管,洗干净的画笔按猪鬃的宽度和质地分别放置。画架的左侧堆放着各种工具与日常用品,很显然他是左撇子,和詹姆斯一样。

水漫进了隔壁的一间屋子,就是那间上了锁的屋子。

我听到门把手转动的声音，接着地板发出吱吱的声响，卡洛斯走进屋来，他神色犹豫，不停地眨着眼。

我指着画架上的油画，"请解释一下，你不介意吧。"

他下巴咬得紧紧的，两眼盯着我拿着的那罐颜料。他的工作室可能不对学生开放，我的出现令他不知所措。房门没有上锁，于是我直接走了进来，窥见一幅幅肖像画。画中的女人令他魂牵梦绕，难以释怀，其实他并不认识这些画上的人，或仅仅选择忘记。

我拿着颜料罐，胳膊变得僵硬。倘若詹姆斯不曾打算娶我，我该怎么办？如果他对绘画的热衷胜过于我，我该怎么办？他的家人对生意的需求驱使他放弃一切，也包括我。他偷了自己的绘画作品，伪造了自己的死亡，远走高飞。在一个新的地方重新开始。

从某种程度上来说，我理解自己的想法杂乱无章，一点意义都没有，除了一点，那就是詹姆斯原本就不想要我了。

面对残酷的现实，我的眼睛湿润了，回想起整整十九个月来我所遭受的苦难，泪水夺眶而出。

卡洛斯用双手搓着自己的脸，在屋子来回扫视了好一阵，最后问我道："有什么问题吗？"

"没有。"我信誓旦旦地向他发誓，"所有的一切！我感到很困惑。"我匆匆擦拭了一下脸颊，"我很高兴终于找到你了，你的离去让我悲痛欲绝！"我对他沉下了脸。"你究竟在这里干什么，詹姆斯？"

他目瞪口呆，继续说道："我不是詹姆斯。"

"那好，替我解释一下。"我指着画面上我的肖像。"还有这些画。"我又指着靠在墙边的那些詹姆斯的油画。

"请告诉我为什么画面中的这些情景没有一个是墨西哥的?你是否知道这些地方都在美国加州?你不觉得这很蹊跷吗?"

他一脸茫然,"首先,这是我的工作室,私人工作室。其次,这些画没有一幅与你有关。"

"你画的这些画上的人就是我。"我朝着他大吼。

"这个人不是你。"他反唇相讥,"我直到两天前才认识你。她是——"他信誓旦旦,绕着画架打转,指着这幅油画,"我几乎每天夜里都会梦见这个女人,我每天都会做相同的梦,一天接一天。"他逐渐压低了声音,目光从我身上移开。

他显得有点尴尬,或者说是羞愧。他对我非常恼火,再三告诫我这与我无关。

"我从未跟任何人说起过她。"他沉默了,连连摇头。

"你是不是很惊讶,我为什么一直梦到她?"他问我。

"无时不刻。"

"你曾经试图寻找她吗?"

他深深地吸了口气,我感觉到他内心五味杂陈,对我闯入了他的私人空间很不高兴,却又充满了迷茫和彷徨。我注意到他情感的流露,他目不转睛地望着画架上的画。画面上的这个女人让他产生了深深的困惑。

我拿起蓝色颜料管,说道:"你最初是在斯坦福配制成了这种颜色,与我眼睛的颜色完全一样。你希望在每一幅画上都有一些东西能让我想到自己。我很清楚,你多愁善感,我们以前从未分开过,哪怕只是短短几天而已。你在学校时,我们分居两地,这让我们非常痛苦。你在画上签名时就用这种颜色,你在楼下的那些画上都用这种颜色签名。你曾经花了好大一番工夫才调配出这种颜色。"我轻轻地摇晃着颜料容器,感觉到容器内黏稠的颜料在微微晃动。"现在的你调制这种色调唯一的理由是因为你,卡洛斯,看见过我的眼睛。"

他看着我,好像以前从未见过我似的。他上下一寸寸仔细地打量着我,最后我们面对面,他沉默无语,我把颜料管放回到桌上。

卡洛斯哽咽了:"他怎么了?"

我深深地吸了口气,指甲抓到了木制桌面上。"詹姆斯来坎昆出差,他坐船时发生了意外,落水失踪了。人们发现了他的尸体,于是他哥哥将他的遗物带回了家。追悼会那天我们原本要举办婚礼。这些事情已经过去十七个月了。"我扭过头看着窗外,凝视着低矮的屋顶上那片湛蓝的大海。

"如果他真的已经去世了,那你为什么还要找他?"卡洛斯站在我身后问道,"他死在了墨西哥的另一端,你为什么要来这里找他?"

"我有理由相信你没有死,而且我收到了……消息……你会在这里。"

我转过身,"我不清楚你脸上发生了什么变化,你看上去有点不同,而且我也不知道你的记忆怎么了,你已经把我忘了,但我已经找到了你。我已经找到了失踪的画,我看到了画上的人就是我。你是詹姆斯。我就是不知道怎么才能让你恢复记忆。你难道一点都不记得我们的事了吗?"

他一个劲儿地摇头。

"你愿意和我一起回家吗?或许熟悉的环境会帮助你恢复记忆,让你找回自我。"

他依然默不作声,嘴唇紧闭。但我知道他的思维一直没有停歇过,他是不是在努力回忆?搜寻与我似曾相识的记忆?

"请说句话。"我恳求他。

他顷刻间闭上了眼睛,打消了我对他的疑惑与质疑。"很抱歉得知你痛失爱人的遭遇,但我不是詹姆斯,我不可能是,我在这里有自己的生活、朋友以及家庭。我的妹妹伊梅尔达——"

我气喘吁吁地说,"伊梅尔达·罗德里格斯吗?"

"你认识她吗?"

"我认识她。"我大声回复,十分惊讶还会有这一层关系。究竟哪里出了问题?

我要静静想一想,双手搓着太阳穴说道。

卡洛斯双手交叉放在胸前,呼吸急促。"我觉得你该走了。"

"什么?为什么?"

"你现在该走了。"他让我离开。

我据理力争,坚持不愿离去,他也丝毫不肯妥协,也不愿改变主意,他就像过去一样,十分倔强。他不愿再多说一句话,我穿过屋子,在房门口停下了脚步。"我不知道伊梅尔达是怎么跟你说的,但她不是你的妹妹,你有一个哥哥,名叫汤姆斯,你还有个未婚妻。"

"你错了。"

"在这点上，我完全正确。"

我离开了卡洛斯，径直跑向了海滩。我得让自己冷静一下，一屁股坐到沙滩上，让微风吹拂着我的面颊，希望它能将我心中的痛楚一并吹走。我痛不欲生，感觉遭到了背叛，我所遭受的一切痛苦只能默默承受。

第二十四章

过了一会儿,我回到度假胜地,在海滩酒吧要了一杯鸡尾酒和两小杯龙舌兰。我把三杯酒一饮而尽,瘫倒在休闲椅上,等待在酒精的作用下变得昏昏沉沉。我脑子里一团糟,全部都是卡洛斯和对我一片赤诚的伊恩。卡洛斯不愿意再见我了,而我也十分肯定的是,现在伊恩十分担心我,到处找我,几乎都快疯了。相比处理这些由我自己造成的乱糟糟的事情,酣畅地睡一觉貌似是更明智的选择。

我蜷下身子,在沙滩上用手指拨开沙粒,使劲往下挖,希望体验一下表层之下的些许凉爽。我的指关节揉捏着柔软的沙粒,这种节奏模式与我烘烤食品时的节奏模式一样,酒精开始刺激我的大脑,我仿佛来到了"艾米之家"的厨房。我站在曼迪的身边,她乐呵呵地笑着,趁我们在为早晨的烘烤食品捣面团时盘算好一天的菜单。海边湿热的空气夹杂着盐份拂面而来，为我们的糕点撒上了些许盐份，我手指之间的沙粒像揉捏的面团一般柔滑顺手。那感觉就像母亲第一次教我揉面团，一想到母亲，我的思绪仿佛回到了更遥远的过去，回到了母亲的厨房，新鲜出炉的苹果馅饼香气四溢，我坐在凳子上，身边坐着一个已经认识的男孩。

他在我脑袋上撒上了一些蔗糖，魔法记忆粉，他曾对我说我将永远不会忘记他。

要是他也一样永远不会忘记我该多好啊。

我失声痛哭，攥紧了拳头，沙子像面团一样在我手指间渗出。不一会儿，我的哭泣声渐渐平息，整个人都变得麻木了，我终于支撑不住，倒下睡着了。

醒来时，我觉得自己行动迟缓，分不清方向。我艰难地顺着台阶进入酒店，希望在套房里再休息几个小时。我的思维有些模糊，此时此刻，避免遇到麻烦貌似是最明智的选择。

我径直穿过水池区域走向大门。

"艾米！"

我感到脚下一阵颠簸，伊恩大踏步地穿过露台向我奔来，我走得更快，他赶紧跑到我跟前，挡住了我的去路。"你离开过了。"

我望着他的胸脯，说道："昨天夜里的事情不该发生。"

"胡扯！"他用手胡乱地梳理了一下头发，压低了嗓音，"请看着我。"

我抬起头，他故作镇静，而我的内心却在哭泣。我曾那样对待他，我几乎伸出了手，但又缩了回来。"这是一

个错误,我很抱歉,忘记昨晚发生的一切吧。"

"那个夜晚很棒……"他故作镇静,目光掠过我的肩膀,喘着粗气与我四目相对,我看到他脸上的皱纹更深了,"我永远不会忘记。"

我也不会忘记,但我得尽快结束这始于我的一切。我需要知道詹姆斯到底发生了什么。

"你刚才和他在一起吗?"

"我现在还不能这样,伊恩。"我在我们俩之间打了个手势,"我来这里找詹姆斯,我心里只有詹姆斯。"

"什么时候轮到艾米想想她自己的事?"

我磨着牙,*詹姆斯的事就是我的事啊。*

"到这边来,我要给你看一些东西。"

他拉着我的手,带我来到一张撑着阳伞的桌子旁,他的笔记本电脑是开着的。他为我拿来一把椅子,然后坐在我身旁,推开笔记本电脑,调整了一下椅子与我对面而坐。

"我找到了詹姆斯失踪的绘画作品。"我不假思索地脱口而出。

他加快了呼吸。

"这些画就在卡洛斯工作室的楼上。"我用指甲把剥下来的一块颜料放在椅子的扶手上。"他不记得我了,从他的行为表现看,他已经丧失了记忆。我曾试图帮助他,但他却叫我离开。他还说伊梅尔达是他的妹妹,我真不知道他中了什么魔。"

伊恩不停地用手掌来回搓着下巴,"关于我母亲的事,我对你讲过多少?"

我把身子倾向一边,"你母亲和詹姆斯的事有什么关系!"伊恩呆呆地注视着我。我的身体在椅子里越陷越深。"你告诉我的本来就很少,我只知道你母亲心理健康有点问题。"

"她患有分离性身份识别障碍,这种症状曾被认为属于多重人格。我母亲的主要身份是萨拉,第二重身份是杰基。"伊恩双手搭在短裤上,换了个座位。"她会把我吓得屁滚尿流,总之,她非常像哲基尔与海德。我永远都不知道我放学回家后会遇到什么。"

"杰基有没有伤害过你?"

"没有给我造成人身伤害,但她恨我,同时她也恨我父亲。杰基认为她自己还没结婚,所以她经常独自外出,一旦着了魔,她一次就会离家出走好几天。如果父亲外出做生意,我就不得不自力更生。"

"你母亲如果发病离开你,等她清醒之后,她自己肯定也非常害怕。"

"确实这样,当我把她发病的情况告诉她,或让她自己看发病时的照片后,她总是惊恐不已。"

我眉头紧锁,"那她一点记忆都没有?"

"萨拉一点都记不得自己被杰基主宰时会是怎样一副模样,而且杰基又和萨拉判若两人。整个记忆消失得无影无踪。只能简单地认为,萨拉和杰基是两个截然不同的人罢了,她们行为举止也各不相同。"

我伸手去抓伊恩的手,"这段经历一定非常可怕。"

我对他笑了笑,喜忧参半。"我母亲的病症也是我不拍摄人像的理由,她叫我一旦发觉她发病变成了杰基,就拍下当时的照片。她希望知道杰基是怎样一副面孔,包括杰基的穿着打扮、发型以及行为举止。"

"我总是拍到杰基相当糟糕的一面。母亲痛恨那些照片,而我恨这些照片上的人。我在一张放大的照片里能观察到的细节要比只有缩略图尺寸的剪贴画上看到的细节多得多,包括那些企图躲避的人,他们眼中流露出这种神情。"

"她遇到了什么麻烦事?"

"我也不知道。"他的目光越过我的肩膀,聚焦在别处。"那天莱尼发现我时,我已经独自一人待了整整一个星期,母亲和我本来在购物。我们当时住在爱达荷州,如果开车,一连好几英里映入眼帘的只有大片的田野,后来我们开到一个偏僻的地方,前不着村后不着店的。萨拉突然化身为杰基。她从后视镜里看着我,让我下车。不需要她开口,我本身也吓得迅速下了车,她甚至不会想到我根本不知道回家的路。我只希望离她远远的。"

"当我父亲和警察在一家餐馆一边查看地图,一边研究如何才能找到我时,莱尼正在旁边桌子吃饭。他们设法判定哪些地方还没有寻找。莱尼和自己的家人在餐馆里,主动请缨要求助我父亲一臂之力。她宣称自己是超能力者时,连警察都哈哈大笑。但我父亲却愿意接受一切帮助。她领着我父亲直接找到了我。我当时正躲在一个排水沟里,浑身脏兮兮的,饿着肚子。我希望杰基不要找到我。我回家后两天,母亲也回家了。"

"父亲请了一个专家,希望能治好母亲的病,让杰基不要再出现。医生的解释是,我母亲童年时曾遭受过可怕的虐待,他觉得这正是她罹患多重人格的病因。在情绪上,她已经不再受创伤,但自从我降生后,短短几个月,她就像着了魔一样,杰基侵入了她的灵魂。她的人格不停地切换,随后几年里,切换频率越来越高。"

医生告诉我父亲,哺育孩子会令人非常压抑,我母亲需要离开我们,这是唯一的希望。于是,我就再也没见过我母亲。

"这就是你在寻找莱西的原因……我的意思是,莱尼,"我说,"你希望她能帮你找到你的母亲。"

伊恩点点头,"我非常想念她。"

我紧紧地抓住他的手指不放,"我希望你能找到她。"

"总有一天会找到她的。"他挪开手,手指轻轻地敲击着桌面。"无论如何,我一直在想你那天说的话。卡洛斯好像浑然不知,他或许丧失了记忆。这不禁让我想起了我的母亲。"他把笔记本电脑朝他又挪了一些。"我觉得他并没有患失忆症。"

"你觉得他有点……你是怎么称呼这种症状的?分离性身份识别障碍——"

"不,我——"

"他到底怎么了?"我问道,显得越来越不耐烦,"他连我都不记得了,应该患上了失忆症。"

"或他的真实姓名,或有关从前生活的一切。朋友、家人,什么都没有。我敢打赌卡洛斯压根儿对詹姆斯一无所知,对吗?"

"我可不这么认为。"

伊恩漫不经心地做着弹奏的动作,"我认为他有分离性身份识别障碍。"

"分离什么呢?我觉得不会——"

他举起一只手,"请等我把话说完,我无法证明那是错的;只是一种猜想。你得去咨询一下医生,或问问卡洛斯,但神游症对我来说却说得通。分裂导致一些严重的情感创伤,詹姆斯来到墨西哥之后肯定遇到了什么事情。他的思维戛然而止,没有留下任何记忆。"伊恩在操作笔记本电脑,"这其实就像电脑突然停机一样,硬盘上的信息全都丢失了。"

"那我该如何帮他才好?"

伊恩目光变得柔和,"我觉得你帮不上他。"

我想起我对卡洛斯的要求,"熟悉的环境应该会有帮助,对不对?"

"没有人敢保证从神游症中恢复过来。大多数时候人们会在失忆之后数小时内重新恢复记忆,有时会时隔几天,而且记忆会在突然间恢复,就像瞬间失忆一样。"伊恩弹着手指。

"但他失去记忆已经快两年了。"

"有一些病例,患者人格分离持续了整整几年。也有一些极端的病例,症状会持续……我也不确定。对不起,艾米。"他把笔记本电脑往前推了一些。

我望见电脑屏幕变成了黑色,进入了休眠状态。"他可能永远都无法恢复记忆吗?"

伊恩叹了一口气,"我觉得应当做好最坏的准备,詹姆斯会永远失去记忆。"

我无助地摇着头,有些失态了。

"分离性身份识别障碍,一个患者会有两个或两个以上的身份,这些身份不断交替出现。"他耐心地向我解释。

"这跟神游症不能相提并论。早已存在的身份会消失,会出现一个新的身份。除非有人提醒患者,哪里出了问题。新的身份出现时,患者不会觉得这只是个替代品。这就可以解释,詹姆斯,我指的是卡洛斯,迄今为止一直无法恢复记忆的原因。他根本不知道自己就是詹姆斯,往好处想,没有人告诉过他实情。"

伊恩把双手温柔地放在我的膝盖上,"艾米,有可能詹姆斯根本就不存在,甚至可以说,他已经不在人世了。"

我把伊恩的手推开,他活动了一下手指,把手放在了椅子上。他心中各种情感纠葛在翻腾。当然,我能看见他握紧了拳头,一连深呼吸了好几次。他希望能碰碰我,但仍和我保持一定的距离。我需要距离来思考问题。

他按摩我的额头,"如果卡洛斯身上有詹姆斯的迹象,詹姆斯怎么就消失了?"我向他解释,签名用的颜料以及卡洛斯的幻觉,他曾有好几个月都试图画我。

"我并非专家,我不知道该怎么回答你。"

伊恩的理论听起来过度离奇而且十分悲观,我并不打算放弃希望。"如果他能恢复记忆,会怎么样?"

"那么情况会有些棘手。如果他确实恢复了记忆——如果他出现这种症状已经很久了,问题会很严重——他会彻底感到迷茫,尤其时断时续。"

"时断时续,什么意思?"

"詹姆斯回来时,卡洛斯就会消失,连同卡洛斯的记忆一同消失。"

我吃惊地喘不过气来,"他不会记得在墨西哥的任何事情?"

"是这样的,仿佛他昨天才离你而去。我不知道还要说些什么,但你应该面对现实,正确判断。我查了几个网站。"他手指在笔记本电脑的键盘上不停地点击,"还有,艾米?"

我抬头看监视器,伊恩的表情有些拘谨,时不时地朝酒店大厅里看。"你要当心,神游症其实是一种意识状态,会自我保护避免难以控制的事情,或避免某些会令他痛苦的行为。这正是詹姆斯离开的原因,远离他的家人和朋友。有些人希望他忘得干干净净,但我觉得他已经在质疑了。"

"你想表达什么意思?"

"我与伊梅尔达的会面被打断了,卡洛斯现在就在那里。"

伊恩推开椅子,说了声再见。

我站起身来,"你要去哪里?"

他耸了耸肩膀,"大厅,或许有机会看到卡洛斯跟伊梅尔达在一起。"

他从我面前走过,"我觉得这个主意不好。"

"为什么不好?"

他抓住我的手臂,我感到他好像在对我进行打劫。"我已经向你提供了大量的信息,好好想一想。"

"我希望与伊梅尔达一起待一会。"

"不要这么鲁莽,你现在情绪很糟糕。"

"胡扯!她欺骗了他!"

他见我怒气横生,圆睁双眼,感到十分惊讶。我一点都不在乎,是她偷走了詹姆斯,快两年了,也毁了我的生活。

伊恩握紧了拳头,"你还不清楚她是否偷走了詹姆斯。"

"你也不清楚!"我朝他大声吼,试图挣脱他。

"你有时缺乏理性,好好想想,艾米。我怀疑伊梅尔达不是唯一欺骗詹姆斯的人。"

我紧闭嘴唇,"汤姆斯。"他也有份,我宁愿打赌他早已知道詹姆斯及其画作的下落。

伊恩直视着我,他的思路与我的思路不谋而合。

我体内的肾上腺素大量分泌,浑身颤抖。我需要知道答案。"我需要与伊梅尔达谈一次,就现在。"

"不要冒险,你会把她吓跑的。等你心情平静下来后再和她好好谈谈。"他用力捏我的肩膀,面部表情十分丰富。

他始终与我保持一定的距离,但他感觉与我相隔十分遥远。他早就毫无顾忌了。"我知道很困难,但要让卡洛斯有些时间跟她在一起,"他说。"在你向他摊牌之前,他可能没有理由去怀疑有人在欺骗他。利用这些时间好好想想该怎么应对。读一些文章,制作一份问题清单,知悉有哪些问题要问伊梅尔达。盘算一下你下一次遇到汤姆斯时该怎么对他说。"

他来回踱步,绕着圈,谨慎地看着我。"你要喝点水吗?我去帮你拿杯子。"

"不,我不想喝水。"我很勉强地瞥了一眼他的笔记本电脑。理智告诉我,我应当听从他的建议。咬紧牙关,多看些资料,然后提出问题。

"很好,然后……"他直言不讳,手指不停地挥舞比画,他的头发被太阳晒成了古铜色。"等你准备好了就来找我,

到时我会陪你去伊梅尔达的办公室。"

我目送伊恩消失在酒店大厅里,我说服自己不要跟在他的身后。我突然涌起一股冲动,对他无偿奉献的怜悯与慈悲心存感激,希望尽早摆脱我因为詹姆斯的事情所陷入的精神失常状态。我也希望给伊梅尔达一个突然袭击,要求她向大家坦白究竟对詹姆斯做了什么。

但是我不该到处乱跑,我今天早晨的行为已经证明了这点。伊恩也对我有这样的要求,我不得鲁莽行事。我还没进行任何调查研究,就已经急匆匆地赶到了墨西哥,而现在的确需要做点调查研究了。在找伊梅尔达交谈并直面汤姆斯之前,我得把所有情况都了解清楚。我特别希望自己能在接近卡洛斯之前做好充分的准备,否则他会撵我走的。

我坐在椅子上,唤醒伊恩的笔记本电脑。我一筹莫展,他打开了好多浏览器,我数都数不多来,层层叠叠,活像一个个煎饼。

从伊恩的描述中,我得知詹姆斯丧失记忆并非是因为身体创伤,而是心理创伤,一些难以承受却又无法抗拒的心理创伤。他的记忆完全消失了,现在变成了另一个人。像一个清空的硬盘,用一个全新的身份存入了全新的信息。

卡洛斯。

或更确切地说,杰米·卡洛斯·多明格斯。

有人不得不为他创造了人生。他姓名的首字母并非巧合,我想起了伊梅尔达,她可能是趁詹姆斯失忆、困惑时伪造了他的生平,他的记忆一片空白,面对任何信息都会来者不拒。我又想到了汤姆斯,他为什么要做这些卑鄙无耻的事情来制造他兄弟死亡的假象？

詹姆斯，你怎么了？

我浏览着网页，目光扫过一行行文字，想尽快理解文字的含义。我点击了一些链接，打开更多页面，同时将其他内容放入收藏夹里。我会让伊恩通过电子邮件发送网址，以便今后能仔细研读。

我也看了伊恩有关神游症症状的解释，了解了詹姆斯如何会在神游症发病期间完全失去记忆，当他恢复记忆时会记不得自己曾是卡洛斯。

如果他的记忆恢复了。

我读到一些病人患了数年的神游症，还在不断努力恢复原来的身份。他们意识到自己患上了神游症，但詹姆斯却不是这样。抑或我向他说明一切之前他还没意识到。

没有人把他的真实身份告诉过他。我猜想有人告诉他，他是墨西哥公民，生活在埃斯孔迪多港，他并未受过重伤。

为什么是一次冲浪事故？

为什么要欺骗詹姆斯？他如何从事发地点辗转数百英里来到这里？他的旅行记录证实他整夜都待在坎昆以南的普拉亚德尔卡曼。

他们不得不造假，让他的家人和朋友相信詹姆斯出差时不幸去世，事发地点远离他实际生活的地方。没有人会找到他。

我突然点开了一个窗口，电脑提示电池电量只剩下10%。又过了一会，屏幕变黑了。我关上笔记本电脑，来到酒店大厅。伊恩肯定和伊梅尔达在一起，我找不到他。前台服务人员给了我一份度假酒店的地图，管理人员的办

公室在侧翼。

沿着走廊走到主厅的尽头,我找到了伊恩。他站在伊梅尔达的身边,此时伊梅尔达已经泣不成声。伊恩嘴唇微动,但我不能确定他在说什么,也不知道伊梅尔达为什么哭得那么伤心。卡洛斯独自一人站在一边,垂着脑袋,双手撑着墙。

他好像在一个颠倒的世界里尽力保持平衡。

我朝他跑了过去,他猛地抬起头,我停住脚步,无法越过他全身弥漫的怒火。我心中一震。"詹姆斯?"

"我不叫詹姆斯,"他朝我咆哮,径直从我身边快步走过,撞到我的肩膀。

我紧跟在他身后,"对不起!卡洛斯,请听我说——"

有人拽住了我的一只胳膊,把我往后拉,"艾米,不要——"

我转过身,手臂一阵抽搐,"你在干什么,伊恩?放开我!"

"现在不行。"他又拽住了我另一只胳膊,"现在还不是时候。"他朝靠在墙边神情沮丧的伊梅尔达点了点头。"她把一切都告诉了卡洛斯。"

"一切?"一切是什么?我望着伊梅尔达,"告诉我,你对他做了什么。"我用力拽住伊梅尔达。"该死,伊恩,不要过来。"我已处在崩溃的边缘,随时准备跳过去拧断她的脖子。我的手指像爪子,在潜意识中,我知道自己正在丧失理智。詹姆斯、伊梅尔达、汤姆斯、莱西……詹姆斯失踪的画作,有人筹划了他已去世的假象……与伊恩上床,向他敞开心扉……我受够了。

伊恩还坚持着,他并不锋利的指甲掐入了我胳膊上柔软的皮肤,我极度失望,失声尖叫。

伊梅尔达还蜷作一团,面对着墙。

"冷静下来!"伊恩大声叫唤我,设法使我平静。

"走开!我千里迢迢来这里并不是为了袖手旁观,等待所有人来安慰我,"我大叫。"我们仁至义尽了,那个女人有足够的时间来告诉詹姆斯,有整整十九个月!我想知道发生了什么事情。"我使劲挣脱自己的手臂。伊恩拉着我穿过走廊,远离伊梅尔达。"上帝啊,伊恩,放开我!"

"她没有错。"

我和伊恩都停止了挣扎,一起呆呆地看着伊梅尔达。他松开了手,我也摆脱了束缚,我皮肤红彤彤的,感到阵阵疼痛,我伸手想要去抚平这种痛感,却无能为力。

伊梅尔达逐渐放松下来,"我几个月前就该告诉他了。我伤害过他;他陷入了深深的痛苦。他恨我。"她望着伊恩。伊恩将手按在我的肩膀上,随时准备制止我。我依然感到内心激愤,渴望将伊梅尔达扑倒。她朝伊恩点头示意,说道:"没关系。她需要了解真相。而且……"伊梅尔达将目光转向我。"我早就料到你会来。"

"什么?"伊恩和我异口同声地说。

伊恩放下了手,伊梅尔达凝视着我,"跟我来。"

她站起来与我擦身而过,我把笔记本电脑朝伊恩的胸口轻摔了一下,算是还给了他。他刚才摁住我的胳膊,算是两清了。"电池没电了。"我向他抱怨,随后跟在伊梅尔达的身后往外走。

"艾米,"他狠狠对我说,我停下了脚步,但没有转身。"如果你还需要我,我会去海滩咖啡馆。"我微微点了点头,看都不看他一眼,走开了。

第二十五章

伊梅尔达往沙滩走去,我则在后面跟着。我拨开密密麻麻的游客,牢牢跟紧伊梅尔达。走过了冲浪锦标赛划定的区域,我快步上前与她并肩而行。我们在 Zicatela 沙滩上一路向前,我正在疑心是否要我们一路走啊走到沙滩尽头时,她忽然停住了脚步,面对大海。

"我就是在这里找到他的。"

我顺着她的目光看去,远处是汹涌的波涛,"在哪里?"

"不,在这儿。"她抬起脚,示意就在这里的地面上,她的口音很重,而且有些激动。"我是在晚上散步时遇见他的,当时他浑身湿透,在沙滩上茫然地徘徊,完全不辨东西,看上去已经筋疲力尽。"她看着我,脸上浮现出痛苦的表情,"他全身上下都是擦伤和刮伤,他的脸庞肿胀,有好多血迹，好像是跟别人干了一架。但我知道，这绝不是因为打架。"

"他之前没有在冲浪吗？"

她摇摇头，"Zicatela 沙滩的海浪过于汹涌，会冲毁船体和冲浪板。必须对这片海域保持敬畏。"她指着 La Punta 说道，"我觉得他是在游泳时受到海浪冲击，撞到了岩石上。"

一阵凉风吹过的肌肤。我在脑海里想象着詹姆斯竭尽全力想要游回岸上，但猛烈的海潮一次次将他抛向岩石。这让我想起，有一次在见到莱西之后，我曾看到过奇怪的情景，然后我就在盥洗室中昏了过去。我看见的一切都是真的吗？

"他是怎么了？"我问。

"我也不知道。"伊梅尔达嘴角耷拉下来。

她回头看了一眼度假酒店，"这家酒店的土地产权是我丈夫家族代代相传的，我们结婚之后他就继承了这片土地，而后我们着手规划，准备建设酒店。经营度假酒店是他的梦想，后来也成了我的梦想。我们花了三年时间取得贷款，并拿出积蓄建造酒店。它是多么雄伟壮观。"她的脸上颤巍巍地浮出笑容，然后眼中噙满了忧伤。"酒店开张后六个月，我丈夫心脏病发去世了。他枕在我的臂弯中，停止了呼吸。我继承了一切，这座我不知道怎么去经营的酒店，以及一屁股的贷款，那些债主真是烦死人了。"

她两手环抱，摩擦着手肘，"丈夫去世后四个月，我不得不做出艰难的决定：卖掉酒店或继续下去。所以我来这里思考。我已经决定放弃梦想了，酒店是丈夫留给我唯一的念想。这时我遇到了卡洛斯。"

"你遇到他后,他对你说了什么?"

"他忘了自己的名字,自己的家乡,也记不得自己是怎么来到这片沙滩的。好几个月前,他说自己的记忆只能追溯到我们相遇的那天。"

"我把他带到诊所。他的鼻子和脸颊伤得很重,需要在脸上动手术。我们这里的医生没有这种手术能力,对此束手无策。他也丧失了所有记忆。"

我说:"那时他已经列为失踪人员,一定有人知道他的往事。"

她的眼睛望着地上,两个手指神经质地在手肘上画圈,"他是在科祖梅尔被列为失踪人员的,谁会想到这个失踪的人会躺在一千英里之外的小诊所里。他被宣布为失踪人员后,我和诊所都收到了'封口费'。"

"这钱是谁付的?"虽然心中疑虑重重,但我还是问了出来。

她舔了舔嘴唇,"我为卡洛斯办完入院手续之后,有个美国人来找我。他自称是卡洛斯的朋友,但我觉得他们是亲戚,因为两人的眼睛特别像。"

虽然我早有心理准备,但还是浑身颤抖起来,"汤姆斯。"

"他开出的条件让我无法拒绝。"

我瘫倒在沙滩上。和伊梅尔达一样,我也收到了汤姆斯的封口费,这让我的生活毫无后顾之忧。"把支票兑现了,"他不止一次对我说,"开家餐厅吧。"于是我就这么做了。但这么一来,真相就被他彻底掩盖了。

伊梅尔达在我身旁坐下,"你一定感到心如刀割。那时你们快结婚了吧?"

"他的葬礼恰好是我们结婚的日子。"

"啊,真是太遗憾了。"她喃喃地说。语气中暗含着歉意。

我呆呆地望着地面。

"一开始,汤姆斯要我监视卡洛斯,"她继续说,"也就是保护他,凡是有可疑的迹象统统要汇报。"

我抬起头,"比如什么?他那时是在出差啊。"

"他有生命危险,有人要杀他。"

我的心狂跳起来。莱西在她的笔记中提到过一些'危险'的事,但这些都很荒谬可笑。詹姆斯的生活再也平凡不过的了。"谁要杀他?"

"我不知道。接受封口费的时候,汤姆斯还告诉我'不该问的别问'。"

"你为什么要和一个陌生人做这样的交易?"我嘴唇发颤,呼吸加快,"他把酒店的债务都还清了是吧?这样值得吗,用我丈夫的命换你无债一身轻?"

"我让他有了新生,"她辩解道,"让他活得更好。"

"汤姆斯就是这样告诉你的吧?你怎么不问问詹姆斯是怎么想的,"我大声说,"他的生活真的美好吗?"

"他在这里很自由。他不需要再隐藏秘密了。"

"什么秘密?他又没有秘密。"

她面无表情地看着我,"你完全确定吗?"

我望着对面的大海,思绪如同海潮一般汹涌澎湃。怀疑的种子在我心里生根发芽,长出的荆棘和藤蔓把我死死地绑住。是啊,我能确定吗,已经不能了。詹姆斯总是不愿意把菲尔的事告诉我,还有我们订婚那晚的事情,这样说来,他还有别的事情隐瞒着我。

"我朋友伊恩认为,詹姆斯患有分离性神游症。"我说。

她扬起了眉毛,似乎有所触动,"你朋友说得没错。医生也认为失忆是精神原因造成的。汤姆斯要让卡洛斯再也想不起过去的事情,所以我们要把他塑造成另一个人。他请来专家重塑卡洛斯的面部,没人会再认出他。所有参与计划的人都得到了丰厚的酬劳,绝对会守口如瓶。在这里,有钱能使鬼推磨,大家尤其青睐美元。"

"我在家里照料卡洛斯时,汤姆斯为他制造了新的身份。他有自己的档案卷宗,出身证明、身份证明……"她瞟了我一眼,"还把卡洛斯在美国的画作运来,于是在汤姆斯的安排下,一切看起来好像是卡洛斯刚来这里,准备开一家画廊。他也成了我失散多年的领养的兄弟。在世人眼里,卡洛斯就是个墨西哥公民。"

"汤姆斯认为,我们把卡洛斯的生活安排得越丰富,他恢复记忆的希望就越是渺茫。其实这样的谎言漏洞百出,但我可以不必回答卡洛斯的提问,因为我毕竟是他'失散多年的姐姐',是在他冲浪事故之前才相认的,所以大家都不了解彼此。"她故意把最后几个字拖长音,似乎是很讨厌这样一套谎言。

我试着理解这个精心编织的弥天大谎,但无法想象一个人是如何以子虚乌有的身份活在世上。"这么多年来你一直在撒谎,你怎么能这样?"

她抿了抿嘴唇,"一开始我也受不了,总觉得卡洛斯会揭穿我,但汤姆斯不停给我送支票。"她偷偷看了我一眼,然后盯着她脚趾下的沙子。"他现在还在送支票给我。"

我揉了揉脸。天哪,汤姆斯还在贿赂她。

"你有没有试过把真相告诉詹姆斯?"

她红着脸看着自己的手。我读出了她的潜台词。

"你爱上了他!"

"不,我们只是兄弟姐妹之间的情分!请你务必理解,我身边没有亲人,"她举起手发誓着为自己辩解,"我丈夫死了。父母更是在我丈夫之前双双离世,他们领养的兄弟在我小时候就失散了。这么多年我就是孤零零一个人苦熬,这时终于有了亲人。所以我把那位兄弟的名字给了他——卡洛斯·多明格斯,卡洛斯的意思是'自由的人'。我想这个名字很适合他。汤姆斯坚持说,他的第一个名字必须以字母'J'开头,好与他画作上的签名呼应。而'杰米(Jaime)'是我父亲的名字。"

"汤姆斯为什么要掩盖詹姆斯的过去?他为什么要如此大费心机?"我真想把这个汤姆斯抓来,让他原原本本解释清楚。

"你也别那么生气,他只是在保护詹姆斯。"伊梅尔达站起身,背对大海。一阵海风吹过,长发贴着她的脸庞飞扬起来。她伸手把头发拢起,在手掌上盘绕几匝。"好好照顾卡洛斯,他对我很是生气。他需要有人陪伴,我向他介绍了你,告诉他你们都是受害者。"

我回忆着我们上次相见时的画面:那次我在走廊里叫他詹姆斯,他用那样的神情看着我。"我觉得他也不想再见我了。"

"多给他一点时间。你可以免费在这里住,想住多久就住多久。我能做的只有这些了,希望能够借此赎罪。"

"你说你一直在等我出现。"在她打算走开时,我提醒她说。

她停下脚步面对我,"我是基督徒,但是我犯了严重的罪愆。我害怕面对自己的灵魂,也害怕汤姆斯会对我采取行动。但是欺骗了卡洛斯令我深感愧疚,所以我安排露西去找卡洛斯的故人。"

"露西?"我问道,皱起眉头。我想起来了,就是莱西。

"我希望她能告诉卡洛斯的朋友或是家人,卡洛斯仍然活着,而且不要留下蛛丝马迹,我不想让汤姆斯知道。"

"莱西是谁……我是说露西是谁?"

她两眼发亮,一只手放在胸前,"她是我的朋友,太阳之家酒吧的常客。很巧,每次我特别需要她的时候,她都会前来看我。那时候她来了,我才突然想起为何不借她的智慧一用?"

她不再往下说了。这时,我心中一个积存已久的问题突然脱口而出,"她是哪里人?我怎么找到她?"伊恩和我都很想知道。

"她是……怎么说呢,她就是个谜一样的人物。"伊梅尔达开始朝 La Punta 的反方向走去。她苦涩的脸上露出一丝淡然的微笑,好像她一生的所作所为都需要忏悔,但又无法改正自己的行为。"露西就是个神秘的人,不是吗?"她转身离我而去。

返回酒店的路程,比早先从酒店出发时更加漫长。我拖着疲惫的脚步在沙滩上行走。到达酒店时,我看见伊恩坐在桌旁望着我,表情十分苦涩。我的心如同被揪住一般,心念一动,想要走上前去,和他一起离开这里,将汤姆斯所做的一切都抛在脑后。但是我无法离开詹姆斯,既然得知真相就更不能走了。我移开自己的视线,没做停留地走过了咖啡馆。

我踏进房间时,电话铃响了。我绕过床铺,在床头柜上摸索着寻找电话听筒,"喂?"

"终于接通了!我打了一个下午。"

"克里斯汀?"

她哼了一声,"不是我还会是谁啊?你为什么不接电话呀?"

我掏出手机,看到四个未接电话,"抱歉,手机设了静音。"

克里斯汀笑了,"上绘画课那么投入啊?卡洛斯是不是……"

"詹姆斯?"我为她接了下半句,"他就是詹姆斯。汤姆斯干的好事。"

她猛吸一口气。我把电话搭在肩上,抚摸着手臂。我的鸡皮疙瘩真是掉了一地。我回想着汤姆斯打来的电话,还有他在咖啡馆里点咖啡的情景。他是怎么打听到我的情况的?就靠闲聊,他对每个人都在撒谎,包括詹姆斯。

"我真是无语了,"克里斯汀说,"难怪汤姆斯那么喜欢问东问西。"

"伊梅尔达说……"

"谁是伊梅尔达?"她有些不耐烦,"从头开始讲,把所有情况都告诉我。"

于是我把事情说了一遍。

"伊恩对这事有什么想法?"我说完后,她开始问我。

我咬着拇指指甲。

"你还有什么瞒着我?"

"我和他上床了。"

"谁?"她呼吸有些急促,"伊恩?"我没有马上回答她。这时她笑了起来,声音低沉,听上去有些坏坏的,"你死定了。"

"怎么了,你有什么事情没告诉我?"我说着,开始咬另一片指甲。

"他是个好男人。他很在乎你,我敢说他爱着你。"

"是的。"我说。

"他告诉你的?"她吃惊地问,"别伤害他。"

"说这个太晚了。"

她失望地叹了一声,"想听听我的建议吗?"

"不管我想不想听,你总会说的。"

"艾米,我认真跟你说,我知道你一心想要找到詹姆斯,但伊恩可能是对的。詹姆斯或许再也无法恢复他原来的身份了,你要做好最坏的打算。"

"你是要我放弃詹姆斯吗?我刚找到他,我要帮他恢复记忆。"

"飞机两天后就要起飞了,你能在 48 小时里让他恢复记忆?"她说话时我咬着嘴唇,"你还想待在那里吗?你的咖啡馆怎么办?你的家人还有我怎么办?"她大声说,"我们都在这里。"

"可詹姆斯在这里。"我拉了拉头发,把头发绕在手指上。既然我知道他被汤姆斯设计加害,我就不能丢下他不管。我一定要出一把力。"伊梅尔达说我可以无限期住在酒店里。"

"艾米……"克里斯汀露出恳求的语气,"你真要这么做吗?"

"假如你以为尼克死了,但后来居然打听到他还活着,而且一点也不记得你们一起走过的日子,你会就这样离他而去吗?"

"大概不会,"她想了一会又说,"不会。"

"那你也该理解我为什么要留下来了。"

"我理解你为什么要留下来,但是你不能强迫卡洛斯变成另外一个人。你和詹姆斯确实应该在一起,但你和卡洛斯却不一定。你要先想清楚自己要什么,然后再去接近他,"她说,"他可能不会放弃墨西哥的生活。如果他真的听你的,认为加利福尼亚的生活会更好,那么你就会失去一个爱你的男人。"

我已经失去了伊恩,我渐渐在接受这个事实。他和詹姆斯都让我心痛。但詹姆斯更需要我。

我向克里斯汀道别,然后挂断电话。突然听到有人敲门,我感到有些紧张。是伊恩。他希望跟我谈谈,我不能再躲着他了。

我来到门前,凑近猫眼望了望。但我突然松开了手,似乎会被门把手烫到一样。因为门外站着的不是伊恩,是卡洛斯。

第二十六章

他来干什么?

我吸了两口气稳定情绪,抚平裙子,然后打开门。

卡洛斯独自站在走廊里。他抬起头,吊灯的灯光使他下颌的肌肉显得鼓起。他清了清嗓子,向地上瞟了一眼说:"抱歉,我早到了。"

我有些想哭。他内心的痛苦蔓延到了四肢百骸。他确实被害得太苦了。"哦,不要紧。"

他摸摸脖子,手臂还在颤抖。

"告诉我,应该怎么帮你,"我走出门来到走廊里,房门咔嚓一声关上了。"我真想帮忙。"

他两手插在口袋里,紧紧握拳,肩膀耸起贴到耳垂上。他依旧穿着褪色的牛仔裤和订制的亚麻衬衫,脚蹬人字拖,就和今天早上一样。我也没换衣服，洗完澡并且离开伊恩之后，我还是穿着女式衬衫和裙子。

我不再想这些了。"请你相信我。"我又走近了一些。

他的脸颊绷紧，肌肉鼓起，可能随时会爆发。

"相信我。"我重复了一遍，轻轻地触碰他的手腕。

他睫毛下垂，两眼看着我的手，下颌放松了。

也许伊梅尔达是对的，卡洛斯理解我们都是这场骗局的受害者。我们就好像棋盘上的棋子，被汤姆斯玩弄于股掌之间，而我担心这局棋还远远没有下完。我要让卡洛斯相信我们应该生活在一起，把以前的詹姆斯找回来。

他甩开我的手走到一旁。我的手虚握着，指甲顶着手掌。他咽了口口水说："我应该带你去吃午餐的。"

"噢！"我站直身子，"那……"

"我想带你去吃午餐。"

"啊，好的，嗯……"我紧张地挪了挪身子，"我去拿手提袋。"我握住门把手转动了两下，糟糕，房门上锁了。

"我到前台去拿张房卡。"他说。

"不！"我喘口气说，"不用了，我回来后自己去弄就好了。"我不想让他离开，怕他改变主意不跟我去吃午餐了。"我今天晚上把钱还给你。"

他嘴角微微扬起，但笑容之中没有一丝暖意。"不要紧，我来付钱。"

他往前走了几步，然后回身伸出手。我五指收拢，放在他的大手中，由他握着。那一刻我真想哭，感觉好像经历了漫长的轮回转世，我们才能重新肩并肩走在一起。

在电梯中，卡洛斯按下按钮去底楼大堂。他倚靠着墙面，两臂交叉面对着我。我走到他的对角位置凝视着他。电梯里有轻微的嗡嗡声，好像凝聚着我们之间的千言万语。他的目光有些过于炯炯，我握紧了手，感到有些不适。虽然他努力克制，但怒气还是有些流露出来，我不由得颤动了一下。虽然他的情绪并非针对我，但我还是烦躁不安。我捏着衬衫下摆，想象自己是在拧汤姆斯的脖子。

我轻声说："我们去哪里吃饭？"

"我原打算开车去 Riconada 吃午餐，但现在——"他顿了顿，揉了揉手臂，说道："我想找个近点的地方。"

他眉间现出深深的川字纹，张了张嘴，但什么也没说，两脚交叉，看着地面，"嗯……我想可以在 Playa Principal 的沙滩上吃饭，我们可以走过去。"

叮的一声，电梯门从两旁打开。卡洛斯把重心从墙上移开，走出了电梯，我跟着他穿过大堂来到沙滩。午后微风不起，太阳渐渐西沉，把天边映得通红。"真是太美了。"

"一天当中，我最喜欢的就是这个时候，"他在我身边说道。他走路的样子和詹姆斯一模一样，大步流星，却又悠然自得。但他说起话来，就是彻头彻尾的卡洛斯，他的英语夹带着浓重的口音，时不时地蹦出西班牙语。他跟我说起这里的渔民。他们整宿把船停泊在近海区域，在船舷外放置带饵钩，以便第二天一早能够捕鱼。他们的妻子把鱼洗净并处理停当，供应给附近的餐馆和本地的市场，市场就在这片沙滩上，棕榈树下面。他指着一排棕榈树，树干弯曲得好像沙滩上的圆拱。

他海阔天空地闲聊，但就是不提我们的事情，以及他在今天下午知道的真相。他说话时的手势非常流畅。我再一次拿他和詹姆斯比较，我总是不由自主地把他们两个相互对比。卡洛斯的一切，他的举止，他在强调某些内容时触碰我的手臂，这都和詹姆斯一样。但当他说起自己多么热爱埃斯孔迪多港，不愿在别处生活时，我真不知应该高兴还是难过。

"我说的东西是不是冒犯了你？"他问。

我转头对着天边的夕阳，擦了擦眼泪，"没有，完全没有冒犯我。我只是觉得……这些太……"

"难以接受？"

我淡淡一笑，"是的，是这样。"

他笑了，我对他的自制能力感到十分吃惊。他就坐在那里，带着他曾经的未婚妻去吃饭，但他完全记不得自己曾向她求过婚。世界上居然有这样稀奇古怪的事。他心里就没有疑问吗？他没有不快吗？两年以来，他被自己最信任的人骗得团团转。

"我不能想象你现在所要面对的一切。"我说。

"我尽量不去想，"他说，"现在更不愿意去想。"

这家餐馆就好像沙滩上的木制平台。彩虹灯带螺旋式地缠绕在一旁的棕榈树上，头顶上悬挂着干净的灯泡。桌子排成圆形供跳舞表演之用，桌子上方撑着遮阳伞。一个四人组乐队在一旁演奏拉丁爵士乐。

卡洛斯想必是这里的常客了，很多客人还在排队等候，女服务生却立刻为我们安排座位。她向卡洛斯投以灿烂的微笑，而且把我们领到最外围的座位，可以把落日尽收眼底。卡洛斯为我拉出椅子，然后在我身边坐下。我们面对大海，这里的海浪比起 Playa Zicatela 要平缓得多了。

女服务生送来菜单，然后走开。我向四周张望，餐馆的气氛很是活跃。各种不同的语言与轻快地歌声混合在一起。我在黄昏温暖的空气中深吸一口气，闻到了烤海鲜、芒果和大海的味道。乐队轻松愉快的演奏让我面露微笑。我的肩膀不禁摇摆起来，"这里可真不错，也很漂亮。"

"我就知道你会喜欢。"他说着，然后皱起了眉头。

我不再摆动肩膀了，"怎么了？"

他看着我，我把手指伸到长发里，拨弄着自己的卷发，"你在想什么？"我看他沉默不语，就主动问道。

他挪了挪身子，把手放在大腿上，"你也猜到了，我心里装着很多问题。"

"当然，我会解答你的问题，我希望能够帮上忙。"我说。这也是在帮助我们。

"谢谢。"他转头面向大海，橙色的落日好像要融化在地平线上，"我本来想今晚聊聊的，但我改变主意了，晚上我要回去。上帝呀！"他声音低沉地说。他的两只手放在脑后，詹姆斯想事情的时候就会这样。我移开视线，我不能再拿他和以前的詹姆斯相比较了。

"伊梅尔达把一切都告诉我了，这真要把我逼疯了……"他顿了顿，伸出手指揉了揉眉毛，"对不起。"

我不清楚他是在为自己的措辞道歉呢，还是为取消晚上的谈话而道歉。

不过，我只是想和他在一起，坐在他身边，看着落日的余晖在他脸上现出光影。我几乎想忘掉这一切，骗自己说生活就是那么简单纯粹，就我们两个人。

"那你要怎样呢？"我的手指抽搐了两下，希望能够触碰他温暖而结实的肌肤。但我不能。我们只是陌生人。所以我只是看了看他的下颌和颧骨的硬朗的曲线。他的面部曲线是手术重塑的,但在我眼里依旧是这么俊朗。

他一边思考一边噘起嘴,"我只想和你一起用餐,我们明天再讨论这事好吗?我要再想想。"

"好的。"我说,我可以等他考虑好,我们来日方长。

服务生走过来,写下我们点的饮料和菜肴。在我们吃饭时,卡洛斯说起了他在埃斯孔迪多港的生活,他对绘画的热情,以及事故之后他如何自学艺术。他喜欢开艺术培训班为学生上课。我也把自己的生活告诉了他,从咖啡馆到父母再到我的朋友,对烘焙的热情,以及我创造的订制咖啡,只是没有说起我们以前的事。他没有问我为什么来到这个镇上,我为什么会来这里。我没有问他经历了哪些事,以及他打算如何抚平这些创伤。所有这一切像是回到了初恋,分享彼此的故事,有说有笑。

乐队开始演奏新的曲目。萨克斯风吹出一个长音,伴随着密集的鼓点。鼓手摇摆的身体比鼓点还要迅速。我两手轻拍,两脚打着拍子,冲着卡洛斯微笑。

他喝了一大口鸡尾酒,看着我说:"你喜欢跳舞。"

"是的。你呢?"

他看着乐队,然后抿起嘴唇,"我不跳舞的。"

你会跳的!

"跟我跳舞,"我脱口而出。

他有点摸不着头脑,问道:"什么?"

"来,跟我跳舞。"我站起来向他伸出手。

他看着我的手却不来接,于是我微微抖动手臂,让他

快点。他的目光从我手臂一路向上,与我的目光相遇,"我说了,我不跳舞,再也不跳了。"

我坚持了好一会儿,他却转头望向背后的大海。他的下颌抽搐,手指紧握着椅子扶手。我放下手,重重地坐回椅子里。我的内心忽然发生了些许改变,我第一次觉得他只是卡洛斯。

女服务生送来账单,卡洛斯付了现金,然后把单子扔在桌上。他站起身,椅子在地上发出尖锐的刮擦声。"我陪你走回去。"

第二十七章

我们沿着 Playa Marinero 向太阳之家走去。卡洛斯把拇指插在牛仔裤的前袋里,看着脚下被海水冲刷了亿万次的沙滩。他的手指不经意地刮擦着牛仔裤,眉头紧锁。

我把一缕头发绕在指头上,侧着头看了他一眼。餐厅里那一幕是怎么回事?我们聊得很投机,我觉得大家的关系已经拉近了。这时詹姆斯一定会高高兴兴地从椅子上站起,与我一同走进舞池,但卡洛斯却不陪我。我想问他为什么,但我先前答应他,不去提那些沉重的话题。

离开餐馆之后,卡洛斯一路低头沉思,一言不发。他突然停下脚步向后面张望。

我问道:"怎么了?"

"我的吉普车还停在画室那里,"他抓抓下巴然后朝四周看看,"我先送你到宾馆。"

他继续往前走,但我没跟上去。他停下脚步,扬了扬眉毛。我翘起大拇指,指指背后,"我跟你一起去画室吧,你也不用跑来跑去了。"

他迟疑了一下,"你确定?"

"当然了,今晚很开心。"我不想回到酒店的房间,一个人孤零零地躺在床上,饱受失眠的煎熬。明天卡洛斯的疑问得到解答之后,情况会是怎样?我是要留在墨西哥和他一起生活呢,还是飞回加利福尼亚?伊恩是否还愿意做我的朋友?我已经把他冷落在一旁,虽然我答应过不这么做。

卡洛斯的吉普牧马人停在画廊后面的巷子里。他帮着我上车,在我坐进乘客座位的时候拉好车门,然后自己上车。他驾车返回太阳之家,把车缓缓停在酒店的正门旁。车管员向我们走来,卡洛斯挥挥手让他不要过来了。他没有把引擎熄火,两手仍然紧握方向盘。

我不想从车上下来,卡洛斯也没有叫我下车。我偷偷看了他一眼说:"听说市区在搞一个节日庆典。"

他点点头,抖抖膝盖。

"天气真好。"我看看天空,这里明亮的灯光使得天上的星星黯然失色,"我喜欢这样温暖的夜晚。"

他又点点头,"是啊,我也是。"

我很想知道假如我不提议去节日庆典,他接下去会去哪里,于是我问:"你住在附近吗?"

他指了指南边,"沿着 Zicatela 往南不到两公里。"

我看着他的侧影,他的胸口均匀地起伏。我脑子突然冒出一个想法,我不想一个人待在酒店,也不想去人山人海的节日庆典听那些喧嚣的音乐。"我想参观一下你家。"我说。

他用审视的眼光看着我,然后换挡。

我们沿着 Calle del Morro 一路行驶。这是一条与 Playa Zicatela 平行的大道。驶过餐馆、冲浪用品商店、夜总会和旅馆,我们来到了海滨附近的地区。卡洛斯把车开上车道,停在铁艺围墙旁边。他按下了挂在遮阳板上的遥控器,然后大门打开了。他驾车缓缓前行,宽敞的空间足够吉普车进入。随后他在一栋三层楼的房子前停住。我张大了嘴巴注视着顶楼。

卡洛斯将引擎熄火,"三楼是屋顶平台。在那里你能看到山和沙滩的美景,尤其是在晴天。"

他的房屋周围栽种着棕榈树,再远处是波涛阵阵的大海。"原来你住在沙滩边上啊。"我充满羡慕地说。

他露出慵懒的笑容,"来,我带你看看。"他说着,从吉普车上跳了下来。

他带我走过小型泳池,走过修剪整齐的夹杂着沙子的草坪,穿过半截土墙的缺口,这堵墙把他的院子和公共沙滩分隔开来。他转过身,把手搭在我的胯部,我吃惊的吸了口气。他笑了两声,帮助我爬到墙上,然后坐到我旁边,我们手臂彼此触碰。

我很想靠在他身上,但忍住了,随即赞赏起眼前的美景,"好吧,我承认自己羡慕你。"

"我真不敢想象住在别的地方会是什么样子。"他鼓起腮帮子,长长地吐出一口气,"在今天下午之前我都是这么想,但现在我都糊涂了。"

我凝视着远处滚滚的波涛和满天的星辰,希望我们之间不要隔着不可逾越的鸿沟。至少我能看到眼前的地平线。心想是否有人会为詹姆斯而活着,他的神游症能否康复?"现在就不要去想了。"我恳切地说。

"问题就在这里,"他坐直身子,"我没办法不去想它,我真是越想越糊涂。"他抬起我的左手,看着那枚订婚戒指,"伊梅尔达说……嗯……你曾是我的未婚妻?"

"这枚戒指是你求婚时送给我的。"

他怀疑地看着我,"那我应该记得呀。"

"是神游症妨碍了你的记忆……"

"那我应该对你有感觉才对,"他沉默了一会,然后抿了抿嘴唇,"但我没有感觉。"

我的心一沉,"我可以帮你,让我帮你恢复记忆。"我的语气中充满了惊慌。难道他不愿意再想起我吗?

"艾米,这不是失忆那么简单。你爱的那个人不是我,那个詹姆斯已经不存在了。"

"住口,"我大声说,"不要这么说,请不要……"我紧紧抓住他的手,"那些梦呢?你梦到过我啊。"

"我的画室中有一幅你的画像,可能是这张画触发了梦境。"

"我不信!"我满腔的怨愤,"不管怎么说,今天你得知了真相,你怎么就这么冷酷呢?你什么都感觉不到吗?"

他苦笑了一下,"我的感觉,好吧。我对那个兄弟感到无比愤怒,他叫汤姆斯对吧?然后是伊梅尔达,"他摇

摇头继续说道,"她自称是我姐姐,我就相信了,我是那么相信她。至于你,"——他投来的眼神似乎是在掂量我——"对不起,我只是感到好奇。"

我双手握拳,猛地从他手里抽了出来,然后跌跌跄跄地站起身,背对着他。

"我的记忆只有十九个月。我把所有东西都保存下来,杂志、书本,我把照片都裱上框。假如我再失忆,至少还能看到我以前的东西。"

我想起了画廊里那几堆杂志和桌上排列的书本。还有一些没有签名或者需要润色的未完成作品。他从来不把签过名的画作拿出来展览。他保留着所有属于卡洛斯的东西。但是我的心里装的是詹姆斯,"我有照片要拿给你看,我有你的衣服和绘画。你美国的画室还在呢,我们还有个家。"

"我的家在这儿。"

我两手按着肚子,跌跌撞撞地走开,他叫我名字时,我停下脚步,"我不清楚是否真的要想起这段过往。"

我觉得自己心如死灰,"你能尝试着恢复记忆吗?"

"为什么?这样我可能会失去一切我熟悉的东西,以及我爱的人。"

我闭上眼睛,"你要为了短短的19个月而放弃以往的29年?你有什么资格拿走我的詹姆斯?你不属于这个身体,你不是詹姆斯。"

他也火了,"对啊,你说得对,我不是他,再也不是。不论你说什么我也不会抛弃这里,我绝不会跟你走,我不认识你。"

我转过身对着他说:"不对,是你不记得我了。"

他握紧了拳头,"我不能走,这里需要我。"

"你在哪里都可以画画,"我挥着手臂,做出哪里都可以的样子,"这里有什么让你那么牵肠挂肚?当然不是伊梅尔达,她不是你的姐姐。加利福尼亚才是你的家。我住在那里。你在这里算什么?"

他下颌紧绷,往我身后望去。

我向身后看看,"这大海?"我疑惑不解。他什么也没说,我挪动身子挡住他的视线,"你可能对我没感觉,但我无法抛弃我们的一切。这世上受苦受难的不止你一个人,"我声嘶力竭地叫道,"最痛苦的事情莫过于你深深爱着一个人,而他却早把你给忘了。我心里真是放不下他。"我感觉自己喉咙干燥,声音嘶哑,然后不停地咳嗽,身子也直不起来。

他用手臂抚着我的后背,"你需要喝点水。我们到屋里去。"他一边说着,一边推着我向前走。

我跟着他走过厨房,他打开电灯,突然而来的灯光使我不停地眨着眼睛。咳嗽渐渐停息之后,我不断喘着气。我感到要把自己打理一下,脸颊上还沾满了泪水,于是我问:"卫生间在哪里?"

"沿着走廊下去,左边就是。"他回过头跟我说。他在橱柜上找到了眼镜。

我沿着卡洛斯手指的方向,走过漆黑的走廊,走进卫生间并锁上门。我开了灯,打开水龙头,掬起一捧水浇到脸上,小心地清洗起来。我闭着眼睛摸到了毛巾,擦了擦脸,然后看着镜子。只见镜子里的自己脸色苍白,两眼充血。

卡洛斯怎么会认为自己19个月的生活,会比过去29

年更加重要?他偷走了我的詹姆斯,我原本可以和自己的未婚夫幸福地生活在一起,但消逝的詹姆斯连一句话都不能说。我还是要劝卡洛斯恢复记忆。

我把毛巾叠起,抚平褶皱,然后放到浴室柜上,旁边有一本插画的儿童书。我不禁一怔,随即心中一动。我游目四顾,看见马桶旁边有一整个书架的图画书,浴缸里还有玩具。

我抽泣起来,猛地冲出了卫生间,毛巾和那本童书掉在了地上。我跌跌撞撞地走进走廊,这时灯已打开,只见裱框的照片布满墙壁,就好像棋盘一样。客厅的书架上也塞满了照片。里面有卡洛斯、伊梅尔达,还有很多我不认识的人,其中有个栗红色头发、黄褐色肌肤的女子。她十分开心地站在卡洛斯身边,而卡洛斯搂住她的肩头。

里面有很多是两个男孩的照片,其中一个是婴儿,一个是年幼的孩子。有一张照片是卡洛斯怀抱新出生的婴儿。还有一张是"男孩哥哥"在儿童桌子上画画。我在画廊里看到过这张桌子。还有许多两个孩子的合影,以及一对夫妇搂着"男孩哥哥"。男的是卡洛斯,他脸上有一道红色的疤痕,另一个就是栗红色头发的女人,她挺着肚子似乎是怀孕了。

我转过身,两个手拢起头发,用力地拽了几下。头皮顿时火烧一般地疼。但与我心中的痛苦相比,这根本不算什么。我又拿起一张照片,是这个男孩的肖像。他的模样和詹姆斯幼儿园时的照片完全不像。这个孩子是谁呢,为什么这里到处都是他的照片?

"他五岁了,喜欢钓鱼,"卡洛斯在我背后说,"他是我的儿子。"

"怎么会呢,你来这里才两年工夫。"

我听见他挪了挪身子,"他是领养来的。"

我的手开始发颤,"这个婴儿呢?"我嗓音沙哑,声音轻得如同耳语。

"是我亲生的。"

这两个孩子还有屋里的一切都慢慢在我心头沉淀下去,沉淀在我的灵魂中。

这里需要我。

"他们的妈妈在哪儿?"

"我妻子名叫拉克尔,她……"他忽然停住了,露出痛苦的表情。

一滴眼泪划过我的鼻端,我心情烦躁,立即把泪拭去。

他过了一会说:"她是在生产的时候去世的,非常突然,是动脉瘤。医生已经无能为力了。"

我慢慢转过身。只见他站在房间当中,拿着两杯水。我觉得自己脸上的表情跟詹姆斯葬礼那几天十分相像。"你爱他。"我怀着来自内心深处的一丝绝望,有力无力地说道。

"我非常爱她。"

我舔了舔干燥的嘴唇,"你的孩子现在在哪里?"

"和我朋友在一起,他们都很乖。"

"我知道一定是很乖的。"我把照片放回书架,然后走到小房间。我扭动着手上的订婚戒指,两手不由自主地颤抖,深深的痛苦袭遍我的全身。

"对不起,"卡洛斯的嗓音十分干涩。他咽了口唾沫,很快地眨眨眼睛,眼眶里噙着泪水,"我真不知道……"他清了清嗓子,把玻璃杯放在咖啡桌上,"看到我的孩子让你感到不舒服吧。"

"她是谁?你们怎么认识的?你什么时候……"我抿着嘴唇,对自己那绝望的声音深感厌恶。

"她是我的物理治疗师。结婚后,我领养了朱利安。不久马库斯出生了……"他顿了顿,摸摸后颈,"我与拉克尔结婚的时间虽然不长,但是——"他目光瞥向别处。

他把视线转回,很恳切地看着我说:"我不能再跟别人跳舞了。她非常喜欢跳舞,我怎么能跟别人……上帝啊!"他痛苦地说,"如果我以前对你的爱就像对拉克尔那样,那么我能够理解你的悲伤。这种痛是无法承受的。"

我又开始呜咽起来,同时烦躁地扭动着戒指,摩擦着戒指下面的皮肤。卡洛斯的双眼停在我的手上,"几个月前我把自己的戒指拿掉了。"他说。

"我不行。"我哭泣着,彻底被击垮。

他小心地靠近我,"以后也不会?"

"不会。"房间似乎变小了,墙壁似乎在坍塌。卡洛斯又靠近了一些。他轻轻地按着我的手,试着平复我的情绪。"我很爱拉克尔。她离去之后,我的日子很难熬,但我必须面对今后的生活。我没有选择的余地,两个可爱的小淘气需要我照顾。"

我的嘴唇在颤动,"但你就是詹姆斯啊,你没有死,我需要你。"

卡洛斯难过地摇摇头,"他已经消失了。你要学着放手,艾米。"

放手，亲爱的，放手。伊恩的话语在我脑海中响起。

卡洛斯把我带到沙发旁，拉着我的手让我慢慢坐下。他搬来一张椅子坐我对面，握着我的手，"詹姆斯真幸运，有你这样痴情的女子。你跟我说说他，说说你为什么这么需要他。"

"假如你开始恢复记忆了怎么办？"

他的眼里充满了同情，"不会的。我不会改变的。"

我不相信他的话，我依然坚信詹姆斯就在这里，就在他身体里。我看着我们紧握的双手，十指相扣，感受到对方的温暖。我是否有勇气放开他，自己回美国？他远在异国他乡，没有我的陪伴，这种情况下我是否能开始自己的新生活？

我沮丧地叹了口气，十分无奈地讲起了我和詹姆斯的事情。

第二十八章

自从詹姆斯失踪之后,我让一切保持原样。他在家里的工作室,他挂在墙上的绘画,他放在橱柜里的衣服。在我去墨西哥之前,纳迪亚就和我提起,詹姆斯的照片到处都是。

我沉迷于每一件东西,梦想有朝一日他会回到我身边,希望他还健在,不久之后便可以回家。我们两人的记忆难分难舍,其中的一个我发誓永远都不会告诉其他人。

要履行这个誓言十分困难,但我为詹姆斯做到了。当他做好准备时,我们一起摆脱了痛苦与创伤,一起笑对人生。在此之前,他总避免谈论生活的考验,我不免开始怀疑,那时候真的感觉好害怕。

葬礼结束后,我很惊讶如果这一天终究要到来,我将不得不独自承受。你依然把什么事都忍在心里，克里斯汀几个月前就这么说我。如果她知道我所隐藏的秘密，又会怎么说呢？

我多么希望再有一次机会能告诉詹姆斯我的感受。那天我们两人在草坪上，此情此景让我终生难忘。我感到很孤单，也很害怕。如今他就在这里，坐在我的面前，听我说话。

卡洛斯拉着我的手，当我告诉他我们如何相遇，让我倍感安心。这种不可言喻的回忆，其中詹姆斯扮演了举足轻重的角色，而他却一点都记不得了。我告诉他，我的家人如何欣赏他的才华。我和他分享了我们初吻和初次跳舞时的情景，当我记得詹姆斯从大学访问归来时，欣喜之情溢于言表。我们在草坪上，披星戴月，分享爱情的果实。然后，我又回忆起詹姆斯向我求爱时的情景。

他握着我的手，我望着他，手指从他的手掌中滑落。

"还有更多，不是吗？"

我点头示意，使劲地去摘下订婚戒指。

"你怎么了？"他小心翼翼地问我。

各种记忆涌上了我的心头。

"山脊上的那块草坪是我们的，这是一块特殊的地方，我们在自己的草坪上，"我停顿了一会。"詹姆斯在草坪上铺上一块毯子。我们目送太阳落山，于是他向我求婚。"

"只要你戴上这个，我就为你画一幅日落，还有很多。"

他告诉我,他手里拿着一个打开的黑色天鹅绒盒子,盒子里面有一枚白金钻戒。

"噢!"我无比激动,"太美了。"

我伸出手指,詹姆斯吻了我的无名指,为我戴上戒指,十分契合。我们是绝配。

"嫁给我吧,艾米·蒂尔尼,我要娶你。"

"我愿意!"我的眼睛湿润了,投入了他的怀抱。"一千个我愿意。"

"感谢上帝。"他大笑起来,与我紧紧搂抱在一起。

我喜极而泣,"你有任何疑问吗?"我松开手时,和他开了个玩笑,激动得浑身颤抖。

"没有,"他一边说,一边吻我。"我的车里有香槟酒,等我一会。"

我见他往他的车跑去,消失在小树林里。我听到卡车撞击和玻璃破碎的声音,"一切安好吗?"我大声问他。

"一切安好,"他的声音有些勉强,"在原地不要动。"

我站在原地,在阳光下调试钻石的角度,钻石光彩夺目,"太美了,詹姆斯。"我听到背后有脚步声,我转过身,一头撞上菲尔。

他皮笑肉不笑,"你好,艾米。"

我倒吸了一口凉气,后退了一步。"你在这里干什么?"

"和你一起庆祝。"

"我不明白,詹姆斯人呢?"我往菲尔身后望去。

"他很忙。"他伸出手一把抓住我的下巴,大拇指掐进了我的脸颊。他把我按住。

我笼罩在恐惧中,"你要干什么?"

他貌似情况不太妙，戴着眼镜，额头上布满了汗珠。他把我拽到他胸前，手指深深抓入我的皮肤，满口酒气。"你太漂亮了。"

"菲尔，你弄疼我了。"我大叫起来。

"对不起。"他开始强吻我，嘴里都是杜松子酒的气味。

我忍不住大哭起来，恐惧到了极点。我使劲挣脱他，拼命后退。"詹姆斯！"我大声呼叫。

"该死的詹姆斯！"菲尔脸色阴沉，怒由心生。他踢了我，把我脸朝下摔到地上，我重重地跌倒在地，喘着粗气。

"你的男朋友，还有他该死的哥哥，夺走我的一切。一切，"他在我耳边怒吼。"多纳托公司是我的，是我的。"

他抓住我的脑袋，把我的鼻子撞向地面。我已经叫不出声了，我的手指紧紧地抓着地面。

"汤姆斯那里我早就拿回来了，他就是个该死的白痴。他一直都不知道我在利用他宝贵的商品干什么。"他拉开了拉链，他把我的双腿分开，用他的腿压住我的脚踝。"现在该轮到詹姆斯了，多纳托公司不属于他。但是你！你也不是个东西。"他的呼吸喷到了我的耳朵里，唾液溅到了我的脸上。他一把掀起我的衬衫，扯下我的内裤扔到一边。"他从我这里夺走的，我今天要从他这里拿回来。"

他用力抬我，我感到浑身发烫，我的肺部像在燃烧。我拼命呼吸，脸颊紧贴粗糙的地面。他用力压住我的背部侵害我，令人作呕。我肺部承受了巨大的压力，视觉开始模糊。突然间所有的压力消失了。

我急促地呼吸着，转过身抬起双手和膝盖，开始咳嗽，把嘴里的泥土吐了出来。

"艾米,"詹姆斯跪倒在我面前,"我的心肝宝贝。"他的声音愤怒无比,替我整理好衣服,梳理了一下头发。"我在这里。"

我感觉胆汁上涌,我推开他的手,拼命爬开。菲尔碰过的每一件东西,我都感到恶心,想倾肚而吐。我已经感觉不到他的手。

詹姆斯走到我跟前,扶起我,让我站稳了。他双手颤抖地很厉害,"跟我来,我们离开这里。"

我抬头望着詹姆斯,菲尔头朝下躺在草丛里,一动不动。"他……?"

"他还活着,不要看。"他收起毯子,我们两人赶紧上了车。

"你打算就把他留在这里吗?"

"是的。"他让我在前排坐好,关上了车门。他跑到驾驶座上,关上车门前就启动了发动机,驶离草坪,加速开下山去。

我开始颤抖,起先是微微震动,进而发展成浑身抽搐。

"结束了,艾米。"

干草和树枝黏在我的裙子上,指甲里满是尘土,我设法清理。"我很脏,我太脏了,我们得回家。送我回家。"我腹部感到一阵恶心。

"我不能……该死的!"他双手操控着方向盘,"我父母在等我们。如果我们不去,他们会心生疑问的,尤其是我母亲。我希望我们要赶在菲尔之前去我家。"

我无语了。"就让他躺在那里吗?"

"他也最好不要躺在那里,但我没有机会了。我们很快就会去拜访你父母。我向你父亲保证过,等我求过婚,我们去拜访他们。"

我看着遮阳镜,开始呜咽。我头发上都是叶子和杂草,右侧脸颊和下颚上都是抓痕,下巴上青一块紫一块。我的化妆品被毁了,伸手去摸睫毛膏,想涂上一点,不料都涂在了颧骨上。

詹姆斯转向路边,从健身包里取出一块毛巾。他往毛巾上倒水时,手在颤抖。"看着我。"他为我洗脸,用力很轻。"你不能跟任何人说起菲尔,你父母、你的家人、我们的朋友都不能说。不要让任何人知道发生过什么事情。懂我意思吗?"他拍去了我下颚上的一块尘土,我肌肉抽搐,他唉声叹气。"多纳托公司遇到了一点麻烦,菲尔牵涉其中。"他抓过我的钱包,掏出遮瑕粉,往我脸颊上撒了一些,让彩妆渗入皮肤。"我会留意菲尔的,他绝不会再伤害你。"他拧上装睫毛膏的容器。"抬头看这里。"我抬头望去,詹姆斯用他那只握画笔的手为我涂上了睫毛膏。"我有职责保护你,保证你的安全,你听我吗?"

我抿上嘴唇,点头示意。

我目光呆滞,他怒火中烧,有点吓到我了。他目光犀利,脸色铁青。"我会确保菲尔不会再靠近你,他不会再碰你。"

詹姆斯的太阳穴在流血,我低声哭泣。"你受伤了。"他摸了一下头上的肿块,感到有些畏惧。

"还不算糟,只是擦伤了。"

我从他手中拿过毛巾,往毛巾上倒了更多水。轻轻地擦拭着他的脸,我看到白色的毛巾上有暗色的血渍。"我爱你。"

"我知道,"詹姆斯闭上了眼,休息了片刻。"上帝啊,我讨厌必须要这样做,但是我不得不去,你父母在等我们。如果我们迟到了,他们会问我们很多问题。"

"但是我也有问题,"我低声抱怨,"菲尔这样做是为了伤害你,这是他自己说的,为什么,詹姆斯?你们之间发生了什么事?"

詹姆斯让我不要再说了,他抚摸着我的脸,用他的额头顶着我的额头。"我会在适当的时候回答你所有的问题。我会把一切都告诉你,我保证,"他说,他声音低沉,含着泪珠。"在此之前你得向我保证要注意安全,我知道自己在干什么,请相信我。"

"好吧。"我不再去想菲尔,把他尘封在记忆深处。

我们开车到了我父母家,装出笑容满面的样子。我们品尝香槟,相互敬酒,四个人喝完了一瓶香槟。我喝得更多,这样就能忘却在草坪上发生的事情。

之后,我步入詹姆斯父母的房子,又做了一次同样的事情。我们来到时整栋房子非常安静。

"屋里还有其他人吗?"我走进客厅时问詹姆斯。香槟冰镇在橱柜上一个纯银的水桶里。至少他们在等我们。

詹姆斯脸上愁容满面,他在房间里四周张望,他父亲病倒了,我牵着他的手,"我们去找你父母。"

就在那时,克莱尔·多纳托出现在拐角处,向我们张开双手。"欢迎!"她拥抱了詹姆斯。

克莱尔接着又拥抱了我,她握着我的手,"欢迎来我家,我们很高兴又能添新成员了。"

我装出微笑,感到下颚一阵疼痛。

"你打算沿用我们的名字吗?"她问我,误解了我的反应。"上帝不允许你再用你自己的姓。"

"好吧,我……"我的声音有些牵强,我看着詹姆斯。

他瞪着眼,去开香槟酒。酒瓶打开的声音传过凝重的空气,我屏住呼吸,克莱尔一阵抽搐。她把目光投向詹姆斯。

"我很荣幸能使用多纳托这个名字,"我赶紧说,"我爱詹姆斯。"

"你当然要用这个名字,亲爱的。"

詹姆斯倒了两杯香槟,"父亲人呢?"

"他在自己的房间里,他今晚感觉不舒服。"克莱尔朝我看了一眼,表示歉意。"他今天肺部不舒服。"

詹姆斯瞥了一眼他母亲,又倒了一杯香槟。"他什么时候再去体检?"

"你很了解你父亲,他比你和汤姆斯两人加在一起还要固执。"

詹姆斯摇着头,拒绝与他母亲发生争执,他递给她一杯香槟。

她耸了耸苗条的肩膀。"如果你父亲不愿意戒掉雪茄,他是不会再去看医生的。不到万不得已他是不会去医院的,他已经取消了护士为他安排的两次预约。"

詹姆斯看上去不高兴,他脸色阴沉,递给我一杯香槟。

"婚礼何时举办?"克莱尔问。

"日期还没定好,或许明年夏天?七月?"我疑惑地看了詹姆斯一眼。

"那样很好,你必须在我们的教堂结婚。"

"我们有这个打算。"詹姆斯握着我的手,将我拉近

了一些。"我们也打算在'北爱尔兰老山羊'餐馆举办一次答谢宴。"

克莱尔脸色一沉,"不,那样不行。这个餐馆太小了。"

"那个餐馆是艾米父母开的,他们很大方地同意招待我们。"

"那里根本挤不下我们所有的客人,你们怎么招待每个人?"

我紧张不安地拿着酒杯,"实际上,詹姆斯和我打算举办一场小型婚礼,只有家人和密友参加。"家人不包括他的堂兄弟菲尔,我感到胃部抽筋。

有人在大声敲门,我呆呆地站在原地,目光凝视,詹姆斯与我交换了一个眼神。休息厅里有人在大声说话。"我有没有听见婚礼钟声?"

汤姆斯出现在门口,让我神经紧绷,詹姆斯握紧了我的手。

汤姆斯朝我们走来,他拥抱了我,吻了我的脸颊。"恭喜,欢迎来我们家,小妹妹。"他捏了一下我的下巴,碰到了我擦伤的部位。我疼痛难忍,大口呼吸,詹姆斯推开了他哥哥的拳头。汤姆斯嬉皮笑脸地推詹姆斯的肩膀,然后给了他一个极具男人味的拥抱。一眨眼工夫,詹姆斯把他推开了,他完全失去了对家人的耐心。

"艾米正在和我讲他们的结婚计划,"克莱尔向汤姆斯解释,给了他一杯香槟,"汤姆斯,我觉得你应当考虑让菲尔做伴郎。"

我感觉自己的脸色一下子变得很难看。

汤姆斯盯着我看,詹姆斯捏住他的下颚。"我不希望他出现。"

"他是你的家人,詹姆斯。"

"我们稍后再谈婚礼宴会,妈妈。"他直截了当地说。

汤姆斯把他几乎没怎么碰过的酒杯放在橱柜上,"好吧,艾米,我会让你和妈妈好好谈一谈具体事宜。"他朝詹姆斯弯曲食指。"你有时间吗?我们需要谈谈。"

詹姆斯绷紧了脸,"好,我们谈谈。"他吻了我的眉毛,问我是否舒服。我点点头,他喃喃自语,说他很快会回来,然后随汤姆斯一起离开。

克莱尔把酒杯放在詹姆斯的酒杯旁,用她修剪整齐的指甲拂过我的头发。她取出一片干树叶,不由得皱起了眉头。"我觉得,只要我们把你的头发梳理好了,你做新娘时会很漂亮的。"她念念有词,连连摇头,仿佛略感失望,"你脸上化的妆太浓了。"

令人筋疲力尽的二十分钟后,我借口去上洗手间,摆脱了克莱尔和她的婚礼计划。谢天谢地,电话铃响了,克莱尔去接电话了。

我跑去找詹姆斯,他的声音从一间小房间传入门厅,光线从双层门下方射出,我听见詹姆斯言辞激烈的说话声。

"我不会解雇菲尔的,格兰特定下的规矩不会让我这么做。"詹姆斯说道。

透过半开着的房门,我看到詹姆斯站在房间的另一端,气得脸都变了形,汤姆斯在房间里来回踱步。

"我会对付菲尔的。"詹姆斯回答。

"他不关你的事。"

"听着,我有一个计划。"

他们压低了声音,我屏住了呼吸,竭尽全力去听,但只听得见一阵模糊的耳语。

"你把美国缉毒局引了进来,我们都会进去的。"当詹姆斯把他的计划讲完后,汤姆斯指责他道。

"那好,让我去对付他,我的计划会奏效的。"

"胡扯!"汤姆斯暴跳如雷,"你的计划是一派胡言,菲尔一点都不靠谱,你会有生命危险的。"

我倒吸了一口凉气,赶紧捂住了嘴。

"上帝啊!小声点。"詹姆斯朝房门望去。

我赶紧从门口跑开,出了什么问题?

"给我一年时间去终结菲尔的勾当,"汤姆斯恳求,"让他住手。"

"不,我们要马上对付菲尔,我不想再等了。"詹姆斯打断了他的话,"当菲尔出口用赃款购买的商品时,我不会像这个家族里的其他人一样视而不见的。这种违法勾当应该到头了,否则我退出。"

汤姆斯擦着脸,"我需要时间,詹姆斯,你却不给我时间……"

一只大手严严实实地按在我的肩膀上,我大惊失色,环顾四周。埃德加·多纳托用他锐利的目光看着我,他把食指伸进嘴里,面带笑容,心情十分愉快。"随我来。"

对于我刚才听到的他们的谈话,我觉得一头雾水,不停地打量着詹姆斯与他父亲。

体重明显超重,埃德加拄着手杖一摇一摆地往前走,身后拖着一个氧气瓶,轮子在大理石地砖上发出吱吱的响声。

我透过门缝最后看了一眼,跟随埃德加走开了。我在这之后一定要问詹姆斯,汤姆斯的话是什么意思,但有一点是毋庸置疑的,我希望詹姆斯尽量少插手他们的家族企业。

埃德加带着我们进入书房,直接朝酒柜走去。他打开一只装满琥珀色液体的水晶酒瓶,在一只玻璃杯里倒入两指宽的酒量,在另外一个玻璃杯里倒入四指宽的酒量。

"你可以喝酒吗?"他把盛酒量少的那只玻璃杯递给我时,我问道。

"亲爱的,"他清了清喉咙,咽了口唾液。"我的健康状况已经无力回天了,除了在事业上助一把力,我别的实在无能为力了。"他拿起酒杯放在嘴唇边咯咯笑了起来。"一饮而尽!"他第一口就喝了半杯酒,然后再喝了一口。"欢迎来我们家。"

我嗅了嗅酒味,略带犹豫地品了一口,埃德加轻轻地敲击着我的玻璃杯底部,让我把酒杯紧贴着嘴,角度抬高点。我喝得很快,威士忌入口之后,我喉咙里有灼烧的感觉,胃里像被钻出一个洞,我已经气喘吁吁。

埃德加哈哈大笑,肩膀不停地颤动。"你嫁到我们家来如果想要生存下来,以后会喝得更多,现在或许就该练练了。"

起初喝了点香槟,现在又喝了威士忌,我有一种飘飘然的感觉,脑袋沉甸甸的,胃部开始痉挛。

埃德加坐回他的太师椅，安下心来。他调整手杖和氧气瓶，一连串大声、剧烈的咳嗽让他气喘吁吁，大口吐痰。他整个身子都在震颤。

"不用担心，"他有些窒息，筋疲力尽。"你会习惯的。喝得越多，口味越好。迟早有一天，"——他用手杖指着苏格兰威士忌——"Johnnie Walker 可能是这个家庭里唯一不会让你喝醉的酒。"

我飞快地将目光转向门口，控制了一下感情，感觉浑身不舒服。我认识詹姆斯这些年来，从未和他父亲单独待在一起过。以前埃德加和我之间几乎没有说过话。

"来来，坐下。"他拍了拍身旁的椅子说道。

我坐了下来，鼓起勇气再品尝一口我杯中的烈酒。最后一口，向自己保证。

"我喜欢你，艾米，一直很喜欢。你父母也都是好人。"

我很高兴。

"你们对詹姆斯很好，他需要你们。"他笑容满面，但却露出忧郁的目光。"汤姆斯非常像他母亲，他是个无情的人，近乎冷酷。汤姆斯相信他能单枪匹马征服世界，但詹姆斯。"埃德加点了点头，"他让我想起了我的弟弟，精神饱满，有干劲，是一个充满梦想的人。"

"我从来没有干涉过他的梦想，也不会强迫他去做他不喜欢的事情……"我停顿了一下，很清楚我在与谁说话。

这个人从未阻止詹姆斯追求他理想的人生目标。我清了清嗓子，凝视着酒杯。

"有些事我十年前就应该注意到了，我很担心……。"他声音颤抖，目光飘忽不定。

对于他的坦诚，我皱起了眉头，或许这是他药物治疗的一种反应，足以解释他直率得令人难以置信。让我大吃一惊的是，他目光很茫然，坦然接受目前的症状。在耄耋之年缓解情绪的同时也在反思一段充满遗憾的人生之旅。

埃德加·多纳托在世上孤单一人，非常孤独，我只是刚开始意识到詹姆斯已经开始回避我了。

当他归于平静时，我问他，"你担心什么，多纳托先生？"

他突然抬起头，"嗯嗯？没什么。"又开始咳嗽，咳得他攥紧了拳头，他又清了清嗓子，才感到好受些，不一会又咳得更厉害了。

我走到酒柜前，倒了一杯水给他。等他恢复镇静时，我仔细观察整个房间，又将目光转向挂在对面墙上的多纳托家族的徽章。"我记得詹姆斯在分享日把你的徽章带到学校，"我故意寻找话题，"那是两年前，他告诉了我有关那只鹰的所有故事。"

"哪只鹰？"他呼吸不顺畅。

"那边挂着的那只，你们家族的徽章。"

埃德加挪动了一下，抬起头，他哈哈大笑起来。"这徽章不是我家族的，是克莱尔家族的。"他喝完了威士忌，把酒杯放了回去。

我一时无言以对。

"艾米？你准备好走了吗？"

我站起身来，看到詹姆斯站在门口。

第二十九章

"艾米,你还好吗?"

我眨眼望着卡洛斯,他在房间的另一端呆呆地坐在椅子里,脸色惨白。我四周环顾,头晕目眩。我说话时一定在踱步。我的手指紧紧地抓住订婚戒指。

"艾米……?"他继续问我,语气更坚定。

我将四周的一切尽收眼底,桦色墙面、桃木地板、古朴的家具,还有装饰性的枕头——女性格调,玩具堆放在一角,大量的照片向人们讲述一个曾经完整的家庭,如今他们的母亲已不在了。卡洛斯需要这里,胜于我对詹姆斯的需求。

我现在明白了,回顾我们的关系,我曾经爱他爱得死去活来,我也了解我们的错误。詹姆斯喜欢把令他不舒服的东西统统扔掉,而我会欣然同意。他的家人应该谈起过菲尔。

卡洛斯震惊地看着我,我认识到和詹姆斯结婚可能并非完美。他来到墨西哥已有十九个月了,尽管那段时光过得很艰辛。他已经成了一个陌生人,一个更自信的人。而我却不愿意放弃我为自己创造的生活。

有人在我耳边说话,我一时间并未听到,*该走了,艾米*。

我睁大了双眼,詹姆斯从未在风中跟我说过话,从未在我面前流过泪。我要鼓起勇气继续前行,我相信我自己能够做到。

卡洛斯穿过房间向我走来,自从詹姆斯为我戴上戒指后,我第一次从手上取下戒指。这个戒指与手的尺寸非常契合,但完美可能只是一种错觉。我望着不戴戒指的手指,这段皮肤苍白而细嫩。我抬起卡洛斯的手,把戒指放在他的掌心。

"你在干什么?"他紧紧地握住戒指。

"很久以前我就应该做些什么,我曾答应詹姆斯永远不会干涉他的梦想。事实上,我十分讨厌向他的父母屈服。我希望他离开多纳托公司,开一个画廊,投身绘画。他原本可以过上更富有充实的生活。他打算随后就去办……"我强忍悲痛,急促喘气。"在他去世前不久。"我抬头朝卡洛斯望去,最终我看到了詹姆斯。"但是看着你,你的确做到了。你目前的生活是你希望得到的。我不会夺走你的生活。我不会强迫你成为另一个人,其实你本来就不是那个人。我永远都不会像你父母那样强迫你。"

"艾米……"

"不……不,这样很好。你想要你自己的家人,因为你曾经的那个家,真是——"

"一团糟?"卡洛斯问我。

"说得好听点,确实如此。"我朝他微微一笑,表示理解。"你的孩子需要你。"

而我得回家。我想念我的咖啡馆,醇香扑鼻的咖啡和沁人心脾的香料。蛋糕和烤饼淡淡的甜香。新老客户相继光顾。我想念大厨曼迪,埃米莉喜欢玩心计,喜欢通过赌博多赚点外快。最重要的是,我想念伊恩。

没有伊恩,艾米不会有今天。没有伊恩,我无论在物质上或精神上都不会有今天的成就。我希望不要失去他。

"艾米……你告诉我的一切。"卡洛斯对我发誓,搓着后颈,"你会好起来吗?"他愁眉不展,我点头时他仍不敢肯定。我花了好几个小时和他分享记忆,有些记忆更加悲痛。"你确定吗?"

我扪心自问。驱散了阴霾,我意识到自己能平静地接受现状。也许这种状态已经有段时间了,只是当时我并没有发现而已。纳迪亚的话令我印象深刻,我缓缓地移动着脚步。

"就这一次,我很乐观,我会好起来的,明天更美好。"

卡洛斯把我送回卡萨·德·萨罗酒店时已是凌晨三点半了。他驾车离去时,我独自一人站在人行道上,静静地等待,望着远去的车尾灯逐渐消失。我不知道何时才能再见到他。如果我能再见到他,我们的关系似乎能比我埋葬他的时候时更为牢固。

我拖着疲惫的身躯穿过门廊时,伊梅尔达出现在我面前。她衣衫起皱,头发凌乱,看起来筋疲力尽。"汤姆斯在这里。"她提醒我。

我朝她晃了一眼,"在哪里?"

"在酒吧。"

我朝休息室望去,朦胧的灯光下,酒保有条不紊地擦拭着吧台。酒吧里空荡荡的,只有一个高个子男人坐在远处的桌子旁倚墙而坐,陪伴他的只有一个酒瓶和一只酒杯。

我走进酒吧时,酒保抬起了头,跟随我走到汤姆斯的桌子边。他在木制桌面上放了一个干净的杯子,好像早就料到我会来,然后又回到了吧台后面。

我坐到汤姆斯对面的椅子上,他慢慢地抬起了头。西装衬衫的领口敞开着,领带松了,外套皱巴巴的,他看上去比我上一次见到他时又老了好几岁。几星期前,他还来过我的咖啡馆喝咖啡。他脸上的皱纹更深了,又往空玻璃杯倒了点酒,琥珀色的液体溅得满地都是。

"他非常爱你,我的两个兄弟都很爱你,我也很关心你,用我们歇斯底里的方式。"他朝我苦笑。

我深深地吸了口气。

他朝我慢慢地摇了摇头。"不再有秘密。"

我心情难以平静,希望了解真相。"菲尔是你的弟弟?"

"他是格兰特叔叔和母亲的儿子,在叔叔雇用我父亲之前他们两人亲密无间,后来我母亲爱上了我父亲。结婚时我父亲沿用了母亲的姓,我想这样做有助于巩固他多纳

托公司总裁的地位。"

怪不得詹姆斯还有这么多家事瞒着我。他一定对他母亲和哥哥的事情难以启齿。菲尔是他们婚姻的结晶,多纳托家族隐瞒着这个秘密。

我低头去看玻璃杯里的威士忌,又把目光转回他的身上。他说得没错,不再有秘密了。"曾有一阵子我不相信菲尔在乎我。他在詹姆斯求婚当天还攻击过我。"

汤姆斯颠簸着后退了几步。"该死的,艾米。我不知道。"我的目光从我身上移开,凝视墙角。"现在一切才合乎情理。为什么詹姆斯执意要除掉他。"

"他在哪里?"

他朝我转过身来。"菲尔吗?他不会再来骚扰你了。"

他的话听起来像诀别。

"詹姆斯究竟怎么了?你为什么对我们撒谎?"为了解开这些疑问,整整十九个月来我忍受着痛苦的煎熬与失落。我热泪盈眶。

"我会保护你不受菲尔伤害,他利用多纳托公司为掩护做洗钱的勾当。他曾经用贩毒赚的钱购买我们的设备,再安排出售到墨西哥。贩毒团伙再把设备卖了赚取比索,然后再把钱存入银行。"他向我解释时语气格外凝重。"菲尔想要毁了我们。格兰特叔叔把多纳托公司留给了我父亲,而我父亲把公司留给了我,没有给菲尔。但菲尔觉得他有权得到公司。"

他们从我手里夺走了一切。菲尔的话是冲着我来的,我想他疯了。

"父亲和我与美国缉毒局联手合作,要挖出菲尔身后的大鱼。我们不得不假装对他的所有勾当一无所知,欲擒故纵,直到美国缉毒局掌握了所有线索和证据。菲尔的主子,他们会毫不犹豫地杀掉所有知情人。"

我记得詹姆斯和汤姆斯争吵过。詹姆斯曾希望让美国缉毒局介入,但汤姆斯早已在跟美国缉毒局合作了。

"詹姆斯不知道美国缉毒局早已介入。"我推测。

汤姆斯摇摇头,"母亲和我商定知道事情的人越少,我们和公司承担的风险就越小。回顾往事,我应该早点告诉詹姆斯,他很聪明。他负责公司财务,很快就发现菲尔在做什么。"

"詹姆斯告诉你时,你却对此没有采取任何措施。"我猜想。

"我不能,计划早就定好了。但詹姆斯对我们的计划置之不理、失去了耐心。他自己飞赴墨西哥,和菲尔摊牌。现在我才知道菲尔对他下手了。我想詹姆斯内心一定很压抑。"

他的确很压抑,当时是气冲冲地走的,还记得当时我希望取下那幅画我们草坪的画。"我们不应该让他去的。"他告诉我。

"我不知道詹姆斯遇到菲尔时发生了什么,"汤姆斯继续说,"除非他恢复记忆,否则我们可能永远不知道。

"菲尔说他们一起去钓鱼,詹姆斯落水了。我想菲尔试图除掉詹姆斯。"

他的话令我很失望,让我无法忍受。面对所有家族问题,詹姆斯曾经拼命抗争,同时设法保护我。

"由于美国缉毒局的缘故,我不得不让所有人相信詹姆斯已经死了。他们需要让菲尔继续从事犯罪活动,如果他知道詹姆斯还活着,一定会逃之夭夭的。如果有人再要谋害詹姆斯,他或许很难幸免。如果墨西哥贩毒团伙将菲尔灭口,这会正中美国缉毒局下怀。"他用大拇指顶向自己的胸口,继续道,"所以我把詹姆斯藏了起来,只有这样才能保护他。"

"可是你把他留在了这里。"我大声说。

"原本打算只让他躲几个星期,最多三个月。但几星期变成了几个月,很快便是一年。美国缉毒局花了更久才达成目标。但那时,詹姆斯已经用卡洛斯的身份完全融入了全新的生活。"

"他邂逅了他的爱妻。"

"他很快就和拉克尔相爱了。"

汤姆斯把威士忌抛回给我,他根本就没碰过,然后凝视着空玻璃杯。"我敢确定你很快就会查明真相。你的私人侦探几乎把我榨干了。他威胁要把詹姆斯的下落告诉你。我不得不用钱让他闭嘴。"

就像他花钱打发伊梅尔达一样,他也来贿赂我。

太多骇人真相需要去消化了,我简直接受不了,同时我也听够了。该回家了,我站起身来,抚平裙子。

汤姆斯猛地抬起头,他抓住我的手腕,"我很抱歉,艾米。"

他握住了我的手腕,我慢慢抬头望着他,"我不需要你的道歉。"

"詹姆斯怎么样?他会回家吗?"

"不,这里需要他,但他也有自己的问题。我保证你离开这里前还能见到他。"

"你怎么样?你打算回家吗?"

"我属于那里,我的咖啡馆——"

他双手紧握,"我知道你能做到,我告诉过乔——"我紧绷神经,汤姆斯笑了。"我就是这样,我也把你租赁的那部分纳入了扩建范畴。只有这样,才能让乔同意——"

我用力挣脱了他。

"好吧……我希望能提供帮助。"他从椅子上站起身来,跌跌撞撞地朝吧台走去,跌倒在一个凳子上。

我转身离去,但又停住了脚步。"詹姆斯真的去了坎昆吗?"

汤姆斯摇着头说:"他想让我们认为他在那里,而不是去追踪菲尔。"

"那个灵柩,里面装了什么?"

他看了我一眼,面无表情。

"詹姆斯的葬礼,"我解释,"他的灵柩里是什么?"

"沙袋,"他耸了耸肩膀,好像这根本无关紧要。

我立即把目光移开了,暂时闭上了眼睛。当我回头再看时,汤姆斯已靠在吧台边,双手撑着脑袋。

没有再回头看一眼,也没有说一声再见,我径直走出了酒吧,摆脱了多纳托家族的生活。

第三十章

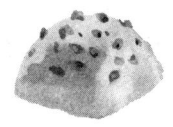

"开门,艾米。"耳边传来伊恩低沉而又含混的喊叫声,他使劲地敲门。

我将一件衬衫扔进了打开的手提箱,赶在他吵醒其他客人之前跑了过去。那时只有凌晨五点半。

我打开房门,他一个箭步冲了进来。

"上帝啊!我一整夜都在打你电话。你去哪里了?"

"和卡洛斯在一起。"

他很明显难以容忍,"你应该早点告诉我,我非常为你担心。"

"我碰巧忘记带手机了。其实我原本并不打算出去一整夜的,很抱歉。"

"你跟伊梅尔达谈过了吗?"

我点点头,"跟卡洛斯也谈过了,他来过我的房间,我们一起共进晚餐。然后,我们——"

"你和他上床了?"他紧张不安,声音很不自然。

"没有!我们什么都没干?"他跟跟跄跄地往后退了几步。我停住脚步。"我们除了对话,什么都没干。"

"他是不是和你一起去家里的?"

我摇了摇头。我习惯性地去敲几下带在手上的戒指,但却发现戒指不见了。我焦急不安的动作引起了伊恩的注意。

他的目光落在了我的手上,发现我的戒指不见了,于是直截了当地问我:"你的戒指呢?"

"我把戒指还给他了。"

伊恩调整了一下姿势,然后与我面对面。他上下不停地打量着我。我尽量让自己放松,甚至还得挂上一丝笑容。他皱紧了眉头,"你们怎么克制住的?"

"是的,我克制住了……"我面带笑容。我希望他刚才是指"我们"。"所以,……我们都不错吧?"我向他点明。

他突然注意到我的拉杆箱,使了一个眼色,"你在整理行李?"

"我没有理由再待在这里。"我走到梳妆台前。

"为什么不再待一会?"他问我,问得有点酸溜溜的。

"不,我该离开了。"我捧起一堆脏兮兮的衣服。"如果你能快点打点好行李,我们应该能赶上今天的第一趟航班。"

我把脏衣服扔进手提箱时,伊恩站在那里一动不动。我又回到盥洗室,把毛巾和化妆品聚拢在一起,随后在盥洗室里快速扫视了一下,又回到了房间。伊恩站在阳台门口,双手拢嘴,凝视着清晨的天空。我看了他一眼,又看了手提箱,"你干吗还不整理行装。"

他摇着头,"伊梅尔达答应帮我找到莱尼的。我明天按计划坐飞机回国。"

我鼻孔喘气,呼吸急促,不小心咬到了自己的下唇。我都忘了他对莱尼——莱西那么感兴趣。我将毛巾扔进手提箱,使劲拉了一下没戴戒指的手指,"你需要我帮你一把吗?"

他看了我好久,然后摇了摇头。

我内心感到一阵压抑,"嗯……好吧,我们星期三在咖啡馆见。"

他面无表情地看了我一眼,"我辞职了,记得吗?"

"噢,对了。好吧。"我感到很失落,"好吧,祝你好运。我希望你能找到母亲。如果我能帮上忙……随时联系我,好吗?"

伊恩朝我慢慢地点点头,转身透过阳台朝外望去。尽管他只是微微地点了点头,但这个动作很明显地告诉我,我们之间已经有了鸿沟。

他不希望我和他待在一起,所以我强忍住内心的冲动,不再问及我们之间的事情。他没再说过一句话,或许一切都太晚了,我伤害了我们的友谊,现在已经无法弥补。他曾向我敞开心扉,但我却离他而去,让他独自留守空房。于是,我告诉他我们之间发生的一切其实本来就不应该发生。这是我可能做过的最糟糕的事情。他仅仅是因为他爱我,所以他才愿意帮我。

我继续整理行李，一言不发，拉链卡住衣服时，心里很不痛快，诅咒了几句。

"让我来吧。"伊恩轻轻推开我的手，把手提箱里的东西压实了，拉上了手提箱的拉链。然后，他向我转过身来，轻轻地抚摸我的脸颊。他深深地吸了口气，伸手去拉拖轮箱。"让我陪你上出租车。"

他把我送上车，向我挥手告别。他没有再吻我，也没有向我保证以后再相会。他替我付了出租车的费用，我上车后，又替我关上了车门。我打后车窗。"伊恩，"我望着他远去的身影，朝他大喊，心神不宁。"我何时才能再见到你？"

他的表情凝重，用手指梳理着自己散乱的头发。"你知道去哪里能找到我。"

温迪的画廊，他的展厅在那里。在那个地方他会彰显专业素养，彬彬有礼地接待每一个人。我的内心略感窘迫。

出租车加大油门驶向远方，我靠在车窗边，望着伊恩，直到我们拐上大路，他消失在我的视野里。直到我抵达机场，我才明白对詹姆斯的眷恋让我失去了更多东西，我也失去了伊恩。

经过十九小时的飞行，中途停靠两站，我乘坐的飞机在圣·何塞降落时已是深夜时分。空荡荡的航站楼里只有不多的几名旅客，我独自一人在行李领取处等待我的行李，感到一阵寒战，我将外套紧紧地裹在背心裙上，望着大雨淋湿的窗子。行李传送带不停地旋转，过了一会儿，我的拖轮箱在传送带上顺着斜坡缓缓迁移。

我取下拖轮箱,却在无意中遇见了纳迪亚。

她对我满腹牢骚,抓住我的肩膀,"欢迎回来。"

"你怎么知道的——?"

"伊恩给我打电话的。"她一只手搂住我的腰,"来,我送你回家,你看起来脏兮兮的。"

"谢谢。"我跟着她来到了停车库。

纳迪亚开车时,我告诉她詹姆斯的经历,汤姆斯的忏悔,伊恩对我的表白,以及我把他们三个都抛在了脑后。

"天哪,"她很吃惊,直瞪瞪地望着前方的道路。她偷偷瞥了我一眼,"这个周末你太疯狂了。詹姆斯真的不在了吗?他什么都没留下吗?这次旅行够绝的。"

"卡洛斯确有其人,他有孩子,也有职业。我花了几天才接受其实他并不是詹姆斯。在某种程度上,我知道他还是有一些差异。他碰我的时候,我感觉不舒服。这是詹姆斯的身体,但并非詹姆斯的灵魂。这样再执念于他还有意义吗?"

她眉头紧锁,"太离奇了,令人不可思议,够疯狂的,没有他,你没事吧。"

我紧紧地握着她的手,"他失去了妻子,但在墨西哥过得很幸福。让他走吧,过去难以回溯,我现在终于想通了。"

她朝我笑了,"我想你苦苦寻觅的结果已经找到了。你如果需要有人谈心,打我电话,向我保证。我了解你。过去几天的事情会一直萦绕在你的心头。不要把这些埋在心里,说出来,我会和你分享。"

"我保证。"我又紧紧握住她的手。我要拿得起放得下。

纳迪亚把我送到家,我把行李从后座上拿下车时,她的车还在继续发动着。"你打算怎么对待伊恩?"

一阵愁云涌上我的心头,"我也不知道,我伤害了他,他不再对我感兴趣了。"

"相信我,伊恩不只是对你感兴趣,他打我电话的时候,非常担忧。他爱你爱得发疯,连个白痴都看得出来。他已经向你表白,他爱你。

我应当了解,对于爱情你做不到拿得起放得下。她弹了一下手指。"不要轻易放手,这个习惯不好。再给他一次机会。"

"再说吧。"我耸了耸肩,关上了门。

我进了屋子,她开着车离开了。自从詹姆斯两年前离我而去后,这座房子一直没有变化,也没有翻新。我把箱子推进了卧室,打开了壁橱门。他的衣服凝视着我。我的手指慢慢划过衣服表面,提起了一个袖子。把脸紧紧贴在面料上深呼吸。我鼻子发痒,除了灰尘,其他什么都没有。

我拿来一把衣架,从壁橱中取出詹姆斯的衣服,拿进客房,放在床上。明天我会把所有东西打包让汤姆斯收下。他会决定如何处理詹姆斯的东西。

在回我自己房间的路上,我在橱柜上镶框的绘画作品前停住了脚步。那里有四张詹姆斯的照片,我取下每一张照片,和衣服放在一起。汤姆斯会把这些照片寄给卡洛斯。

在接下来的一个小时内,我把詹姆斯的东西转移到另一个客卧,有绘画、艺术品、衣服和照片。我为自己留下了一张小照片,一张我们两人的快照,一直放在我的书桌上,照片上我靠在詹姆斯老旧的宝马车旁。

整理好所有东西后,我瘫倒在我和詹姆斯一起购买的

绳绒材质沙发上。一个劲儿抚摸已经磨损的纤维,我决定要把沙发一起送走。

几周后的一天夜里,我正在清洗咖啡馆里食品展柜上的指纹时,门砰地一声打开了,寒风呼啸而入。有人走到我身后。"已经关门了。"我说的时候看都不看。

"是我。"纳迪亚说。

我回头望着她,手里还拿着抹布和清洁剂。她穿着一套紫红色的酒会礼服,外面披着一件羊毛外套。她的头发扎了起来,带着蓬松的头巾,涂着口红,脸颊被寒风吹得红彤彤的。"你今晚要去哪里?"

她咯咯地笑,"我和马克有一个约会。"

"真的吗?"我心不在焉地擦着玻璃杯上的顽固污渍。"是什么让你转变了对他的看法?"

"你呀,"她说,我直起身,她又往咖啡厅内走了几步,臀部靠在柜台旁。"我不想那么轻易地就放弃他,马克是个可爱的家伙,他不再属于他的妻子,我希望再给他一次机会。"

我抽起了眉头,"你真心喜欢他。"

"是啊。"

我折起满是污渍的衣服,"你今晚打算去哪里?"

"去吃晚餐,然后"——她从手提包里取出一张名片,沿着柜台台面滑到了我的面前。"我们一起去伊恩的展厅。"

我望着名片,名片上伊恩的姓名很醒目,打印在温迪标识的下方。名片正面上的两张照片我从未在伊恩的作品集中见过，但他摄影时我就在他身边。这些照片都是在埃斯孔迪多港拍摄的，我轻轻触摸着两个站在店铺前面抽烟的墨西哥人。"这就是他作品中的人。"我喃喃自语。

"你该出发了，再给他一次机会。"

我摇了摇头。

"你离开墨西哥之后有没有再见过他？"

"没有。"

"有没有打过他电话？"

"他没有打过我电话。"

"你很清楚他现在的感受，那么你有没有和他表白过你是爱他的？"

"还没。"我不假思索地说。

纳迪亚闪过一个笑容，"我知道你爱过他。"

我舔了舔嘴唇，仔细研究伊恩的名片。

"我得走了，在画廊见。克里斯汀和尼克也会去。"

"我不敢肯定……"我略带犹豫，我把名片放进了围裙的口袋，"我有些货架要打理。"

她扭上外套的纽扣，"货架不会到处乱跑。"

但别人可能会。

她有些话未说出口，吻了我的脸颊，"我们今晚见。"她说着转身出了门，脸上露出敏锐的笑容。

她出门后，我锁上门，回去梳洗了一下。我更使劲地擦洗柜台，把另一叠要洗的盘子放进了洗碗机，卸下几箱物品。直到我望着阅览架上的报纸和杂志才意识到自己该休息了。

我又拿出名片看起来,他的照片非常美,我希望亲眼见一见。他对自己照片的态度有何变化?

我也希望与伊恩相见,我对他念念不忘。

我该何去何从?

我的衣服凌乱不堪,头发一团糟,但如果我回家改变一下,我会找到一个自我救赎的理由。于是我关了灯,开启了报警装置,离开了咖啡馆,走过两个街区到温迪的画廊去。

如同他以前的展出一样,画廊里人很多。我认出了几个人。展厅的风格不变,但与往常不同,画廊里却没有各类探险的照片。展出的每一张照片都是在埃斯孔迪多港拍摄的。

我看得目瞪口呆,缓步穿过了主厅。横幅大小的肖像照刻画生活中从地板到天花板的瞬间、冲浪者搏击海浪、夫妻拥抱、日落余晖下的情侣。

卡洛斯倚靠在棕榈树旁,眺望远处的海景。

卡洛斯。

我摸着自己的肚子,既不焦虑也不紧张,没有激动也没有失落。瞥了一下脚趾,又开始重新欣赏照片。当我意识到肖像照里的人是卡洛斯时,嘴角露出一丝微笑,不是詹姆斯。

所有的照片令人眼花缭乱,使整个展厅绚丽多彩,这种风格与伊恩过去的风格迥然不同。

"好奇怪啊,不是吗?"尼克在我身旁说。"我见过詹姆斯,但眼神不同。我没见过这个人,他是另一个人。"

我想到了伊恩,有些照片是他在杰基主宰他母亲灵魂时为母亲拍摄,他会如何解释。"他叫卡洛斯,"我喃喃自语,"杰米·卡洛斯·多明格斯。"

"我能拜访他吗?"

我看着尼克,"他不会了解你的。"

他目光黯淡,"汤姆斯把我们都骗了。"他又变得满怀歉意的样子。"我对不起你。"我也在忏悔,我没能抓住雷那个混蛋。

他傻笑着,"我怀疑你还会收到他的来信。"多亏了尼克建议我为了找到詹姆斯才雇用的私人侦探,他或许发了一笔大财,正在一个小岛上喝着玛格丽特。

在我身后,一小群人围着一张照片。他们头上笼罩着金黄色的光芒。我借口离开尼克,走了过去,挤过人群,顿时目瞪口呆,这张照片上的人是我,我注视着照片,就好像我第一次见到我自己。

在卡萨·德·萨罗精品酒店,伊恩搂住我热舞的情景。我走开了,感受着音乐。

我宝蓝色的眼睛在乌黑的睫毛衬托下目光锐利,能让你情不自禁地感受眼眸深处的玄机,我头上浅色的秀发在舞池闪烁的灯光下十分靓丽,像萤火虫和金色的尘埃闪闪发光。

伊恩就是这样看我的吗?这幅肖像照很动人,拍摄这幅照片的艺术家不仅只爱他的作品,他还深深地爱着作品的主人公。我喜极而泣。

我感觉到伊恩就在我的身旁,感觉到他抚摸着我的手臂。"她很美,"他声音很低,只有我一个人听到。

"伊恩……"我望着他。

"你很美,"他在我耳边轻语,使我心跳加快。"我很想你。"

我眼睛湿润了,"你的照片……"我摇着头,不知道如何描述他的作品,他展出的作品太精彩了。"你拍摄的照片中有不少人物。"

他在我身边走了几步,"有人曾告诉我,我有天赋。很显然我善于捕捉人们精彩的一面。我猜想我得接受并不是每个人都有丑陋的东西要隐藏起来。"他注视着我。"你害怕失去詹姆斯,但你还是失去了他,正因为如此,我确信你比以前更坚强了。你从来不知道我有多么爱你。我依然——"他打住了,陷入了沉默。

我不加思考地抓住他的手,他与我手牵着手,"随我来,"他说,把我带到了一个角落,远离了人群。

"我很想你,很抱歉,我在墨西哥时没有和你在一起。"当身边没有其他人时,我对他说。

他紧紧地抱着我,"我知道,艾米。你经历过这一切后,需要自己静一下,我愿意留点空间给你,希望你能再次投入我的怀抱。"他的声音很温柔。他用嘴唇吻我敏感的耳垂,使我感到一阵兴奋。

"莱尼?你找到她了吗?"我问他,用伊恩称呼莱西的名字,"你母亲有消息了吗?"

"没有。"

我脸色一沉,"对不起。"

"不要这样,如果她还活着,迟早会找到的。"

"我爱你,伊恩。"我再也忍不住了,"我早就该告诉你了——"

他吻了我。

"我爱你,"他轻声细语,"但我有一个问题。"

他松开了吻。"什么?"他小心翼翼地问我。

"你愿意与我共进晚餐吗?"

他笑了,笑得很慢,但很性感。"你要跟我出去约会吗?"

"是的。"我也笑了。

"好吧,既然这样,那就好吧。我愿意和你共进晚餐,还有明天的早餐。"他边说边用嘴唇抚摸我。"以后每天早上都一样。"他用力吻我,为我描绘了一份憧憬的未来。这正是我想要的未来。

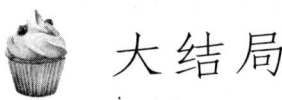 # 大结局

五年之后

他又梦见了她,蓝色的眼睛如此明亮,散发出炙热的光芒,深深铭刻在他心头。她慢慢靠近他,亲吻他的皮肤时,深色的秀发如同大海的浪花冲刷着他的胸膛。他们本应在两个月内结婚的,那样他每天早上就能迫不及待地唤醒她,他深爱着她,就如同她也深爱着他一样。

有件事情十分重要,他必须告诉她。这件事情他非做不可。无论他内心边缘还有多少迷雾令人难以捉摸。他聚精会神,静静地思考着,直到他能够……

保护她。

他必须要保护自己的未婚妻,他的哥哥曾攻击过她,

他还会伤害她的。

他盯着哥哥，表情坚定，几乎快疯狂了。他们在同一条船上。对方有一把枪，正在威胁他。哥哥把枪指着他，毫不犹豫地扣动了扳机。他落水了，海浪汹涌，把他卷了下去。

他感觉到自己在下沉，子弹穿透海面，在他身边急速而过，差点就击中了他。

他拼命游泳，游得很快，肺部像在燃烧，前所未有的恐惧笼罩着他。他必须保护她。

巨大的海浪将他抛向布满岩石的悬崖峭壁，剧烈的疼痛撕扯着他的面部和四肢，海洋要吞没他，但有一种更强的本能在召唤着他保护自己心爱的人，他必须要在他哥哥亵渎她之前来她的身边。海面下湍急的洋流几乎要将他吞噬，但他还是浮了上来，随波漂流，来来回回，上上下下，随后眼前一黑。

"父亲，父亲。"一个脆弱的声音在呼唤他。

他猛地睁开眼睛，一个小男孩跳到他的跟前，拉扯着床单。他望着那个男孩，一边在床上蹦来跳去，一边傻笑。

"你还好吗，父亲！我饿了。"

男孩说的是西班牙语，他绞尽脑汁，回忆大学里学过的西班牙语课程。这孩子饿了，他叫他"父亲"。

他在哪里？

他往前看，往后挪了一点，猛地撞上了床头板。他发现自己在一间卧室里，四周摆满了镶框的照片，他看见很多照片里的人是他自己，却实在记不起来在哪里拍的。他右手边，窗子下方是一个阳台，远处是汹涌澎湃的大海。

搞什么鬼?

他感觉面部冰冷,整个身子直冒冷汗,像要炸开一样。男孩上前几步,围着他打转转,"我想吃早饭!我想吃早饭!"男孩反复嘀咕。

"别跳了,"他吼道,抬起双手挡住男孩。他头脑一片空白,心提到了嗓子眼上。"停下!"他大吼道。

男孩愣住了,眼睛睁得老大,望着他片刻,随后就跑出了屋子。

他使劲地闭上眼,从一数到十。当他睁开眼睛时,一切归于正常。他感到了压力——工作、婚礼,与兄弟们搞好关系。必须得有一个理由,这只是一个梦。

他睁开眼睛,什么都没变。他吃力地喘着粗气,这不是梦,而是梦魇,他生活在梦魇中。

他看到床边的桌子上有一部手机,他拿起手机启动了屏幕,看到日期时,他的心都崩溃了。应该在五月,怎么会是十二月……婚礼日期过了整整半年?

他听到门口传来声音,猛地抬起头。一个年龄稍大的男孩站在门口,脸色苍白,"父亲?"

他坐起身,"你是谁?我在哪里?这是什么地方?"

他的问题好像把男孩吓了一跳,但他没有离开屋子。相反,他朝橱柜拖来一把椅子。他爬到椅子上,从上层架子上取下一个金属盒子。年龄稍大的男孩把盒子给他,在小键盘上按了四位数字的密码。盒子解锁了,男孩打开盖子,慢慢地回到他身边,泪如雨下。

金属盒子里都是法律文书——护照、出生证、结婚证,还有拉克尔·塞丽娜·多明格斯的死亡证明。拇指驱动器和几个保存数据的硬盘放在盒子底部,还有一个订婚戒指。他认识这个戒指。她戴的戒指,他把戒指拿到光线下,仔细观察,疑惑不解。她为什么不戴他的戒指。

  他把戒指放回金属盒中,一个信封引起了他的注意。信是写给他的,詹姆斯。他打开信封,抽出一封信。

  我大难不死,写下了这份便条。我担心这一天终究会到来,我会记得过去的身份,而忘记现在的自我。我叫杰米·卡洛斯·多纳格斯。

  我曾经被认为是詹姆斯·查尔斯·多纳托。如果我读到这份便条,而记不得是我写的,那你必须明白一件事:我就是你。

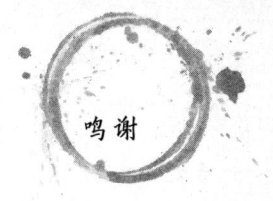

鸣谢

如同艾米在《我们拥有的一切》中的心路历程,我自己出版之路也充满了艰辛与曲折。这是一段令人疯狂、无比兴奋的历程,让我有幸结识一些最不可思议的人。感谢他们的忘我热情与专业素养以及家人和朋友的不断支持,我才有机会将艾米的故事与广大读者分享。

我万分感激我的代理人,Fuse文学代理公司的戈登·沃诺克,感谢他的倾听、鼓励和坚持不懈。最重要的是,我感谢他为《我们拥有的一切》找到了归宿。同时,我还感谢Jen Karsbaek,是她将我的手稿从大堆的稿件中选出,还像我一样钟情于艾米的故事。

整个Lake Union Publishing团队令人不可思议,尤其是丹尼尔·马歇尔以及我的编辑凯莉·马丁,感谢你们尽心尽力使艾米的故事熠熠生辉。我心存无限的感激,与大家共事十分愉快。

如果没有伊丽莎白·艾伦、邦妮·道奇、维姬·格雷沙姆、爱迪生·詹姆斯及奥利·柯尼格·洛佩斯等第一批读者的支持,《我们拥有的一切》就不会有今天的成功,是他们耐心地阅读一版又一版内容,是你们给予了我真诚的反馈,帮助我提高写作技法,创作优秀作品。

当我的写作事业蒸蒸日上时,有人提出了大胆的构想,希望创建一个协会。感谢妇女小说作家协会的共同创始人,你为我注入了灵感!我才能创作作品,构建一个全国性的组织。简直令人难以置信!

还有我的孩子，埃文和布兰达，感谢你们一直关注我的作品，充满好奇之心。我爱写作，但身为人母，我更爱你们。

最后，我对我的丈夫亨利致以最衷心的感谢，他不但是我最真挚的朋友，而且极富耐心，对我十分崇敬。我感激你为我所做的一切，感谢有你的陪伴。

图书在版编目（CIP）数据

我们拥有的一切/(美)凯瑞·朗斯戴尔著；周燕琼译.
--上海：上海文艺出版社，2017
（黑莓文学）
ISBN 978-7-5321-6570-4
Ⅰ.①我… Ⅱ.①凯… ②周… Ⅲ.①长篇小说－美国－现代 Ⅳ.①I712.45
中国版本图书馆CIP数据核字(2017)第320069号

EVERYTHING WE KEEP by Kerry Lonsdale

Copyright:© This edition made possible under a license arrangement originating with Amazon Publishing, www.apub.com.

Simplified Chinese edition copyright:

2017 SHANGHAI LITERATURE AND ART PUBLISHING HOUSE

All rights reserved.

著作权合同登记图字：09-2017-035号

发 行 人：陈 征
责任编辑：李珊珊
封面设计：朱晓彦

书　　名：我们拥有的一切
作　　者：(美)凯瑞·朗斯戴尔
译　　者：周燕琼
出　　版：上海世纪出版集团　上海文艺出版社
地　　址：上海绍兴路7号　200020
发　　行：上海文艺出版社发行中心发行
　　　　　上海市绍兴路50号　200020　www.ewen.co
印　　刷：上海文艺大一印刷有限公司
开　　本：850×1168　1/32
印　　张：11.625
插　　页：5
字　　数：170,000
印　　次：2018年3月第1版　2018年3月第1次印刷
I S B N：978-7-5321-6570-4/I·5231
定　　价：63.00元
告 读 者：如发现本书有质量问题请与印刷厂质量科联系　T：021-59404766